KB140889

토정
이지함

《토정비결》저술자이자 조선 최고의 예언가

토정
이지함

김항명 장편소설

예문사

이지함은 진귀한 새, 괴이한 돌, 이상한 풀이다.

차례

필재 이야기

토정 이야기

土亭 李之菡

비전을 찾아라

새남터의 하늘은 온통 검은 먹구름이다. 아니, 검다 못해 밤하늘처럼 캄캄하지만 별은 보이지 않는다. 순간, 필재의 찢어진 입술 사이를 비집고 피식하고 쓴웃음이 새어 나왔다. 지금이 어떤 상황인가? 내가 이런 한가한 생각을 하고 있을 처지인가를 되뇌며 필재는 고개를 떨궜다.

둥, 둥, 둥.

심장을 두드리는 묵직한 쇠북 소리가 새남터의 분위기를 더욱 스산하게 한다. 이제 곧 이 새남터 드넓은 마당에 피 보라가 휘몰아칠 것이다. 필재는 이런 상황을 도무지 납득할 수가 없다.

새남터는 사육신이 처형당한 곳이다. 이백사십여 년이 지난 지금, 사육신의 한 사람인 이개의 후손인 필재가 다시 선조 할아버지와 같은 운명을 맞고 있다. 죄명 또한 대역죄다. 그러나 필재는 승복할 수가 없다. 누명을 쓴 것이 분명하다.

그렇다면 여기 함께 끌려와 있는 삼정승 육판서가 모두 누명을 쓴 것일까? 아닐 수도 있다. 이들 가운데 몇 명은 역모를 꾀

했을 수도 있다. 하지만 필재 자신은 아니다. 결코 그런 일을 꾀한 적이 없다는 걸 자신은 알고 있다. 그런데도 이제 곧 목이 떨어질 처지에 놓였다.

필재가 이 지경에 빠진 까닭이라고 유추해 낼 수 있는 건 단한 가지뿐이다. 오늘 새남터에서 처형당할 죄수들은 모두 서인들이다. 그리고 필재 또한 서인에 속한다.

필재는 사지를 비틀며 몸을 일으키려 안간힘을 쓴다. 몸을 버둥거리면 거릴수록 사지를 결박한 오랏줄이 더욱 옥죄어 온다. 필재는 가슴이 터질 듯 눈물이 날 것 같다.

그때, 망나니가 참수용 칼날에 뿜어 대는 물보라가 필재의 얼굴에 확 끼얹어지자 하늘이 쪼개지듯 벼락이 치고 귀청을 찢는 뇌성이 정신을 빼앗는다. 아무것도 보이지 않는다. 그저 새하얄 뿐이다.

필재가 번쩍 눈을 뜬다. 새하얗던 눈앞이 그저 캄캄할 뿐이다. 몸이 자꾸 아래로 가라앉는다. 필재는 한참이 지나서야 꿈을 꿨다는 걸 깨닫는다. 꿈이라니, 악몽도 이런 악몽이 없다.

필재는 간신히 이부자리 속에서 몸을 일으킨다. 먹이라도 감은 듯 온몸이 땀범벅이다. 아직도 후들거리는 다리로 방문을 열고 툇마루 끝에 털썩 주저앉은 필재는 눈썹만큼 남은 그믐달이 걸린 밤하늘을 멀거니 올려다본 채 아무 생각이 없다.

9월도 끝자락이라 싸느란 한기가 느껴지는데도 필재의 머릿속은 뜨겁기만 하다. 꿈속의 새남터엔 서인의 거두들이 모두 잡혀 와 있었다. '한양에 무슨 변고가 생긴 걸까?' 툇마루에 나앉은 지 한참이 되어서야 꿈 생각이 난다.

필재는 벼슬을 내려놓고 한산 이씨 종가를 지키기 위해 낙향한 지 오 년이 되어 간다. 그동안 한양 소식은 바람결에 주워들을 뿐, 별 관심을 두지 않았다.

예사롭지 않은 꿈 때문일까? 필재는 한양 소식이 궁금해진다. '간재에게 사람을 보내 근황이라도 알아봐야 할 터인가?' 필재는 혼잣말처럼 웅얼거린다.

간재는 홍문관 교리 배창진을 이른다. 두 사람은 오랜 교유로 막역한 사이다.

그러나 필재의 근심과는 달리 온 나라가 경축 일색이다. 시절도 좋아 오곡백과가 무르익어 그 결실을 수확하는 시월이다. 상(上)께서 만조백관을 영화당으로 불러 친히 잔치를 베풀기를 세 번이나 거듭했다. 궁중에서민이 아니다. 의정부를 비롯한 육조 관아며 삼사에서까지 크고 작은 잔치를 열어 왕자의 탄생을 경축했다.

금상의 보령이 서른에 못 미치고 중전의 춘추 또한 이제 스물을 갓 넘긴 터라 크게 염려할 바는 아니었지만, 그래도 나라의 근본을 다지는 바탕은 대권을 이을 왕자의 출생이다.

무진년 구월 스물여드렛날 유시에, 임금의 총애를 독차지하고 있는 소의 장씨가 아들을 출산했다. 며칠째 이어지던 잔치도 이제 끝이 난다. 한껏 들떠 있던 대궐도 관아도 백성들까지 모두 일상으로 돌아왔다.

지평 홍지만은 희정당에서 열린 아침 경연에 배석하고 물러나왔다. 사헌부로 돌아가는 길은 희정당을 나와서 소주방 뒤편 상춘루 누각 밑을 지나 건양문으로 빠지는 길이 가장 가까운 거리다.

"저게 뭐냐?"

건양문을 나서려던 홍지만이 잠깐 걸음을 멈춘다. 지붕을 올린 팔인교(八人轎)가 지만의 눈에 띈 것이다. 여덟 명이 메는 가마는 예사 신분의 사람이 탈 수 있는 가마가 아니다. 그러나 설혹 종실 어른이 타고 온 가마일지라도 대궐 안으로는 들어올 수 없는 법이다.

"어느 댁 가마더냐?"

홍지만은 가마 곁에 둘러앉아 고누놀이라도 하는지 이마를 맞대고 낄낄거리는 가마꾼들을 향해 큰 소리로 묻는다. 느닷없는 큰 소리에 가마꾼들이 엉거주춤한 채로 멀뚱멀뚱 서로를 쳐다보는데, 가마를 따라온 교전비인 듯한 계집 하나가 가마 뒤에서 고개를 내민다.

"소의 마마 어머님께서 타고 오셨습니다."

계집종의 목소리는 자랑스러움이 배어 있다. 왕자의 외할머니를 모신다는 자부심마저 느껴지는 목소리다. 홍지만은 잠시 말문을 닫고 가마와 가마꾼들과 계집종을 번갈아 쳐다본다.

"알았다. 하나 네가 장차 이 일을 감당하기는 어려울 것이다."

홍지만은 고개를 들어 푸르디푸른 가을 하늘을 올려다본다.

14

오늘따라 하늘이 높고도 투명하다. 지금 눈앞에 놓인 광경이 앞으로 어떤 상황으로 번질지 염려스럽다. 그러나 궁궐의 법도를 세우는 일은 곧 나라의 기강을 세우는 일이기도 하다. 한갓 역관의 후처인, 소의의 천한 어미가 감히 가마를 타고 임금의 대궐을 드나들 수는 없는 법이다. 더욱이 그 딸이 이 나라의 왕자를 낳았으니 더더욱 묵과해서는 아니 되는 일이다. 지만은 짧은 시간에 자신이 해야 할 일이 무엇인지 분별해 낸다.

홍지만이 대궐을 나선 지 불과 반시간도 지나지 않아 사헌부 감찰이 금리(禁吏)들을 거느리고 건양문 안으로 들이닥쳤다. 사신들이 무슨 잘못을 저질렀는지조차 알 수 없는 계집종과 가마꾼들은 마른하늘에 날벼락 맞은 심정이지만, 사헌부 금리가 그 사정을 일일이 알려 줄 리 만무다.

계집종은 겁에 질려 오금을 펴지 못한 채 금리들에게 끌려간다. 빈 가마를 멘 가마꾼들은 우선 가마기 가벼워서 한결 수월하다.

"에고고, 에고!"

자지러지는 비명 소리가 계집종의 엉덩이를 내려치는 곤장의 둔탁한 소리와 묘한 대조를 이룬다. 끝내 계집종은 혼절을 하고, 팔인교는 사정없이 산산조각이 난다.

얼마나 지났을까? 계집종이 탁탁 나무 튀는 소리에 놀라 번쩍 정신을 차렸다. 그녀는 분명 꿈을 꾸고 있다는 생각이 든다. 눈앞에 보이는 불길이 생시의 일이 아님은 분명하기 때문이다. 그렇게 불과 열흘 전에 조선의 왕자를 낳은 소의 장씨의 어미가 타고 온 가마는 사헌부 뒤뜰에서 한 줌 재로 변해 갔다.

"과인이 허락했소. 내가!"

용상이 들썩일 만큼 숙종은 화를 참지 못한다.

"과인이 가마를 타고 출입하라 허락한 것인데, 앞뒤 사정도 알아보지 않고 과인에게 아뢰지도 않고 제멋대로 형벌을 가한단 말이오?"

"그것이 사헌부가 맡은 소임입니다, 전하!"

왕의 격분이 가라앉기를 기다리다 못한 대사간 최규서가 간곡하게 아뢴다.

"그렇다면 사헌부가 임금의 머리 위에 있소?"

임금은 비아냥거리는 듯 말하면서 대사간을 노려본다.

"헌관이 법을 집행하는 것은 그들의 권리이자 의무입니다. 이번 사달은 여기서 접으시는 것이 상책인 듯합니다. 그만 거두어들이시지요. 전하!"

"내관, 내관은 게 있느냐?"

이조 판서 남용익의 만류를 들은 체도 않고 임금은 큰 소리로 내관을 찾는다. 입직내시가 황급히 대령하자 당장 내수사에서, 사헌부 지평 홍지만을 비롯하여 가마 사건에 연루된 금리와 아전들을 잡아들이라는 어명을 내린다. 나라의 녹을 먹는 자들이 임금을 능멸했으니 그 죄가 어찌 가벼울 수 있을 것이냐, 엄중하게 다스리라는 말까지 덧붙인다. 임금의 이 말은 곧 그들을 살려두지 말라는 뜻으로도 해석될 수도 있다.

상께서 왜 이렇게 무리수를 두고 계신가? 남용익은 잠시 머릿속이 복잡해진다. 왕의 속셈은 무엇인가? 장 소의가 왕자를 출산했다는 소식을 듣는 순간, 반가움보다 불길한 생각이 먼저 든 남용익이다. 그런 불길한 느낌이 자신의 기우였기를 바라는 마음 또한 간절했다. 지금 상감은 남용익의 불길한 느낌을 느낌이 아닌 현실로 만들려는 것인지도 모른다. 그러기 위해 조정 대신들의 기를 미리 꺾어 둬야 한다는 계산을 하고 있는 건 아닌지, 남용익의 가슴속에 느닷없는 파도가 밀려든다.

입시한 신하들은 무겁게 침묵한다. 시선조차 서로 마주치지 않는다. 그들은 저마다의 계산을 하고 있는 것이다.

내수사는 왕실의 사유 재산을 관리하는 부서로, 30여 명에 이르는 관리는 모두 내관으로 임명한다. 왕의 일상생활을 보필하는 내관들과는 달리 왕의 재산 관리가 주된 업무지만, 때로는 임금의 명을 받아 죄인을 잡아 내옥(內獄)에 가두고 치죄하기도 한다. 왕의 수족과도 같은 그들이기에 왕의 속내도 가장 잘 안다.

내수사로 잡혀 온 홍지만과 금리, 아전들은 심한 문초를 당했다.

"네 이놈. 사내구실도 못하는 주제에 나라의 관리를 개 다루듯 하다니. 이것이 사람에게 할 짓이냐!"

모진 고문을 견디다 못한 홍지만이 절규를 내지른다.

죄를 실토하도록 유도하는 문초가 아니다. 아니, 그들에게 실토할 죄는 처음부터 있지도 않았다. 내시들은 그저 웃전의 깊은 뜻을 따르고 있을 뿐이다. 인간이 행할 수 있는 온갖 고문 끝에 결국 홍지만이 숨을 거둔다. 뒤이어 사헌부 금리들이 하나둘 숨을 놓고 만다.

상소가 빗발친다.

"전하. 전하의 오늘날 거조는 실로 오랜 세월 동안 우리가 듣고 보지 못한 것입니다. 후궁의 친정어머니를 위하여, 헌관이 법을 집행한 것에 노하시어 환관을 시켜 다스리게 하고 끝내 그들의 목숨을 잃게 하니, 보고 듣는 이가 모두 놀라고, 여러 사람이 모두 전하께서 후궁을 두둔하여 죄 없는 사람을 억울하게 죽인다 합니다."

교리 유득일은 상소문을 올려 놀라움과 비통한 심정을 숨기지 않았다. 도승지 앞에는 임금에게 미처 올리지 못한 상소문이 산처럼 쌓여만 간다.

"처음에 형벌로 문초한 것은, 과인의 성정이 격해 한때의 지나친 행동에서 나왔던 것이다. 지금 금리들이 여럿 목숨을 잃게 되었다는 말을 들으니 후회되며 참으로 불쌍하다. 남은 가족들을 잘 보살펴라."

이튿날, 임금은 아침 경연 자리에서 한발 물러서는 자세를 취했다.

그날 밤 늦은 시각.

회현방에서도 남산 기슭 가장 깊숙한 곳에 자리한 남용익의 솟을대문 앞으로 한 선비가 다가오자 기다리고 있었다는 듯 소리 없이 대문이 열렸다. 대사간 최규서가 사랑방으로 안내되었다.

당상관인 대사간이라는 고위직에 오르기엔 상당히 젊은 나이로, 최규서는 아직 마흔이 되지 않았다. 그만큼 낭청(종3품 이하 당하관)들 사이에선 선망의 대상이지만 질시도 그에 못지않다. 그렇지만 최규서는 평소 말과 행동이 거침이 없고, 언관(言官)으로서 임금과 맞서기도 주저하지 않는다.

그가 늦은 시각에 남의 집을 찾았을 땐 분명 긴한 용무가 있을 터다. 그런데도 최규서는 자리를 잡고 앉은 지 한참이 지나도록 아무런 말이 없다.

"영상 대감께서 사람을 보내 왔었다네."

먼저 말문을 연 쪽은 집주인인 이조 판서 남용익이다. 같은 당상관이지만 남용익은 최규서보다 이십여 년 연상이다. 그에게 최규서는 아들뻘이다.

"……."

최규서기 시선을 잠깐 남용익의 얼굴에 머무르는가 싶더니 다시 거두어 버린다.

"아무리 튼튼하게 쌓아 올린 제방도 어린아이 주먹만 한 구멍 하나 때문에 무너진다네. 둑이 무너져 수백수천 인명이 물살에 휩쓸려 목숨을 잃기 전에, 그런 구멍이 생기는 일은 막아야 할 터인데 ……."

"제방 무너지는 걱정을 하시려고 절 부르신 건 아닐 테지요?"

"문숙, 자네 어이 그러나!"

"찾지 않으셔도 제가 뵈러 올 참이었습니다."

"……?"

최규서의 시선이 잠시 주름진 이조 판서의 얼굴에 머문다.

"어젯밤 명례방 배 교리의 사랑에 몇몇 소장들이 모여 걱정들을 했다고, 배 교리가 오늘 등청하면서 들렀습니다."

"젊은 사람들이 혹 위험한 생각들을 하고 있는 건 아니겠지?"

"대감!" 최규서의 목소리가 한결 낮아진다.

남용익의 사랑방에서 두 사람의 밀담이 깊어 가던 그 시각.

내수사에서 치죄 중에 죽은 금리들의 시체는 쥐도 새도 모르게 대궐 서북쪽 요금문으로 빠져나갔다. 요금문 밖은 바로 북악과 연결된다. 억울한 죽음들은 북악의 울창한 소나무들 사이로 사라졌다.

하지만 백성들은 임금이나 벼슬아치들이 생각하는 것보다 귀와 눈이 밝다. 임금이 후궁의 치마폭에서 헤어나지 못하고 죄 없는 관원들을 억울하게 죽였다는 소문은 날이 밝기도 전에 저자로 퍼진다. 종로 운종가에서 시작된 입소문은 어느 틈에 강경에서 마포 나루까지 세곡을 운반해 온 뱃사공들 귀에까지 들어갔다.

"내시들이 분풀이를 아주 단단히 했다는구먼."

"분풀이라니? 그 사람들한테 무슨 원한이라도 있었던 겨?"

"저희들한텐 없는 걸 갖고 있으니까 그렇지."

"그게 뭔데? 무슨 금은보화라도 갖고 있었던 거야?"

"정말 몰라서 그래? 내시가 금은보화보다 더 부러운 게 뭐겠어? 호호호."

"엥? 예끼, 이 사람! 난 또 뭔 소린가 했네. 히히히."

소문이란 무서운 것이다. 더욱이 누군가가 어떤 저의를 가지고 퍼트리는 소문은 걷잡을 수 없는 파장을 일으키며 꼬리에 꼬리를 물고 확대된다.

소문은 문경 새재 주막에서 재생산됐다.

"장씨 소생이 왕이 돼서는 안 된다고요? 아니, 왜요?"

"나도 잘은 모르니 그 얘긴 그만하게나."

허름한 선비 차림의 중년이 국밥을 마저 먹으려는 듯 다시 숟가락을 뚝배기에 담근다.

"뭐, 누구 소생이 왕이 되고 안 되고야 우리네 떨거지들한텐 상관없는 일이지만, 왜 안 되는지 까닭이 궁금한뎁쇼?"

목화솜이 달린 패랭이를 쓴 중늙은이가 선비의 밥상 앞으로 바싹 다가앉는다.

"확실한 건 나도 모르네. 지나가다 주워들은 소리니까."

선비는 더 이상 말 섞기가 싫은지 뚝배기의 밥알들을 싹싹 긁어모은다.

"그 소린 나도 들은 적 있습니다. 비전이라던가 ……. 수백 년 전부터 전해 오는 무슨 책에 그런 경구가 적혀 있다더군요."

주막 평상에 앉은 모든 사람의 시선이 일제히 무릎치기 차림의 벙거지에게 쏠렸다.

"아, 글쎄 봤다니까 그러네."

"봤다고? 그 비전인가 뭔가 하는 책을 자네가 보았단 말이지?"

"아니, 내가 봤다는 게 아니라 직접 본 사람 얘기를 들었다니까 ……."

"그렇담, 그런 책이 정말 있다는 건가?"

"있으니까 본 사람도 있는 거 아닌가? 수백 년 전 책인데, 임진년에 왜구들이 쳐들어오고 전란이 칠 년 동안 계속된다는 것도 적혀 있다는군."

"아니, 임진란은 불과 백 년도 안 된 일 아닌가?"

"그러니 귀신이 곡할 노릇이지. 수백 년 뒤의 일을 어떻게 알고 그런 걸 적어 놨는지."

도성 안 백성들만이 아니다. 조선 팔도 구석구석에서 그 비전을 직접 봤다는 사람의 말을 들었다는 사람들이 넘쳐 난다.

장씨 소생의 왕자가 대통을 이으면 나라가 망한다는 무서운 경구는 백성들의 마음속에 자리 잡는다.

백여 년의 풍상을 견디어 온 기왓골을 지나는 겨울바람은 그 소리마저 깊다. 이 긴 여운을 남기며 멀어지는 바람 소리에 귀라도 기울이는 듯 그의 두 눈은 깊숙이 감겨 있다. 아까부터 송시열은 장침에 상반신을 깊숙이 의지한 채 움직임이 없다.

봉조하 송시열이 고향인 옥천으로 낙향한 지도 벌써 팔 년이 지났다. 유림의 영수로 수많은 문도(門徒)들에게 큰 영향력을 지니고 있는 그도 나이가 이제 팔순을 넘기고도 몇 해가 더 지났다. 하여 세상의 온갖 다툼에서 빗겨 나 있고 싶은지도 모른다. 무릎 앞에 놓인 화로에서 아릿한 숯 향만이 하늘하늘 피어올라

방 안을 가득 채운다.

집사가 한양에서 손님이 왔음을 아뢰자, 무겁게만 보이던 송시열의 눈꺼풀이 스르륵 열린다. 홍문관 교리 배창진이 큰절을 올린다.

"뉘신고?"

"영상 대감의 서찰을 전해 올리려 왔습니다."

배창진의 목소리가 팽팽한 긴장감에 싸여 있다.

"퇴우당이?"

배창진이 전배자(남자들의 방한용 옷)인 품속 깊숙이 넣어 둔 편지를 꺼내자 송시열의 시선이 새삼스레 창진의 얼굴로 향한다.

양반들은 간단한 일용품 혹은 서찰이나 수첩 나부랭이는 웃옷의 소매에 넓게 주머니처럼 매단 공태에 넣고 다닌다. 상민이나 노비 따위는 공태가 있는 옷을 입을 수 없으니 간단한 물건을 品속에 지니고 다니기도 하지만, 홍문관 교리라는 위인이 이런 행동을 보이는 게 송시열에게는 낯설다. 하지만 노회한 송시열이 배창진이 보이는 행동이 어떤 의미인지 눈치채지 못할 리 없다. 영의정 김수홍의 서찰이 그만큼 비밀스러운 내용을 담고 있다는 의미일 것이다.

송시열이 다 읽은 편지를 연상에 내려놓는다. 송시열은 무슨 생각을 하는지 알 수 없는 표정으로 물끄러미 배창진을 건너다본다. 배창진은 그 시선을 마주 볼 수가 없다. 송시열의 말 한마디에, 그들이 죽음을 각오하고 세운 계획이 일시에 수포로 돌아갈 수도 있다. 이 나라 종묘사직과 만백성을 위한 그들의 충정이 부디 봉조하 대감의 마음을 움직이게 해 달라고 배창진은 간절히 바랐다. 그런데 송시열은 아무런 말도 없다. 그 대신 설렁줄 손잡이를 크게 한 번 당겼을 뿐이다.

"소인 인선이옵니다. 불러 계십니까?"

어느 틈에 달려왔는지 집사의 목소리가 방 밖에서 들린다.

"손님 뫼셔라. 잠자리 불편하지 않게 보살피고."

"예, 대감마님!"

"봉조하 대감!"

배창진의 목소리에는 간절함이 배어 있다.

송시열은 배창진이 자리에서 일어서기를 기다리는 듯 표정에 아무런 변화가 없다. 배창진이 큰사랑을 물러 나오니, 세찬 바람이 잦아든 밤하늘에 희끗희끗 눈발이 날리기 시작한다. 마당으로 내려서자 눈발은 생각보다 많이 내리는 듯하다. 창진이 혼잣말로 중얼거린다.

"밤새 눈이 쌓이면 돌아가는 길이 고생이겠군."

하늘에 구멍이 난 듯 사흘째 폭설이 쏟아진다.

한 해도 거의 저물어 가는 섣달 중순이다.

세살문 미닫이를 열고, 어른 허벅지 높이로 쌓인 뜨락의 눈을 바라보는 필재는 걱정이 앞선다. 작년 이맘때, 지을재 고개에서 눈사태에 파묻혀 동사한 보원부곡의 백정 갑두와 그 딸이 생각났기 때문이다. 세찬을 마련해 좌수 댁으로 가던 갑두 부녀가 지을재 고개에서 눈사태를 만나 파묻히는 사고가 난 것이 바로 작년 이맘때쯤이다.

생사도 알 수 없이 행방불명이 된 부녀의 시신을 발견한 건 이듬해 정월 대보름이 지나서였다. 사람 키 높이로 쌓였던 눈이 다 소나마 녹으면서 계곡 중턱 소나무 밑동에 걸린 딸의 시체가, 고개를 넘어오던 소금 장수의 눈에 띈 덕분이다.

눈이 이렇게 내리다간 소작인들이 세찬을 해 가지고 오갈 섣달이라 자칫 그 같은 일이 또 벌어질 수도 있을 것이다.

사랑 마당은 하인들이 하루 종일 부지런을 떨며 눈길을 내어 놓아 뒷간 출입 정도는 불편하지 않지만 대문 밖만 나서도 왕래가 쉽지 않을 듯하다.

필재가 가벼운 헛기침과 함께 미닫이문을 당겨 닫는데, 한껏 어깨를 웅크린 청지기 오 서방이 자욱한 눈발 너머로 보인다. 그런데 혼자가 아니다. 얼핏 보아 나그네 행색의 훤칠한 사내가 오 서방 뒤를 쫓아온다.

"이게 뉘신가, 간재. 간재가 벽촌까지 어인 걸음인가. 허허허."

필재는 반가운 마음에, 찬바람에 꽁꽁 언 배창진의 두 손을 덥석 잡았다. 두 사람은 동문수학한 막역한 사이다. 필재가 사헌부 장령 벼슬을 내놓고 낙향하기 전까지 서로 왕래가 잦았다.

폭설이 내리는 눈발을 뚫고 교리 배창진이 필재를 찾아왔다. 갓모며 남바위에 내려앉은 눈을 떨고 행전까지 벗어 털어 내고 배창진이 사랑방으로 들어서기까지는 한참의 시간이 걸렸다.

언 속을 녹일 수 있게 뜨끈하게 끓인 홍어애탕이 곁들여진 술상이 준비됐다. 한산 이씨 종가에 대대로 내려오는 가양주가 담긴 술잔을 주고받으며 쌓인 회포를 푸느라 방 안에는 오랫동안 웃음이 끊이지 않는다. 그 웃음이 공허하다는 걸 서로가 알지만, 필재는 결코 그런 내색을 하지 않는다.

한양에서 보령까지 400리가 넘는 길이다. 그 먼 길을 배종하는 하인 하나 거느리지 않고 혼자 차가운 눈보라를 맞으며 내려왔을 때에는 그럴 만한 사정이 있을 것이다. 굳이 묻지 않아도 배창진은 이 밤이 가기 전에 털어놓을 게 분명하다.

이곳 토산품인 살조개 말린 걸 말없이 씹던 창진이 불쑥 뱉는다.

"상께서 큰 병이 나셨네."

"큰 병이라니, 얼마나 중하신데?"

필재는 깜짝 놀란 얼굴이 된다. 불현듯 지난가을에 꾼 꿈 생각이 난다.

"허어 ……."

헛웃음인지 한숨인지 모를 숨을 토해 내고 창진은 술잔을 빠르게 비운다.

"올해 보령 몇이신가? 서른도 아니 되신 것으로 아는데?"

필재가 다소 조급한 얼굴로 창진을 건너다본다.

"서른도 아니 된 옥체에 깃든 정신이 낭떠러질세."

"무슨 소린가? 도무지 알아들을 수가 없군."

"미쳤단 말이야!"

"이 사람, 간재!"

필재는 비명처럼 나직한 목소리를 내지른다.

신하 된 도리로 감히 임금이 미쳤다는 말을 입 밖으로 뱉어 내다니, 대체 무슨 생각인가? 삼족이 멸문될 소리를 내 앞에서 태연히 꺼내 놓는 이 사내의 속셈은 무언가?

식은땀이 필재의 등골을 타고 흐른다.

"방금 자네가 한 말, 난 들은 적 없네. 당장 돌아가게."

가을에 꾼 악몽이 현실이 될 수도 있다는 불길한 예감이 필재의 뇌리를 스친다.

"건고는 듣지 못했는가? 환관들이 사헌부 금리들을 오뉴월 개 잡듯이 패 죽였단 소문?"

"내수사에서 여러 사람이 변을 당했다는 얘긴 들은 적 있네. 그렇지만 그 일과 방금 금상께서 정신이 혼미하시다는 자네 말은 무슨 상관인가? 나라의 녹을 먹는 신하가 그런 무엄한 말을 함부로 뱉어도 되는 건가?"

배창진은 잠깐 말문을 닫고 쿡쿡거리며 실성한 사람처럼 웃는다.

"건고의 말이 옳아. 하지만 오죽하면 내 입에서 그런 불충스러운 소리가 쏟아졌겠나?"

"시골에 묻혀 사는 퇴물이 그간의 경과를 자세히 알 수는 없네만, 오늘 얘기는 이것으로 끝내세. 먼 길 걸음 한 친구한테 예의가 아니지만 술상도 거두겠네."

"건고!"

필재의 아호를 부르는 배창진의 목소리는 의외로 단호하다.

필재가 멈칫 창진을 쳐다본다. 창진은 술병을 들어 손수 자신의 잔에 술을 채운다. 그것마저 막을 수 없어 필재는 가만히 창진이 하는 양을 지켜본다.

술잔에 술이 채워질 때까지 말이 없던 창진은 술병을 내려놓고 한결 부드러워진 목소리로 차근차근, 내수사에서 그런 참극이 일어나기까지의 과정을 설명하기 시작한다.

나라에 큰 공을 세운 대신만이 들어갈 자격이 있는 기로사에 든 원임 대신들일지라도 임금의 특별한 배려가 없으면 가마를 탄 채 궐내로 들어올 수 없는 것이 국법인데, 한갓 총애받는 후궁의 천한 어미가 팔인교를 타고 궐내로 들어온 데서 비롯된 내수사의 비극은 오로지 임금이 궁인 장씨에게서 얻은 아들을 원자로 삼으려는 저의에서 비롯됐다.

왕자가 궁인 장씨 소생 하나밖에 없다면 또 모를 일이다. 궁인의 소생으로 원자를 삼을 때엔 그를 세자로 책봉하기 위해서인데, 후궁의 아들이 세자로 책봉된 이후에 정궁께서 왕자를 생산하시면 그때는 어떻게 되겠는가?

성상과 중전 양위가 왕자를 생산할 수 없는 춘추라면 조정의 대소 신료나 만백성들도 왕의 처사를 감히 잘못이라고 말할 수 없을 것이다. 하나 이제 겨우 춘추 스물셋의 중전과 보령 스물일곱의 청년인 임금이신데, 후궁 소생의 왕자를 서둘러 세자로 책봉할 이유가 없다. 만에 하나 중전께서 이후에 왕자를 생산하시면 그때는 이 나라에서 어떤 일이 벌어질 것인가? 정실의 적자가 법통을 잇지 못하고 서자가 대를 잇는, 나라의 근본을 뒤흔드는 사태가 벌어질 것이다.

긴 설명 끝에 창진이 한숨을 내리쉬듯 말한다.

"조선은 국초 이래로 유교 정신의 바탕 위에 주자의 가르침을
좇아 윤리를 몸소 깨치고 실천해 온 나라일세. 이제 그 근본이
일개 백성의 집안이 아니라 왕실의 대권을 두고 흔들린다면 이
나라는 장차 어찌 되겠는가?"

지그시 입술을 깨무는 배창진의 눈가에 언뜻 이슬이 맺히는
걸 필재는 본다.

말인즉, 창진의 생각이 한갓 트집이거나 쓸데없는 걱정이 아
니다. 일개 상민의 집안에서도 적자와 서자의 구별은 엄격하다.
첩의 자식이 문중의 종손으로 대를 잇는 법은 없다. 양자를 입양
해서라도 적자를 종손으로 세운다. 하물며 왕실에서야 더 말할
것 없다. 조정 대신들이 이를 염려하는 건 당연히 그들이 해야
할 나라와 임금에 대한 충성심이다.

"하지만 성상께서 그럴 뜻을 굳히셨다면 막을 방도가 없지 않
은가?"

오랜 침묵 끝에 필재가 한 말이다.

"그래서 내가 자네를 찾아온 걸세."

"……?"

필재는 미처 배창진의 말을 알아듣지 못한다.

"그래서 날 찾아오다니? 현직에 있을 때도 대소 신료들의 끄
트머리에서 겨우 자리나 보전하던 난데, 하물며 관직을 떠난 지
오래인 내가 이런 막중대사에 무슨 힘을 보태겠는가?"

"건고도 이미 알고 있을 테지. 비전 말일세. 백성들의 입에서

입으로 회자되고 있는 예언서. 장씨 성을 가진 여인의 자식이 임금이 되면 조선은 크나큰 재앙의 불구덩이에 빠진다는 경구가 적혀 있다는 비전. 그 비전을 찾아내는 길만이 성상의 용안을 어지럽히는 계집의 발호를 막고 왕실의 정통성과 나라의 천년대계를 바로 세우는 유일한 방법일세."

"이 사람, 그런 비전이 어디 있는가? 그건 단지 무지한 백성들 사이에 떠도는 유언비어일 뿐일세. 자네가 정말 그런 비전이 있다고 믿는 건 아닐 테지?"

"아니 땐 굴뚝에 연기 나던가? 시작은 늘 그렇지. 그런 말은 근거 없는 유언비어일 뿐이다. 그런데 그 유언비어가 사실로 밝혀진 적이 어디 한두 번인가?"

"난 믿지 않는다네, 그런 유언비어는."

"최동운 대감 일은 어떤가?"

"……?!"

"대사헌 대감 말일세. 인조 대왕의 넷째 아드님이신 용성대군의 며느리가 과부의 몸으로 아들을 낳았을 때 세상에서 무어라 했는가? 사람들은 종실 부인이 간통한 사실도 놀랍지만 아이의 아버지가 대사헌 최동운 대감이라는 소문에 더 놀랐지."

"그건 최 대감의 인품이 워낙 고매하고 강직했으니까. 좀처럼 믿기 어려웠지."

"바로 그렇다네. 최 대감은 조정 백관들로부터도 존경과 신망을 한 몸에 받던 분이지. 그래서 그 소문은 모두 유언비어라고, 심지어 최 대감이 금상을 난처하게 하는 직언을 많이 하니 대사헌 자리에서 밀어내기 위한 구실로 퍼트렸다는 소문까지 날 지경이었네. 한데 그 유언비어가 어떻게 결말이 났는가?"

"그건 나도 아는 일일세."

"그래. 세상의 비난을 견디다 못한 종실 부인이 끝내 자결하면서 남긴 유서 때문에 모든 게 사실로 드러나지 않았던가?"

"나도 참 많이 놀랐던 기억이 있네."

"바로 그래서일세. 지금 세상을 떠들썩하게 하는 유언비어가 모두 근거 없는 헛소문에 불과하다고 어떻게 장담할 텐가?"

필재는 잠시 대꾸할 말이 궁색해진다. 지금은 비록 유언비어로 떠도는 말일지 모르지만 그 말들이 사실일 수도 있다는 가설까지 부정하기에는 배창진의 말투가 너무 진지하다.

"비전이 있다고 믿고 그 비전을 찾기로 했네. 영상 대감을 위시해 여러 대신들과 명망 높은 선비들이 머리를 맞대어 얻은 결론일세."

"그런 결론이 났다 해도, 이런 급박한 때에 먼 곳까지 날 찾아온 까닭은 무언가?"

"봉조하 대감께서 그리하라 하셨네."

배창진의 목소리가 갑자기 나직하게 깔린다.

"우암 선생께서?"

필재는 뜻밖이다. 성리학자이자 주자학의 대가인 우암 송시열이, 비전이 실재한다 해도 한갓 도참서에 불과할지도 모를 서책을 찾는 데 동의했다는 것만으로도 뜻밖인데, 왜 사람을 내게 보낸단 말인가?

"거, 거 누구야?"

외마디 고함과 함께 갑자기 개 짖는 소리가 밤공기를 가른다. 행랑채에서 기르는 개들이 일제히 목청을 찢듯 짖어 대기 시작한다. 두 사람은 급히 입을 닫는다. 주고받던 내용이 내용인지라 그들은 숨을 죽인 채 바깥 동정에 귀를 세운다.

개 짖는 소리가 점점 잦아지는가 싶더니 어느 틈에 창살문 밖으로 불빛이 일렁이고 두런거리는 사람들 목소리가 가까워진다.

"나으리. 아무 일 없으신지요?" 오 서방이다.

"일이라니? 바깥이 왜 이리 소란스러우냐?"

"잠시 들겠습니다요."

대답도 하기 전에 오 서방이 들어와 윗목에 무릎을 꺾는다. 두 사람은 동시에 눈으로 묻는다. 오 서방은 애써 가쁜 숨을 감추려 하지 않고 말을 꺼낸다.

"귀돌이 놈이 군불을 넣을 참으로 중문을 들어서다가, 시커먼 그림자 두 개가 영창문에 찰싹 붙어 있는 걸 봤답니다."

"그, 그래서?"

창진의 얼굴이 흙빛으로 바뀌면서 내지르듯 재촉한다.

"그놈들이 귀돌일 먼저 본 모양입니다."

장작을 한 아름 안고 중문을 들어선 귀돌이가 생전 처음 보는 광경이라 잠시 어리둥절해하는데, 잽싸게 마당으로 뛰어내린 그림자들이 귀돌이를 눈 위에 떠다밀고는 중문 밖으로 내달린다. 중문 밖은 바로 행랑채 마당이다. 개들이 요란하게 짖는 소리에 뛰쳐나온 하인들이 영문도 모른 채 뒤를 쫓았지만, 대문 밖으로 달아난 검은 괴물들의 모습은 어둠 속으로 사라진 후였다. 타작마당에서 쓰던 횃불까지 켜 들고 사방을 찾아보아도 쏟아지는 눈이 괴한들의 발자국마저 지워 버려 행방을 알 길이 없었다.

"고만도에 있는 수군영의 절도사가 내 재종형이네. 내가 부탁하면 군사 여남은 명은 쉬 보내 줄 걸세."

오 서방의 얘기가 채 끝나기도 전에 배창진이 급한 소리를 냈다.

"난데없이 군사는 왜?"

"방금 저 사람이 하는 말, 뭘로 들었는가? 당장 집 안팎에다 경계를 세워야지. 날 밝으면 수군영에 다녀와야겠네."

"허허, 그만 진정하게나. 군사를 풀어 지킬 만큼 내 집에 귀한 물건 같은 건 없다네."

"장서는? 그 속에 우리가 찾는 ……."

말을 하다 말고 배창진은 윗목에 꿇은 오 서방을 힐끗 건너다본다.

"책이라야 사서삼경 같은 경전이나 시문집 몇 권이 전부일세. 자네가 찾으려는 그런 서책은 있지도 않다네."

두 사람 사이에 말이 오가기 시작하자 오 서방이 슬그머니 일어나 자리를 뜬다. 기다리기라도 한 듯 배창진이 술상을 옆으로 밀어 놓으며 필재 곁으로 다가앉는다.

"간고!"

창진의 목소리가 깊어진다.

한산 이씨 종택을 황급히 도망쳐 나온 사내들은 개 짖는 소리가 한결 멀어지자 고을의 진산인 당산 지을재 고개를 향해 걸음을 재촉한다. 하인 눈에 띈 것이 자꾸 마음에 걸리지만 지금은 그걸 되새기고 있을 겨를이 없다. 서둘러 재를 넘어야 한다. 제 깐으로는 단숨에 재를 넘을 것 같았지만 허리까지 파묻히는 눈밭을 헤쳐 나가기가 여간 난감한 일이 아니다.

두 사내가 고개를 넘어 주막에 도착한 것은 이미 자정을 넘긴 시각이다. 한 길이나 되는 눈을 뒤집어쓰고 납작 엎드린 주막은 주막등도 오래전에 꺼졌다. 사내들은 젖혀 놓은 채 닫지도 않은 사립문을 두고 울타리를 끼고 돌았다. 그리고 야트막한 싸리 울타리를 능숙하게 타고 넘어 주막 뒤꼍으로 들어선다. 주막 뒷방 들창에는 불빛이 가물가물 새어 나오고 있다. 불빛을 확인한 사내들은 들창 밑으로 다가가 몸을 낮춘다.

"나리."

"들어오너라."

방 안에서 들릴락 말락 한 쇳소리가 돌아온다.

나름 정성을 들인 구레나룻이 눈길을 끄는 사내는 그러나 버들잎처럼 가늘고 길게 난 눈썹 아래 고리눈을 하고 있다. 앉은 품새나 몸놀림으로 보아 예사 장사치나 선비의 모습은 아니다. 두 사내가 오늘 밤 일을 자초지종 보고하는 동안에도 고리눈은 그저 한 곳을 응시하고 있을 뿐이다.

날이 밝으면서 눈발이 멎었다. 고리눈은 두 사내를 주막에 남기고 서둘러 떠날 채비를 한다.

"배 교리의 행적을 놓쳐선 안 된다. 며칠을 머물더라도, 이곳에서 어디를 다니고 누구를 만나는지 낱낱이 살펴라. 이씨 종가를 드나드는 자들이 어떤 자들인지 알아내는 일도 당연히 네놈들이 챙겨야 할 일이다."

"그자가 여길 떠나면 어찌할까요?"

두 사내가 긴장한 낯색으로 고리눈을 쳐다본다.

"쉬 떠나진 못할 세다. 비전이라는 것이 그리 쉽게 눈에 띌 물건이라면 종손인가 뭔가 하는 위인이 여태 그걸 모를 리 없잖아?"

"그거야 또 모를 일이지요. 관심이 없어서 그렇지, 알고서 찾으려 들면 금방 찾아낼지도 ……. 그땐 배 교리가 당장 여길 뜰 텐데요."

한 사내가 제법 진지한 표정으로 고리눈을 설득하려 한다. 고리눈은 잠깐 머뭇거린다.

어젯밤, 그들이 주고받은 얘기로 미루어 배 교리가 비전이라고 불리는 책을 찾아 보령까지 내려왔음이 분명하다. 한산 이씨 종손은 아직까지 비전의 실재에 대해 전혀 모르고 있는 눈치지만, 배 교리의 말을 듣고 비전을 찾아낼지도 모른다. 그때는 어찌할지를 웃전으로부터 들은 바가 없다.

"절대 충청도 땅을 벗어나지 못하게 하면 돼."

"어떻게요?"

두 사내는 마른침을 꼴깍 삼킨다.

"이 길목을 지키는 것이다. 여기가 한양으로 가는 유일한 길목이니, 그자가 일부러 남쪽으로 거슬러 갔다가 한양으로 향하지 않는 한 여길 빠져나갈 순 없어. 배 교리가 지나가면 뒤를 밟다가 적당한 곳에서 눈 속에 파묻어 버려라"

두 사내는 고리눈의 말뜻을 확인이라도 하듯 서로를 쳐다본다.

"네놈들이 글을 읽을 줄 알면 굳이 그럴 것까진 없지만 불행히도 둘 다 까막눈이니 다른 방도가 없지."

고리눈은 두 사내에게 확실하게 언질을 준다.

"늦어도 사흘 안엔 다녀오겠다."

한양까지 400리 길이다. 며칠째 내린 눈으로 산도, 들도 구별할 수 없는 왕복 800리 길을 사흘 안에 다녀오겠다는 말을 사내들은 내심 믿지 않는다. 그래도 사내들은 냉큼 대답한다.

"알겠습니다."

"주막 봉노에서 술 퍼마시느라 배 교리 행적을 놓치는 날엔 네놈들 모가지가 열둘이라도 남아나지 못할 게다."

고리눈은 그저 지나가는 말처럼 뱉지만 남겨진 사내들은 자신도 모르게 목덜미로 손이 올라간다. 고리눈은 배 교리가 보령을 떠나기 전에 돌아올 생각으로 서둘러 주막을 나선다. 하지만 고리눈의 예상은 아예 빗나갔다.

고리눈이 주막을 떠나던 시각, 배창진은 한산 이씨 종가 솟을대문을 나서 서쪽 해안가로 길을 잡았다. 그동안 내린 눈으로 길이 막혀, 육로로 가면 고생도 고생이지만 언제 한양에 닿을지도 모른다. 고만도 수군영에서 작은 병선을 얻어 타든가, 아니면 야거리 배라도 구해서 뱃길로 올라갈 생각을 한 것이다.

지난밤은 필재와 함께 뜬눈으로 밤을 새웠다. 필재는 비전의 존재를 좀처럼 인정할 생각이 없다. 설혹 그런 책이 존재하다고 해도, 송시열이 배창진을 왜 자신에게 보냈는지 납득하지 못했다.

바람만 잘 만나면 나흘이면 마포 나루에 닿을 수 있을 것이다. 배창진은 걸음을 빨리한다.

바람이 드세게 분다. 정월 초순이라고 하지만 이렇게 드센 바람은 결코 예년에 흔히 보기가 쉽지 않다. 입궐하라는 명패를 받고 서둘러 선정전으로 들어서는 중신들도 관복 속 배자를 파고드는, 살을 에는 겨울 추위에 절로 몸을 웅크릴 지경이다.

"신년 하례가 끝나자마자 급히 서둘러야 할 국사가 생겼소이까?"

인정문을 옆으로 하고 숙장문을 들어서다가 한발 앞선 남용익을 발견한 병판 윤지완이 등 뒤로 말을 건넨다. 남용익의 생각도 다르지 않다. 오늘 입궐하는 중신들의 면면들만 보아도 사안이 예사롭지 않다고 남용익은 짐작했다.

삼정승을 비롯하여 육조의 판서, 삼사(사간원, 사헌부, 홍문관) 의 장관들이 입궐하라는 명패를 받았다. 이는 중대한 국사를 논의하는 때가 아니면 좀처럼 함께 모이기 어려운 나라의 중신들이다.

선정전으로 향하는 대신들은 하나같이 그들이 염려하고 막고 싶었던 사태가 벌어질 것이라는 불길한 예감에 휩싸인 채 무거운 발걸음을 옮긴다.

평소 경연은 희정당에서 열린다. 그런데 오늘 승정원에서 하달된 장소는 선정전이다. 선정전은 평소 국가 대사를 의논할 때 조정 대신들이 모이는 왕의 집무실이다.

임금의 용안이 몹시 굳어 있다. 왕자를 얻고 나서 신하들을 대할 때면 환한 웃음기를 거두지 않으시더니 오늘 아침은 몸가짐조차 어색하다.

애희와 사랑에 푹 빠진 성상이 두 달 전 아들을 얻었다. 더구나 왕의 총애를 받고 있는 여인은 희대의 요희라는 풍문이 자자한 터다.

결론은 하나다. 이조 판서 남용익은 오늘 극도로 말을 아끼기로 마음먹는다. 상황이 결코 만만치 않기 때문이다. 용익의 예상은 틀리지 않았다.

젊은 나이지만, 노회한 중신들을 대하는 숙종 임금의 어조는 진중하다.

"근본을 정하지 못하여 나라의 형세가 고단하고 약하오. 여러 가지 세상일이 어려운 것이 많아서 민심이 의지할 데가 없는데, 현재의 가장 큰 계책은 다른 데 있는 것이 아니고, 당장 내가 의논하려는 왕자의 명호, 즉 원자를 정하는 일이오."

임금은 잠시 말을 멈춘다. 왕의 짧은 말 몇 마디에 이미 선정전 안은 차가운 겨울바람이 휘몰아치는 전각 바깥보다 더욱 얼어붙었다.

"만일 머뭇거리고 관망하거나 감히 다른 의도가 있는 사람이 있다면, 벼슬을 내놓고 물러가는 것이 옳을 것이오."

"전하!"

말을 아끼기로 마음먹었던 남용익은 방금 전의 생각과는 달리 단호한 어조로 임금을 찾는다.

"나라의 형세가 외롭고 위태하여, 조야가 몹시 바라던 때에 왕자가 탄생하셨으니, 신하와 백성들이 모두 경사스럽고 다행한 일이야 어찌 가히 다 아뢸 수 있겠습니까만, 다만 오늘 내리신 말씀은 의외이며, 왕자의 명호를 정하는 일도 또한 너무 빠른 감이 있습니다. 지금 중전께옵서 춘추가 한창이시니, 지금 왕자의 명호를 정하는 일이 어찌 너무 급하다고 아니하겠습니까? 전하께서 물러가라는 말씀이 계셨으니, 신은 물러가기는 하겠으나 신의 생각은 이렇습니다."

술렁인다. 선정전 안이 술렁인다. 그 술렁임은 곧 오늘 여기 모인 조정 중신들의 생각이 남용익의 생각과 같음을 의미한다.

왕은 잠시 숨을 고른다.

"과인의 나이 거의 서른이 되도록 아들이 없다가 작년에야 비로소 왕자가 생겼는데, 지금 그 아이를 원자로 정하는 것이 무엇이 빠르단 말이오?"

"남용익의 '너무 빠르다'는 말은 참으로 옳습니다. 한 명제의 명덕황후는 아들을 낳을 희망이 없어진 뒤에야 비로소 장제를 왕세자로 삼았습니다. 이는 정궁의 맏아들을 제일 중하게 여긴 것임을 알 수 있는 예입니다. 지금 왕자가 난 지 겨우 두어 달밖에 되지 않았을뿐더러 중전께서 생남의 경사가 없으면 나라의 근본이 자연 정해질 터인데 어찌 이리 서두르십니까?"

병판 윤지완이 임금의 마음을 돌리려고 성심을 다해 아뢴다.

"과인이 뭐랬소? 다른 의도가 있는 사람이 있다면 벼슬을 내놓고 물러가라지 않았소? 이런데도 경들은 과인의 뜻을 헤아리지 못하오?"

숙종의 목소리가 한결 높아졌다.

"전하! 말씀이 지나치십니다."

신하들은 일제히 부복하며 임금의 과격한 생각을 저지하려 한다. 대사간 최규서가 틈을 주지 않고 말을 잇는다.

"전하께서 춘추가 아주 한창이신데 어이 이리 서둘러 명호를 정하려 하십니까? 오늘 물으신 일은 종사에 관계된 중대한 국사이니 마땅히 조용히 의논해야 할 일인데, 갑자기 벼슬을 가지고 신하들을 위협해서 물러가라는 말씀까지 하시니 신하들을 대우함이 지나치심이요, 전하께서도 또한 대단한 실언을 하시었습니다."

신하들의 저항이 예사롭지 않다는 생각에 임금은 잠시 말문을 닫는다.

이미 충분히 예견했던 일이다. 지금의 왕자가 중전의 소생이라면 이런 분란은 애초에 있지도 않았을 것이다. 불행히도 왕자의 어미는 아무리 임금의 총애를 받는다 하더라도 일개 소의라는 직첩을 받은 궁인에 지나지 않는다.

유교 사상을 건국 이념으로 하는 조선은 적서의 차별이 매우 엄격한 나라다. 아무리 임금이라도 이런 신하들의 사상이나 신념을 권위로 누를 수는 없다. 임금의 어조가 갑자기 부드러워진다.

"작년 오월에 과인이 꿈속에서 어떤 사람을 만나, 내가 언제 아들을 낳겠느냐고 물었소. 그 대답이 벌써 임신을 했다고 하기에, 임신을 했다고 배 속의 아이가 사내인 줄 어떻게 알겠는가, 라고 되물으니, 그 대답이 바로 그것이 남자입니다, 하고서는 홀연히 사라졌소. 과인은 왕자가 하늘이 점지해 준 아이라 믿고 싶소."

숙종은 지금 교묘히 신하들을 설득하려는 듯 보인다. 자신이 간절히 아들을 원했고, 하늘이 그 소망을 들어주어 지금의 왕자가 태어났다. 그토록 기다렸던 자식인 그 아이를 원자로 세우려 한다. 이것이 하늘의 뜻이 아니겠느냐?

대제학 신정휴는 숙종의 계략을 눈치채지 못했다. 신정휴는 왕이 하늘 운운 말을 하자 기다렸다는 듯 비밀스레 감춰 뒀던 패를 꺼낸다.

"전하께서 왕자를 하늘이 점지해 주었다 여기시니 소신도 드릴 말씀이 있습니다."

"……?"

숙종은 대제학의 다음 말을 기다린다. 마음속으로 초조해지려는 자신을 애써 누르며 용상 등받이에 지그시 몸을 기댄다.

"요즘 들어 저잣거리에 무성하게 떠도는 소문이 있습니다. 이제는 도성 안은 물론이요, 천 리 밖 산간벽촌에까지 퍼져 모르는 이가 없고, 세 살짜리 꼬맹이들마저 노래처럼 흥얼거리는 지경에 이르렀다 합니다."

"대체 그 소문이란 게 어떤 것이오?"

"나라의 중대사와 운명을 기록한 예언서로, 수백 년 전부터 전해져 온 비전이 있다 하고, 그 비전에 적힌 내용이 소문으로 번지고 있습니다."

"경은 지금 저잣거리에 떠도는 유언비어에 불과한 그 소문이라는 걸 과인에게 알려 주려는 게요?"

숙종의 반응은 의외로 시큰둥하다. 지금 중대한 종사의 일을 논하는 자리에 유언비어 따위를 들고 나와 사안의 초점을 흩트리려 한다고 여기는 듯하다.

"전하. 그냥 지나칠 수는 없는 소문이기에 올리는 말씀입니다. 비전에는 궁(弓)이나 장(長)자 자귀가 들어간 성씨의 소생은 조선의 왕이 될 수 없고, 만약 그리되면 이 땅이 피로 얼룩지는 크나큰 재앙이 닥친다는 기록이 있다 합니다."

왕이 벌컥 등받이의 몸을 곧추세운다.

"그런 허황된 소리가 어디 있소? 이는 필시 어떤 못된 무리들의 모함이오."

"저잣거리에서 천한 백성들이 퍼트리는 풍설이라고 여길 수도 있으나, 그 비전에는 임진년 왜란도 예언하고 있다 하옵니다. 비록 유언비어라고는 하나 나라 안 온 백성이 그리 믿고 있음을 간과하지 마시옵소서."

"이건 음모요. 그따위 도참설을 퍼트려 나라의 근간을 흔들려는 무리들이 조정에 똬리를 틀고 있지 않소!"

노기 띤 임금의 목소리가 크게 떨리고 있다.

"단지 떠도는 풍문에 불과할지도 모릅니다. 하지만 전하께서 왕자를 하늘이 점지해 주신 것으로 여기시는 것과 매한가지로 백성들은 그 소문을 믿고 불안해하고 있음을 살피십시오."

"대제학은 분별력도 없으시오? 비전이라니? 무당들이나 내뱉을 말이 잠시의 주저함도 없이 조정 대신의 입에서 나오다니. 어디 있소? 비전이란 것이 있다면 당장 과인의 눈앞에 가져다 놓으시오."

"대개의 일을 보면 처음엔 허황된, 날조된 듯이 풍문으로 떠돌지만 나중에 가서는 사실로 밝혀지는 경우도 없지를 않습니다. 전하께서 한번 살펴보심은 어떠신지요?"

군신 긴에 오기는 말이 점점 위태로워지자 남용익이 중재의 뜻을 내비친다.

임금은 자신이 의도한 대로 국면이 흘러간다고 여긴다. 저자에 팽배한 비전에 관한 소문은 임금도 소상히 알고 있었다. 임금이 미복 차림으로 변장을 하고 궐 밖으로 몰래 나가 민심의 동향이나 백성들의 형편을 살피는 일을 미행이라 한다. 왕도 즉위 초에는 자주 미행을 나가기도 했다. 하지만 근래에 와서는 왕자를 보는 재미에 푹 빠져 미행을 나갈 여유가 없어지자, 승정원 승지들이나 내관들을 때때로 대궐 밖으로 보내 시정의 동정을 살피고 오도록 했다.

그들이 가지고 오는 저자의 민심은 숙종을 화나게 했다. 저잣거리에서 백성들 사이에 떠도는 소문들은 왕이라도 어찌할 수 없다. 하지만 그런 유언비어를 조정 대신들이 입에 올리면 사정은 달라진다.

중전은 아직 이십 대 초반이다. 중전의 나이로 보아 얼마든지 적통의 왕자를 낳을 수 있다. 그러니 왕실의 중대사인 원자를 후궁의 소생으로 세우는 일은 결코 용이하지 않다는 걸 숙종 임금은 안다. 꿈 이야기는 숙종이 짜낸 교묘한 계책이다. 그리고 그 미끼를 홍문관 대제학이 덥석 물고 만 형세다.

임금이 박차듯 옥좌에서 일어선다.

"비전을 가져오시오! 그 비전인지 비결인지 하는 괴문서를 당장 과인의 눈앞에 가져다 놓으시오. 그러지 못하면 그따위 허무맹랑한 도참설로 임금을 협박한 죄, 삼족이 멸문지화를 면치 못할 것이오."

숙종은 용포 자락을 떨치며 선정전을 빠르게 빠져나갔다. 내시들이 황급히 그 뒤를 따랐다.

왕이 용상을 비운 후에도 한동안 그 자리에 못 박힌 듯 움직임이 없는 대신들의 시선이 어지럽게 오간다. 일이 너무나 엉뚱하게 번지고 있다. 이조 판서 남용익은 예순을 넘긴 나이다. 평생을 임금과 백성을 위해 종사해 왔다고 생각한다. 하지만 이제 결심을 해야 할 때가 왔음을 절감한다.

왕자가 태어났다고는 하나 후궁 소생이다. 정궁인 중전이 왕자를 생산할 가능성이 얼마든지 있는 마당에 후궁의 자식을 서둘러 원자로 세우겠다는 임금의 뜻은 성급한 것이다. 조정 대신들이 하나같이 그 뜻을 거두기를 주장하는 데는 분명한 대의와 명분이 있다. 하지만 불길은 엉뚱한 곳으로 번지고 있었다.

불길이다. 강당 높은 지붕 위로 뱀의 혓바닥처럼 널름거리는 불길이 보였다. 서원에는 스물에 가까운 원생들이 기숙한다. 학생들은 동재와 서재로 나뉘어 생활하면서 강장의 강의를 듣고 훈장의 훈도를 받으며 선비로서의 학문과 예절을 익힌다.
　부엌데기 정구 어멈은 그 많은 원생들의 하루 세 끼 끼니를 해 대느라 늘 허둥댄다. 오늘따라 부엌일을 도와주는 점례 년마저 몸에 한기가 온다며 일찍 집으로 가 버려, 혼자서 많은 저녁 설거지를 하느라 밤이 이슥하도록 부뚜막 앞을 떠날 수가 없었다.
　그럭저럭 설거지를 마쳤다. 장정 두 명이 맞들어도 무거워 보이는 개수통을 끙 소리를 내지르며 들어 올린 정구 어멈이 구정물을 버리러 교직사 부엌문을 나서다가 강당 너머로 환한 불빛을 본 것이다.
　"저, 저게 뭐여?"
　시뻘건 불길이 강당 용마루 위로 널름거리는 걸 보고 정구 어멈은 잠깐 망설인다. 도무지 불씨조차 있을 리 만무한 강당에 웬 불빛일까? 긴가민가하고 침침한 눈을 두어 번 껌뻑이고 다시 바라보지만 분명 불길이 타오르고 있다. 무거운 개수통이 정구 어멈의 발등에 떨어진다. 하지만 그걸 아파할 겨를조차 없다.
　"불이야. 불이야!"

정구 어멈의 외마디 소리가 쨍쨍한 겨울 밤하늘을 찢어 놓는다.

불이 난 곳은 서고다. 화암서원의 서고가 불길에 휩싸였다.

서원의 장서를 보관하는 서고는 책을 간행하는 장판고와 연이어져 강당의 앞 동쪽에 있다. 부엌이 있는 교직사가 강당 뒤 서쪽에 있어, 정구 어멈이 처음 불길을 보았을 때 강당에 불이 났다고 착각한 것이지만, 불길은 정작 귀중한 서책들이 보관되어 있는 서고를 휘감고 있었다.

재실에서 책을 읽거나 먹을 갈아 습자에 열심이던 유생들이 정구 어멈의 비명 소리를 듣고 한꺼번에 뛰쳐나왔다. 비록 책상물림의 유생들이라고 해도 스물 안짝의 젊은이들이다. 힘을 합치면 웬만한 불길쯤은 쉽게 잡을 기세다. 그들이 우르르 서고 앞으로 달려왔지만 정작 불을 끌 방법이 없다. 서원 경내에 있는 하나뿐인 우물에서 두레박으로 길어 올리는 물로는 이미 대들보에까지 올라붙은 불길을 잡기에는 어림없는 몸부림이다.

서고에 보관된 장서만이라도 건져 볼 요량으로 유생들이 사생 결단으로 서고 안으로 들어가려 해도, 어디가 출입문이고 어디가 벽인지조차 분간할 수 없을 만큼 서고는 불구덩이가 되어 있었다.

"어찌할꼬. 이를 워쩌, 이를. 애고 신령님, 애고 부처님."

정구 어멈이 넋두리를 하다 말고 잔설이 질퍽한 땅바닥에 스르르 주저앉는데, 요란한 소리와 함께 서고 지붕이 내려앉는다.

원생들의 울음소리가 차가운 냉기로 얼어붙은 밤공기를 얼음장 가르듯 갈라놓을 만큼 크고 애통하다. 그들은 눈앞에서 한 줌 재로 사라지는 서책들이 너무나 아깝고 소중하다.

비단 원생들만이 아니다. 서책 한 권 구하기가 쌀 열 섬 얻기보다 어려운 것이 조선의 사정이다. 글을 읽는 선비들에게는 그만큼 책이 소중할 수밖에 없었다. 서고에는 오랜 세월 동안 어렵게 구하고 수집해 온 경서며 사서, 선현들의 가르침이 담긴 유고집, 문장 재사들의 시문집까지 1,000여 권의 장서가 소장되어 있었다. 그 귀중한 재산이 눈앞에서 사라지는 광경을 바라보는 유생들의 가슴은 찢어질 듯 아프다. 그들이 부모 잃은 고아처럼 목 놓아 통곡하는 까닭이 여기에 있다.

책이 그만큼 귀중하기 때문에 서원의 장서는 평소에도 엄격하게 관리한다. 서원 관리의 책임자인 재장(齋長)의 지시로, 집강(執綱)이 당번을 맡은 유생 세 명과 함께 오 일에 한 차례, 장서의 보관 상태와 목록을 점검한다. 물론 한 권씩 점검할 때에도 신중하고 소중하게 다룬다. 당연히 장서를 서원 밖으로 반출하는 것은 일절 금지되어 있다.

불길은 서고와 연이어 붙어 있는 장판고까지 태우고서야 잦아든다. 소식을 듣고, 강장과 훈장, 재장을 비롯해서 서원을 관리하는 도유사며 색장까지 뒤늦게 달려왔지만, 그들이 본 것은 아직도 연기가 피어오르고 있는 타다 만 기둥과 깨진 기왓장뿐이다.

"불난 걸 맨 처음 본 사람이 누군가?"

망연한 표정으로 주변을 살피던 재장이 누구에게도 아니게 침통한 소리로 묻는다. 불타 버린 서고 앞을 서성이고 있던 유생들의 시선이 일제히 정구 어멈에게로 향한다.

무릎의 힘이 빠져 그 자리에 주저앉았던 정구 어멈은 청지기 권 서방이 떠다 준 냉수 한 사발을 들이켜고서야 겨우 정신을 수습했다. 정신을 차렸다고는 하지만 정구 어멈은 오랫동안 강당 축대에 앉아 넋을 놓고 있었다.

"맨 처음 본 겨, 임자가?" 권 서방이 물었다.

"예에? 뭘 말여유?"

"불난 거. 서고에 불붙은 걸 제일 먼저 안 겨?"

"젤 먼저인지 끄트머린진 몰러두, 불났다고 고함친 건 저여요. 그때꺼정 불이야 소리가 안 들렸지유."

재장은 정구 어멈에게 당시의 상황을 꼬치꼬치 캐묻는다. 하지만 아무리 되풀이 캐물어도 새롭게 밝혀질 건 없다. 정구 어멈이 본 거라곤 강당 지붕 위로 치솟는 불길뿐이었으니까.

먼저 밝혀내야 할 것은 발화의 원인이다. 하지만 우선 서고 근처에는 불이 번질 만한 불씨조차 있지 않다. 불을 많이 다루는 부엌이 있는 교직사는 강당 뒤편 서쪽에 있다. 그리고 반대로 서고는 강당 앞 동쪽에 있다. 불을 다루는 부엌과 장서를 보관하는 서고를 멀찌감치 떨어지게 배치한 것도 바로 오늘 밤 같은 위험을 아예 없애기 위해서다.

남은 건 담뱃불이다. 그런데 서원의 유생들에게 담배는 금기 사항이다. 임진왜란 이후 광해군 시절에 전래된 담배가 사대부가의 사랑방에서 널리 애용되고 있기는 하지만, 독서와 수양에 정진해야 할 젊은 유생들이 즐겨 할 기호품은 아니기 때문이다. 그러나 고단한 삶과 힘든 노동에 시달려야 하는 촌부들에겐 농주 한 사발만큼이나 새로운 힘을 주는 묘약이 된 지 한참이다.

권 서방도 담배를 즐겨 피운다. 담배 구하기가 어려운 권 서방은 산에서 약초를 뜯어다 말려서 엽초 대신으로 쓴다. 나무뿌리로 만든 곰방대에 말린 약초 잎을 욱여넣고 불을 댕기면 그 향이 담배보다 더 좋다. 연기 한 모금을 폐부 깊숙이 끌어당길 때 삭신이 노곤해지는 편안함이 좋아 권 서방은 곰방대를 손에서 놓질 않았다.

서고 앞에 있던 모든 이들의 관심이 권 서방에게 쏠리자 재장이 손짓으로 그를 불렀다.

"언제 돌아왔느냐?"

권 서방이 화들짝 놀란다. 재장 어른의 물음은 자신에게도 혐의가 있다는 뜻이다. 억울한 생각에 왈칵 눈물이 솟구치려 하지만, 서원에서 나고 자란 권 서방이다. 오십 평생을 이곳에서 고매한 인품을 지닌 학자며 선비들을 모시고 산 세월이 얼마인데. 무지한 촌부들과는 마음도 몸가짐도 다르다.

"내당 마님이 내려 주신 저녁상을 배불리 잘 먹고 행랑청을 나선 게 술시(오후 7~9시)가 다 되어서입니다. 어찌 물으시는지요?"

권 서방은 오늘 오후에 서원에서 시오 리 거리인 한산 이씨 종택에 재장의 심부름을 갔다.

화암서원은 이지함과 이산보, 구계운, 이정암, 이몽규 이렇게 다섯 분을 배향하고 있다. 한산 이씨 종손인 필재에게 이산보는 종고조부이고 이산보의 숙부가 이지함이다. 이런 인연으로 서원의 원장을 필재의 재당숙인 이익지가 맡았고, 종가에서는 해마다 세밑이면 여러 종류의 어물과 소금을 서원에 보낸다. 지난 세밑에 필재가 보낸 현물을 받고 재장이 답례로 산삼 세 뿌리를 권 서방 편에 들려 보냈던 것이다.

"불이 난 걸 알아본 건 어사 터를 지나섭니다. 그 전에야 산모롱이에 가려 서원이 보이지도 않지요."

권 서방은 가능하면 감정을 드러내지 않으려고 애쓰며 자신의 결백을 증명하려 한다. 술시가 다 되어서야 종가를 떠났다는 권 서방의 말은 날이 밝으면 바로 밝혀질 일이다. 아니, 그 전에 떠났다 해도 불이 나기 전에 권 서방이 서원에 당도했다고 보기는 어렵다. 축지법이라도 썼다면 모를까, 그러지 않고서는 불이 나기 전에 서원으로 돌아올 수 있는 거리는 분명 아니다. 그렇다면 권 서방은 서고의 화재와는 상관없다고 봐야 한다.

"누가 계획적으로 불을 놓은 건 아닐까요?"

원생 하나가 조심스레 자신의 의견을 내놓는다.

"계획적이라니, 누가 말입니까?"

유생들 중에서는 가장 어린 동규가 벌겋게 충혈된 두 눈을 동그랗게 뜨고 재장 뒤에 선 선배를 쳐다본다.

"그거야 살펴봐야지. 우리들 가운데 이번 시험에 떨어진 누구이거나 ……."

"가당치 않은 소리. 난 너희들을 그렇게 훈육하지 않았어. 우리 서원에 그런 패륜을 저지를 사람은 절대로 없다."

학문 근면과 훈도를 담당하는 훈장이 소리쳤다. 그는 풍성한 흰 수염이 부르르 떨릴 만큼 화가 난 모습이다.

유생들 모두가 훈장의 말씀에 동조한다. 화암서원은 규율이 엄격하기로 이름 높은 곳이다. 조상을 배향해서 가문의 명예를 높이려고 여기저기 우후죽순처럼 생겨나는 다른 서원들과는 달리 왕이 현판을 내린 사액서원으로서의 긍지를 지닌 화암서원은 강문과 훈도가 철저하다. 계절마다 치르는 시험에서 성적을 내지 못하면 스스로 떠나야 한다. 하지만 떠나는 유생들도 자신의 불성실함을 자책할 뿐, 강장이나 훈장을 원망하지 않는다. 그런데 시험에 떨어진 누군가가 자신들의 분신처럼 아끼는 서고에 불을 질렀을 거라는 동료의 말에 유생들은 공분하는 분위기다.

"외부인의 소행일 수도 있지 않겠습니까?"

땅만 내려다본 채 그때까지 말 한마디 없던 도유사가 입을 열었다. 일부러 불을 지르지 않고서는 화재가 날 가능성이 거의 없는 서고다. 그런 서고에 불이 났다면 누군가 불을 지른 사람이 있을 것이다. 서원과 관계되는 사람 가운데 혐의가 갈 만한 사람이 없다면 외부인의 짓이라고 봐야 한다.

권 서방이 가져온 관솔가지에 불을 붙여 들고, 바깥에서 서원으로 들어온 흔적이 있는지 찾기로 했다. 유생과 하인들이 뿔뿔이 흩어져 서원을 둘러싼 긴 담장 안팎을 빠짐없이 살폈지만 헛수고다.

눈이 쌓였다면 발자국 같은 흔적을 쉽게 찾을 수도 있었을 테지만 정초가 지나면서 그동안 내렸던 눈은 말끔히 녹아 버렸다. 응달진 곳은 눈이 더러 남았지만 그 위에 발자국이 남을 정도는 아니다.

이튿날 아침, 필재는 화암서원 서고가 원인 모를 화재로 어젯밤 잿더미가 됐다는 전갈을 재장으로부터 받았다.

"오 서방, 어디 있느냐?"

필재는 큰 소리로 청지기를 찾았다.

"양지말 다녀와야겠다."

오 서방이 문밖에 대령했음을 알리자 필재는 서둘러 심부름을 시킨다.

"양지말이라면 동주 어른 댁 말씀입니까?"

"거기 말고 다른 데 찾아갈 곳이라도 있느냐?"

필재는 전에 없이 곤두선 반응을 보인다.

"어이구, 아닙니다요. 소인이 아둔해서, 흐 ……."

오 서방은 얼른 상전의 기분이 몹시 언짢다는 걸 알아차린다. 필재는 까칠한 성격이 아니다. 집안의 여럿 하인들에게도 너그럽고 소탈하게 대하는 품성이다. 간밤에 일어난 서원의 화재 탓이리라. 오 서방은 조용히 다음 분부를 기다린다.

"당숙님께서 돌아오셨는지 알아 오너라."

동주는 서원의 제일 어른인 원장의 별칭이다. 사흘 전, 해미읍에 초상이 나서 이익지가 문상을 가고 지금 자리에 없다. 원장이 외지에 나가 있는 중에 서원에 큰 불상사가 생겼으니 여간 걱정이 아니라고 재장이 말했다.

필재도 같은 걱정을 하고 있다. 아니, 필재는 자신이 큰 잘못을 저지른 것 같은 기분을 떨쳐 버릴 수가 없다. 서원의 화재가 꼭 자신의 탓인 것만 같다. 그러면서 한편으로는 배창진의 생각에 동의한 자신의 결정이 얼마나 다행인지 모른다는 위안을 스스로에게 하고 있다.

배창진이 쫓기듯 대문 안으로 들어선다. 남용익의 사랑방에서는 대사간 최규서가 집주인과 무릎을 맞대고 밀담을 나누고 있었다.

"대감, 대궐 소식 들으셨습니까?"

배창진은 자리에 앉기도 전에 숨 가쁜 소릴 토한다.

"왜? 의금부에 날 잡아들이라는 어명이라도 내렸다던가?"

남용익보다 최규서가 먼저 반응한다. 닷새 안에 미진을 어진에 가져다 놓지 못하면 삼족을 멸할 것이라던 임금의 말이 떠올랐기 때문이다.

"무슨 그런 ……."

최규서를 가볍게 힐난하고 남용익은 배창진을 건너다보며 다음 말을 기다린다. 그제서야 창진은 자신이 체신에 어울리지 않게 호들갑을 떨었다는 생각이 든다. 이런 일은 호들갑을 떨어서 될 사안이 아닌 것이다.

"아니, 그것이 ……. 오늘 아침 경연이 끝나고 나서 상께서 승정원에 하교하시기를 ……."

"명호 정하는 문제일 테지."

"……?"

배창진은 멈칫, 하려던 말을 멈춘다. 이조 판서는 이미 이 일을 알고 있다는 생각이 든다.

"경연에 나갔던 춘추관 수찬관한테서 들었네. 상께서 오늘도 경연관들의 말씀은 뒷전이고, 명호 정하는 문제만 가지고 경연관들을 괴롭히셨다는군."

퉁명스레 내던지고 남용익은 답답한 듯 헛기침을 한다.

마음이 조급해진 최규서가 재촉한다.

"그래, 상께서 승정원에 내린 하교가 대체 무언가? 어찌하라셨다는 건가?"

"종사의 큰 계책이니 여러 말 할 것 없이 원자의 명호를 거행하는 일을 예조에 분부하라, 하셨다 합니다."

"뭣이?"

최규서가 충격을 이기지 못하고 한발 뒤로 물러앉는다. 폭거도 이런 폭거가 없다. 문무백관이 반대하고 있다. 조정의 모든 신하들의 반대를 물리치고 후궁의 자식을 장차 조선의 왕으로 세우려는 숙종은, 지난날 반정으로 임금의 자리에서 쫓겨난 연산군이나 광해군과 다름없는 폭군의 모습이다.

방 안에 무거운 침묵이 흐른다.

"문숙."

"예, 대감."

오랜 침묵 끝에 남용익이 담담한 어조로 최규서를 불렀고 그가 대답했다.

"비전은 진정 있는 거요?"

"예에?"

대답하는 최규서보다 배창진이 더 놀란다.

"있는지는 명확지 않으나, 그 예언대로 이 땅에 피바람이 몰아칠 운명은 어찌할 수 없을 것 같소."

진짜 오늘의 상황을 예언한 비전이 있는 걸까? 배창진은 처음 자신을 보령 한산 이씨 종가로 내려가라던 우암 송시열이 한 말이 떠올랐다.

"토정 선생의 종가니라. 넌 토정이 누구인지 잘 모를 테지만, 흔적은 있을 게다. 그 흔적이 금상의 잘못된 생각을 바로잡을 유일한 끈이 될 수도 있을 터."

우암은 그 말을 한 이후, 짧은 기침 소리도 내지 않았다. 배창진이 하직 인사를 올릴 때도 눈길조차 주지 않았다. 아니, 그 눈은 무겁게 감겨 있었다.

하지만 정작 토정의 후손인 이필재는 토정 이지함의 행적을 아는 것이 거의 없었다. 필재가 알고 있는 토정은 족보에 기록된 이름과 관직, 그리고 자신의 5대조인 지번 할아버지의 3형제 가운데 막내라는 것뿐이다. 백오십여 년 전 화암서원이 설립되면서, 선조들의 시문집과 유고집들을 모두 서원에 기증했기 때문에 필재가 선조들의 행적을 직접 접할 기회가 없었던 탓일 수도 있다.

배창진의 거듭된 설득으로 필재는 토정 할아버지의 행적을 짚어 보기로 약속했다. 하지만 그 전에 먼저 해야 할 일이 있었다.

　이익지가 문상 길에서 돌아왔다는 전갈을 받고 필재는 집을 나섰다.

　이익지는 지친 기색이다. 칠순이 가까운 나이에 왕복 60리가 훨씬 넘는 해미현까지 다녀왔으니 그럴 만도 하다. 필재가 사랑으로 들어서자 안석에 기댔던 익지가 잠깐 몸을 움직이며 알은 체를 한다.

　"말씀 들으셨는지요?"

　자리에 앉은 필재가 차분한 어조로 묻는다.

　"해미까지 사람을 보냈더군."

　"많이 놀라셨지요?"

　"천운이란 이럴 때 쓰는 말이다 싶었어. 아무려면 서원 서고에 불을 놓다니, 진시황의 분서와 무엇이 다를까? 참으로 무서운 세상이야."

　익지는 귀중한 서책을 보관하는 서고에 불을 지른 것은 진시황제가 의서와 농업 서적을 제외한 세상의 모든 책을 불사르게 한 분서 사건과 다를 바 없다고 개탄하고 있다. 그러나 다행스럽게도 화암서원의 장서는 서고가 소실되기 전에 이미 안전한 곳으로 옮겨져 있었다.

　필재의 집에 괴한이 침입했던 그날 밤, 만일의 사태에 대비해 집 안의 서책은 물론 서원의 장서들을 비밀리에 안전한 곳으로 옮겨야 한다고 배창진이 필재를 설득했다. 괴한들은 그냥 단순한 도적일 수도 있다고 필재가 말했다. 도적이면 곳간이나 내당을 기웃거릴 것이지, 등잔이 훤히 밝혀진 사랑 장지문에 귀를 붙이고 있을 것이 무언가? 창진이 열을 올렸다. 비전이 세상에 나타나서는 안 되는 무리들, 소의 장씨를 둘러싼 사람들이거나 서인들이 실각하기를 간절히 바라는 남인들이 보낸 하수인들이다. 한양에서 뒤를 밟아 여기까지 쫓아왔을 땐, 저들도 내가 왜 이곳까지 내려왔는지 분명 알고 있는 것이다. 저들이 가장 먼저, 손쉽게 생각할 수 있는 방법이 무언가? 비전을 찾아내기 전에 그 책이 있을 만한 종가 사랑채나 서원 서고에 불을 놓아 책을 모조리 불태워 버리는 것이다.

배창진은 그날, 밤새 필재를 설득했다. 결국 필재도 마음을 정했다.

재장은 필재의 제안을 쉽게 받아들였다. 필재의 말처럼 만에 하나 그런 일이 생긴다면 서원으로서는 돌이킬 수 없는 손실을 입게 된다. 하지만 동주 이익지의 생각은 달랐다. 유생과 하인들이 밤낮으로 번갈아 서고를 지키는 것이 낫지, 귀중한 서책을 밖으로 옮기려다 낌새를 차린 저들이 중도에 탈취라도 하려고 덤비면 그땐 무슨 수로 막느냐는 것이 이익지의 염려.

"쥐도 새도 모르게 은밀히 일을 처리해야지요. 다른 이들은 아무도 눈치채지 못하게 해야 합니다."

"그게 말처럼 쉬울꼬? 서원 안팎으로 눈과 귀가 얼마인가?"

"제가 생각해 놓은 바가 있습니다."

서원의 원생들은 섣달 그믐날부터 정월 초닷새까지 휴가를 받는다. 유생들이 없으니 교직사의 부엌도 한가해지고 고지기나 청지기들도 할 일이 없다.

정월 초사흘, 일을 벌이기로 했다. 초사흗날, 서원의 하인들에게 남녀 없이 모두 동주 어른 댁에 세배를 드리러 가도록 했다. 그 낮 동안 필재는 재장과 함께 미리 준비한 나무 궤짝에 책 1,000여 권을 나누어 담았다. 이슥한 밤중에 나무 궤짝들을 소달구지에 옮기면서도 오 서방과 하인들은 그 안에 무엇이 들었는지 알지 못했다.

서원 하인들은 모두 술에 취해 동주 어른 댁 행랑방에서 곯아떨어졌고, 그 사이 소달구지는 백월산 사나사(舍那寺)로 향했다.

"세배객들 발길도 뜸해진 듯해서 사나사에 올라가 한 열흘 머물다 올 작정입니다."

"대보름까지 세배하러 오는 이가 더러는 있을 터인데 종손이 자리를 비우면 어쩌나?"

"마냥 미루고 있을 수만도 없는 일인 듯해서 ……. 사당은 집 아이와 유사가 살피도록 해야지요."

이익지는 말없이 끄덕인다. 알았다는 뜻일 게다.

오 서방에게 쌀과 부식거리를 짊어지게 하고 필재가 집을 나섰다. 또 눈이 내리려는 듯 하늘이 잔뜩 울상을 하고 있다.

필재가 백월산으로 떠나던 날.

왕자의 명호를 정하는 절차를 당장 마련하라는 숙종의 하교를 내린 지 닷새 만에 예조의 상소가 승정원에 올라왔다. 당장 절차를 마련하라는 숙종의 뜻이 예조에서 쉽게 받아들여지지 않은 것이다.

"지금 이 왕자는 마땅히 원자로 명호를 정하여야 하겠으나, 함부로 결단하기 어려운 점이 있으니, 널리 대신들과 의논하기를 청합니다."

"뭣이?!"

도승지가 올린 예조의 소를 살피던 숙종의 안색이 붉게 변한다.

"왕자 균을 원자로 정하라!"

예조의 소장을 도승지의 면전으로 사정없이 팽개친 임금은 격한 어조로 누구에게인지도 모를 어명을 내린다.

숙종은 세상이 모두 하나 되어 왕을 배척하려 한다고 느낀다. 군왕의 권위가 추락하고 있다. 위엄이 사라지고 왕권이 위기를 맞고 있다.

"비전이 어디 있느냐? 비전을 과인 앞에 당장 가져다 놓아라!"

"전하!"

도승지가 당황한 몸짓으로 숙종을 만류하려 하지만 임금은 거침이 없다.

"어리석은 백성들 사이에 떠도는 유언비어를 빙자하여 비전 운운하며 군왕을 현혹하고 나라의 백년대계를 허물려는 무리를 모조리 잡아들여라!"

비전은 비록 없을지 모르나 그 예언은 실현되려 하고 있다. 이 땅에 휘몰아친 기사환국이다. 원임 영의정 김수항, 시임 영의정 김수홍을 비롯하여 육조의 판서며 대사간, 대제학 등 시원임 대신들이 줄줄이 파직되고 산간벽지나 절도로 유배당하는 일대 참사가 광풍처럼 휩쓸고 간다.

이지함은 누구인가

필재가 사나사로 옮겨 온 나무 궤짝에서 처음으로 찾아낸 것이 《아계유고》다. 아계는 영의정을 지낸 이산해의 호이고 바로 필재의 고조부다. 아무리 보관을 잘했다고는 하지만 책에는 이백여 년 세월의 흔적이 남아 있다. 습기가 다 빠져나가 버린 책에서는 마른 담뱃잎 냄새가 난다.

필재는 조심스레 책장을 넘긴다.

> "내가 태어나기 칠 년 전에 할머니께서 돌아가셨다고 아버지가 말씀하셨다. 임진년(1532년) 오월 초이레가 할머니께서 돌아가신 날이다. 내가 할아버지의 묘갈명을 쓸 수 있는 것은 온전히 아버지와 숙부님들의 말씀을 따라 적을 수 있었기 때문이다."

《아계유고》 첫 장 첫줄에 이산해가 쓴 글귀다.

산해의 아버지 이지번 삼 형제는 일찍 아버지를 여의었다. 막내인 지함의 나이 아홉 살 때다. 사헌부 감찰과 우봉 현감을 지낸 아버지 이치(李稚)는 할머니에게 효성이 지극하셨던 것으로 형제들은 기억한다.

아버지를 여의고 나서, 이들 형제의 어머니 청송 심씨 부인은 자식 훈육에 매우 엄격했다. 아버지 없이 자란 아들들이 남의 손가락질을 받지 않고 훌륭하게 장성하여 장차 나라에서 크게 쓰일 인물들이 되기를 바라는 마음에서다.

이미 한낮이 기운 지도 한참이 지났다. 심씨 부인이 바느질을 하다 말고 앞마당을 내다보기를 여러 차례 되풀이한다. 막내가 진작 돌아왔어야 하는데 어찌 된 일인지 감감하다. 은행알을 다른 사람이 줍기 전에 먼저 주워야 한다며 지함은 새벽같이 잠에서 깨자마자 밖으로 뛰쳐나갔다. 그런 아이가 오시(12시)가 지나도록 돌아오지 않는다.

은행나무들이 늘어선 동구 밖이라야 집에서 엎어지면 코 닿을 거리다. 어머니는 당장 동구 밖까지 나가 보고 싶지만, 지함이 하는 양을 볼 참으로 아이가 돌아올 때까지 내버려 둔다.

마당에 땅거미가 지고 나서야 지함이 돌아왔다. 한가득 채워 오겠다고 큰소리치며 들고 나간 다래끼 안에는 달랑 은행 세 알이 들어 있다.

"하루 종일 어디서 무얼 했는지 얘기해 봐."

"그게 ……."

당장 어머니의 불호령이 떨어질 것이 분명한 상황임을 알면서도 지함은 애매한 표정을 지으며 뒤통수만 긁적일 뿐이다.

"글공부가 싫으냐?"

"아, 아닙니다, 어머니. 그런 건 절대로 아닙니다."

지함은 방금 전 애매한 표정과는 달리 아주 맹렬한 어조로 말했다.

"큰형님이 돌아올 때까지《논어》를 몇 번 읽으라 하더냐?"

"다섯 번입니다."

"몇 번 읽었느냐?"

"……."

"아예 글을 읽지 않았나 보구나."

"네 번, 네 번 읽었습니다."

다급하게 대답하며 지함은 어머니 손에 들린 회초리를 내려다본다. '언제쯤 어머니가 바짓가랑이를 걷어 올리라고 말씀하실까?' 지함의 머릿속은 온통 그 생각뿐이다.

맏형 지번은 지함과 아홉 살 터울이다. 약관의 나이로 시문에 능통하고 천문지리를 두루 공부해 이미 주위의 신망이 두텁다. 어머니는 그런 큰아들에게 막내의 글공부를 맡겼다.

문중 종회가 있어 고향 한산으로 내려가면서 지번은《논어》다섯 번을 읽으라는 숙제를 지함에게 주고 갔다.

"내일이면 형님이 돌아올 텐데 그 전에 나머지 한 번을 마저 읽을 수 있겠느냐?"

"못 할 듯싶습니다."

"그럼 어찌해야 하느냐?"

"어머니 처분에 따르겠습니다."

열한 살 나이답지 않게 지함의 대답은 또렷하다. 자신의 잘못을 알고 있음이다.

《논어》를 하룻밤 사이에 읽는다는 건 불가능한 일이다. 그런데도 지함은 하루 종일 바깥에서 떠돌다 왔다. 무얼 했느냐는 어머니의 거듭된 물음에도 무엇을 하느라 그리됐는지 분명하게 설명하지 못한다.

"종아리 걷어라."

살갗을 파고드는 회초리의 아린 맛이 어린 지함을 고통스럽게 한다. 회초리 다섯 대만에 지함은 눈물을 흘리기 시작했다. 어머니의 회초리는 사정 한 번 두는 법 없이 계속됐다. 입에서 신음 소리가 절로 터져 나올 법도 한데 지함은 눈물만 계속해서 흘릴 뿐, 소리를 지르지 않는다. 비명을 지르는 것은 어머니 마음을 약하게 하여 체벌을 멈추게 하려는 얕은꾀라고 지함은 생각한다.

회초리는 서른 번을 채우고서야 멈췄다.

"새가 땅에서 하늘로 날아오르는 걸 봤습니다. 새는 어떻게 마음대로 하늘을 날 수 있을까, 하루 종일 그 생각만 하다가 은행 줍는 걸 그만 잊어버렸습니다."

집으로 돌아온 지번은 어제 있었던 일을 어머니한테서 들었다. 사랑으로 지함을 불러, 온종일 은행 세 알밖에 줍지 못한 까닭을 묻자 지함이 망설임 없이 한 말이다.

"어머니께는 왜 그런 말씀을 드리지 않았느냐? 그랬다면 회초리를 서른 대까진 맞지 않았을지도 모르는데."

"어머니가 놀라실 것 같아서 그랬지요."

"놀라시다니, 왜?"

"저를 정신 나간 아이로 아시고 걱정이 되실 수도 있지 않습니까?"

"알긴 제대로 아는구나. 온전한 아이라면 다래끼에 은행을 가득 주워 왔을 테지. 넌 아침에 은행을 주우러 나갔으니까."

"그렇담 형님께선 아십니까?"

"알다니, 뭘?"

"새가 하늘을 자유롭게 날 수 있는 까닭을 말입니다."

"아침이면 해가 뜨는 이치와 같은 것이지. 사람들이 땅을 일궈 밭을 만들고 논에다 볍씨를 뿌리고 가을에 곡식을 거둬들이는 걸 아는 것처럼, 새들은 하늘을 나는 법을 아는 게지."

"제가 듣고 싶은 대답은 아닙니다. 새들이 하늘을 나는 법을 어떻게 알았으며 또 하늘을 어떻게 마음대로 날 수 있느냐 하는 것이 제가 가지는 의문입니다."

대답할 말을 잃는다. 처음 글을 가르치기 시작했을 때부터 동생은 남달랐다고 지번은 기억한다. 다른 아이들은 《천자문》을 읽기 시작하면 하늘 천(天), 따 지(地) 하고 따라 읽고 그대로 글자를 쓴다. 하지만 지함은 엉뚱했다. 왜 이 글자를 하늘 천이라 읽고 이건 따 지인지, 왜 그렇게 읽어야 하는지 되묻곤 했다.

"이게 무슨 해괴한 짓이냐? 어째서 장지를 네 마음대로 바꾸려 해?!"

"역정만 내지 마시고 제 말씀을 들어 보십시오, 형님."

"듣기 싫다. 당장 비켜서지 못해!"

지번은 아우를 향해 화를 폭발한다. 그도 그럴 것이 형제들은 지금 어머니의 상여를 모시고 장지로 가는 중이다. 장지는 아버지의 산소가 있는 한산(지금의 서천)으로 이미 결정되어 있었다. 아니, 아버지의 산소 곁에 광중을 파고 회삼물로 둘레를 다져 모토(母土)까지 채워 둔 터다. 모토를 파내고 하관만 하면 되도록 아버지 장례식 때 공력을 들여 놓았는데, 난데없이 산소 자리를 다른 곳으로 바꾸자니 화가 나는 건 당연하다.

지번은 하관 시각을 알아보기 위해 상여보다 한발 앞서 지함을 한산으로 내려보냈다. 그런데 지함은 한산으로 가지도 않고 보령에서 발길을 멈추고 상여를 기다리고 있었다. 심지어 이곳 보령 땅 교정리에 부모님 산소를 모셔야 한다고 형님께 고집을 부리기 시작한 것이다.

"잠시만 제 말씀을 들어 주십시오. 잠깐만 절 따라오시지요, 형님!"

지함은 형님들의 상복 소매를 잡아끌며 야트막한 언덕으로 올라간다. 형님들이 소매를 뿌리치지 못할 만큼 지함의 태도는 진지하면서도 단호하다. 상여는 노제라도 지내는 양 그 자리에 멈춰 섰고, 형제는 언덕 위로 올라갔다.

지번은 잠시 숨을 멈춘다. 풍수지리를 따로 공부한 적은 없어도 천문지리에 밝은 지번의 눈에 보이는 건너편 산세가 예사롭

지 않았기 때문이다. 내룡이 뻗어 오는 동안 우뚝우뚝 솟은 조산
들이 보이고 그 아래 주산이 뭉쳐 있는 모습이 보였다. 진산(鎭
山)이다. 진산을 가운데로 좌청룡 우백호의 산줄기가 내외로 나
뉘어 너무나 뚜렷한 형세를 이루고 있었다.

그 가운데 혈(穴) 자리를 가리키며 지함이 확신에 찬 목소리로
나직하게 말한다.

"천하의 명당입니다. 저 혈 자리에 어머니의 뇌를 쓰고 한산에
계신 아버지의 산소를 이장하여 합장하면 우리 가문은 불처럼
일어날 것입니다."

지번은 아무 말도 하지 않는다. 아니, 할 수가 없다. 지관도 아
닌 아우가, 그것도 이제 겨우 열여섯에 불과한 나이가 아닌가?
세상 물정을 알아 가기에도 벅찰 소년이 어떻게 저런 자리를 한
눈에 알아본 것일까? 내심 지함의 안목이 두렵다. 하지만 지함
은 한술 더 뜬다.

"저곳에 어머니를 뫼시도록 해 주십시오, 형님. 아버지도 모셔
오구요."

두 형님을 번갈아 보는 지함의 눈은 열정과 자신감이 가득 차
있다.

"그리되면 앞으로 우리 형제들은 기해년에 귀한 아들들을 얻
게 됩니다. 또 후손 중에는 일품직(영의정)이 나올 것입니다. 반
드시 말입니다."

필재는 두근거리는 가슴을 좀처럼 진정하기 어렵다. '기해년

에 귀득자(貴得子)'라니 ……. 필재는 믿을 수가 없다. 기해년은 산해 할아버지가 태어난 해다. 어디 그뿐인가? 할아버지의 사촌인 산보 할아버지도 그해에 태어난 것으로 족보에 적혀 있다. 아니, 이것으로 놀라기는 아직 이르다. '후손 중에 일품직이 나올 것이다' 하였는데, 그 일품직이 산해 할아버지다. 이산해는 북인의 영수로 정권을 장악했다. 영의정으로, 당대의 세도가이자 문장가로 한 시대를 풍미했다.

필재는 더 이상 머뭇거리고 있을 수가 없다. 펼쳐 놓은《아계유고》를 덮고, 궤짝 뚜껑들을 닥치는 대로 열어젖히기 시작한다. 이지함, 토정 할아버지의 흔적을 찾아야 한다.《아계유고》를 계속 읽다 보면 토정에 관한 기록이 더 나올 것이다. 하지만 그것은 산해가 보고 겪은 숙부에 대한 기록일 뿐이다.

직접 쓴 시문이나 논술(辭), 상소문 같은, 토정의 생각이 담겨 있는 글을 찾아야 한다. 그러면 그 가운데 필재가 찾고 있는 비전에 관한 실마리가 숨어 있거나, 비전 자체를 찾아낼 수도 있을 것이다.

필재는 조급한 마음에 손길이 자꾸만 허둥댄다. 토정이 쓴 책이 한 권도 없을 수도 있다. 그가 남긴 시 한 편도 읽어 볼 수 없을지도 모른다. 마음이 불안해질수록 필재의 손길은 더욱 빨라진다. 서원의 장서가 담긴 나무 궤짝들을 숨겨 놓은 곳은 사나사 본당에서 멀리 떨어진 작은 암자다. 두서없이 꺼내 놓은 책들이 여기저기 쌓여 좁은 방 안은 발을 옮기기도 어려운 지경이 됐다. 그런데도 아직까지 토정이 쓴 책이나 유고집 같은 것은 보이지 않는다.

마지막 궤짝의 뚜껑을 뜯어내면서 필재는 간절한 마음이 된다. 배창진이 들려준 이야기가 아니더라도 지금 숙종 임금과 조정 대신들의 불화가 얼마나 심각한 지경에 이르렀는가는 필재도 짐작한다. 자칫 조선의 운명을 바꾸어 버릴지도 모르는 알력을 풀 열쇠가 비전이고, 그 비전을 찾는 방법이 지금 이 마지막 궤짝 안에 있을지도 모른다.

뚜껑을 들어내자 먼저 표지에 '144괘(卦)'라고 쓰인 책 한 권이 눈에 들어왔다.

필재는 정신이 번쩍 드는 것 같다.

괘가 무엇인가? 〈계사전〉에 '괘는 만물을 표상하는 것이며 표상한다는 것은 본받는 것이다'라고 하여, 괘는 세계의 전 존재를 표현하고 본받는 상징체로 규정하고 있지 않은가?

그렇다면 이 144괘 속에는 엄청난 비밀들이 숨겨져 있을지 모른다. 왕실의 운명과 백성들의 장래를 점칠 수 있는 상징들이 괘사로 포장되어 있을 것이다.

책을 펼치려다 말고 필재는 긴장된 마음을 진정하려고 목을 좌우로 가볍게 흔들어 본다. 이 책 안에 조선 팔도를 광풍처럼 휩쓸고 지나간 장씨 소생 운운하는 유언비어가 실제의 예언으로 기록되어 있다면 우선 서인들의 몰락은 막을 수 있을 것이다. 아니, 최소한 많은 조정 대신들이 사약을 받고 죽어 가는 일은 없을 것이다.

진지한 마음으로 첫 장을 폈다.

莫近女色 必有不利(막근여색 필유불리)

여색을 가까이 말라. 반드시 불리하다.

莫行酒家 損財損名(막행주가 손재손명)

술집에 가지 말라. 재물을 잃고 명예를 손상한다.

莫近外色 吉變爲凶(막근외색 길변위흉)

남의 여자를 가까이 말라. 길함이 변하여 흉해진다.

필재는 잠시 마음을 진정시키며 호흡을 가다듬는다. 어쩐지 시작부터 필재가 기대했던 바와는 많은 거리가 있는 것 같다. 하지만 겨우 괘 세 개를 읽고 실망하기는 이르다. 이 책이 비전이라면 그 엄청난 비밀을 처음부터 온전히 드러내 놓을 리 없을 것이다. 여인 멸시의 괘를 늘어놓아 그저 평범한 신수 책으로 위장했을 가능성이 얼마든지 있다.

一身困苦 運也奈何(일신곤고 운야내하)

일신이 곤고하니 운수라 어찌할꼬.

三春之數 財數大吉(삼춘지수 재수대길)

봄 석 달은 재수가 대길하다.

莫與人爭 恐或官訟(막여인쟁 공혹관송)

남과 다투지 말라. 관재송사로 발전될까 두렵다.

한참을 읽어 내려갔지만 내용은 한결같이 대동소이하다.

필재는 점점 초조해지기 시작한다. 그럴수록 괘를 읽고 풀이하는 속도는 매우 빨라지고 있다. 하지만 괘를 읽어 내려갈수록 필재가 기대한 비전과는 거리가 멀다. 누가 보아도 이 괘의 내용들은 일신상의 신수, 개인의 길흉화복을 알려 주는 것뿐이다. 그래도 희망의 끈을 놓지 않고 144괘의 마지막까지 읽고서 책장을 덮는다. 그러나 끝까지 필재가 기대했던 그 무엇도 찾을 수 없었다.

기대가 컸던 만큼 실망도 컸다. 새벽 예불을 알리는 범종 소리가 필재를 더욱 지치게 한다. 필재는 그 자리에 쓰러져 깊은 잠에 빠져든다.

이튿날 잠에서 깬 필재는 책 더미 가운데서 이불도 없이 새우잠을 잔 자신을 보면서 새삼 지난밤 느꼈던 실망감이 되살아났다.

하지만 그 실망감은 온전히 필재 자신의 몫일 뿐, 누구의 탓도 아니다. '144괘'라는 암호 같은 책 제목만을 보고 필재가 성급한 기대를 한 것이 잘못이었다.

필재는 보다 차분해질 필요가 있다고 자신에게 다짐한다.

《화담집》이 눈에 뜬다. 화담은 서경덕의 아호다. 필재도 일찍이 송도삼절에 관한 이야기를 들어 안다. 박연폭포와 황진이 그리고 화담이 개성의 자랑이자 자부심인 송도삼절이다.

하지만 필재는 지금 그런 한가한 얘깃거리나 되뇌고 있을 여유가 없다. 필재는 한순간도 머뭇거림 없이 《화담집》을 들어냈다. 그러자 '토정집', 책표지에 선명하게 적힌 세 글자가 필재의 시선을 사로잡는다.

'찾았다.'

필재는 자신도 모르게 가슴이 쿵쾅거리지만,《토정집》이라 하여 그 안에 비전에 관한 내용이 포함됐다고 장담은 할 수 없는 노릇이다.

책은 간행된 지 얼마 되지 않았는지 비교적 새 책이다. 표지를 들췄다. 책이 간행된 해는 삼십칠 년 전인 임진년(1632년)이다. 토정이 어머니를 여의고 꼭 백이십 년 후다. 필재는 책의 발문을 보고 다시 한 번 놀란다. 발간 경위와 책의 내용을 간략하게 적은 발문을 쓴 사람이 놀랍게도 우암 송시열이다.

그렇다면 한 가지 수수께끼는 풀렸다. 김수항을 비롯한 조정 대신들이 비전의 행방은커녕 그 존재조차 알지 못해 전전긍긍할 때, 배창진에게 한산 이씨 종가를 찾아가라고 한 이가 바로 송시열이다.

"우암 선생은 무언가를 알고 있었다. 그래서 배창진을 나한테 보낸 것이다. 그렇다면 분명 이 책 안에 해답이 있을 것이다."

필재는 가빠지는 호흡을 진정시키려 길게 숨을 토한다. 그러고는 송진 냄새가 코를 찌르는 등잔 밑으로 바싹 다가앉으며 《토정집》을 펼쳤다.

길을 떠나다

섬돌에 떨어지는 낙수 소리가 한가하게 들리는 밤이다.

초저녁부터 형제는 마주 앉아 두런두런 이야기를 주고받는다.

아우의 주장대로 보령 땅 교정리에 부모님 산소를 모셨다. 삼우제까지 지내고 올라온 지 사흘이 지났다.

자상하게 자식들을 거두시던 어머니의 빈자리가 허전해서일까, 전에 없이 지함이 사랑방으로 지번을 찾아왔다. 글을 읽다가 막히는 부분이 있으면 책을 들고 와서 가르침을 받을 때가 아니고선 좀처럼 스스로 형님을 찾는 일이 드문 지함이다.

그런데 방 안에 마주 앉은 지 한참이 지났지만 지함의 이야기는 겉돌 뿐, 왜 형님을 찾았는지는 좀처럼 속내를 내보이지 않는다.

"왜? 무슨 부탁할 일이라도 있느냐?"

기다리다 못한 지번이 먼저 물었다.

"막상 말씀을 드리려니 입이 잘 떨어지지가 않습니다."

"평소답지 않구나. 하고 싶은 말, 담아 두지 못하는 성미 아니냐?"

"그렇긴 하지만 ……."

지함은 멋쩍은 얼굴이 된다. 하지만 지함이 이렇게 망설이는
건 그만큼 입 밖으로 꺼내 놓기가 어려운 말이라는 의미이기도
하다. 지번은 기다리기로 한다. 재촉한다고 하기 싫은 말을 억지
로 하거나, 꼭 해야 할 말을 억지로 참는 아우가 아니다. 때가 되
면 지함은 하고 싶은 말을 할 것이다.

"집을 떠날 생각입니다."

긴 침묵 끝에 지함이 짧게 말한다.

"왜?"

지번의 반응은 생각보다 담담하다. 이런 반응은 지함이 할 말
을 이미 짐작하고 있었거나, 집을 떠나더라도 지함이 자기 앞가
림은 능히 할 수 있다고 믿기 때문일 게다.

"세상 바람이라도 쐬고 싶으냐?"

"유람할 생각이 아닙니다. 공부를 좀 더 ……."

"내 가르침이 부족했던가 보구나."

한참 후에 지번이 혼잣소리처럼 나직하게 말했다.

"아닙니다, 형님. 형님의 가르침이 부족했는지 넘쳤는지 분간
할 능력도 없는 아우에게 왜 그런 말씀을 하십니까?"

"배움의 길을 떠난다는데, 그동안 널 가르친 나로서야 당연히
그리 생각할 밖에 ……."

"전 단지 학문이 단단한 껍질 속에 갇힌 형식으로 익히는 것이
아니었으면 하는 막연한 생각입니다. 마음대로 생각하고 행동

할 수 있는 탁 트인 공부였으면 합니다."

"탁 트인 공부?"

"그저 어쭙잖은 망상이라 여기십시오."

"꼭 그렇게만 치부할 건 아닌 듯싶다. 그게 어떤 걸 의미하는지 명확하진 않지만 어찌 됐든 지금의 공부 방식에서 벗어나고 싶다는 게 네 뜻인 건 알겠구나."

"쓸데없는 방황만 하다가 아무것도 얻지 못하고 돌아올 수도 있겠지요. 하지만 한번 벗어나 보고 싶습니다."

"찾아갈 스승은 생각해 뒀고?"

"사사할 분이 떠올랐다면 굳이 집을 떠날 이유도 없겠지요."

"어째서? 아니, 스승을 집으로 모시기라도 할 참이었더냐?"

"형님도 참."

지함은 어이없다는 듯 나직하게 소리 내어 웃는다. 그러더니 곧 진지한 얼굴이 된다.

"형님이 계신데 왜 다른 분을 찾아갑니까? 그 어떤 학자도 비록 형님보다 연세가 많고 학문의 깊이나 명성이 높을 수는 있으나 학문을 대하는 방식이나 목적은 형님과 별반 다르지 않을 텐데, 다른 곳을 기웃거릴 까닭이 없질 않습니까?"

"네 말은 그러니까 …… 조선의 학자나 선비들은 모두 똑같다 ……."

지번은 말까지 더듬으며 등에서 식은땀이 흐르는 걸 느낀다. 대체 이 아이의 생각은 무언가? 무슨 생각을 하고 있는가?

"두 가지 유형이지요. 사서나 경전을 죽도록 암기해서 과거에 급제하면 높은 관직에 오르는 것이 목적이거나, 경전을 파고 또 파서, 그러니까 연구해서 높은 학식을 갖춘 유학자가 되어 제자들에게 그걸 전수하는 것이 목적이거나."

"잠깐만!"

지번이 참지 못하고 아우의 말허리를 자른다. 어찌 보면 지함의 말이 아주 틀린 소리는 아니다. 하지만 세상의 모든 현상이나 행위와 목적이 그렇게 단순하지가 않다. 아우가 아직은 그 이치를 깨닫지 못할 따름이다. 지번이 마음을 가다듬고 지함을 향해 입을 열려는데, 기겁하듯 지함이 손사래를 친다.

"꾸중은 그만두시지요. 제 말이 다 맞다는 건 아닙니다. 제 생각이 그렇다는 것입니다. 단지 제 생각이 이러니 미리 정해 놓고 찾아갈 스승이 없다는 말씀을 드리려고 꺼낸 소리니까 꾸중은 하지 마세요."

지번은 그만 실소하고 만다. 언제나 아우인 지함을 당할 수가 없다. 웅덩이 물을 잔뜩 흐려 놓고 어디론가 숨어 버리는 미꾸라지와 같다.

다음 날. 이른 아침에 집을 나선 지함의 발길은 지향하는 곳이 없다. 양천 고을을 지나 고양 땅에 들어서서도 딱히 어디로 갈지 마음을 정하지 못했다. 우선은 그저 발길이 닿는 곳으로 마냥 걸어 볼 심산이다. 마음의 준비를 하지 않고 길을 떠난 건 아니다. 다만 찾아갈 곳을 미리 정해 놓고 집을 나서기가 싫었다. 걷다 보면 가 보고 싶거나 가야 할 곳이 생길 것이다. 그때 마음을 정하면 된다. 지함은 그렇게 홀가분한 기분으로 세상에 첫걸음을 내딛고 싶었다.

그런데 막상 길을 나서고 보니 혼란스러운 기분을 지울 수가 없다. 왜 걷고 있는가? 어디로 가는가? 어디를 가기 위해 이렇게 걷고 있는가? 지함은 집을 떠난 지 반나절 만에 자기 자신이 너무나 가볍다는 걸 알고 놀란다. 한 가지 생각에 몰두하면 그 이외의 다른 일들을 살피거나 생각을 다시 되짚어 보지 않는다. 한 가지 생각에 빠지면 그 생각이 옳은지 아닌지 살피지 않는다. 너무 쉽게 결정하고 너무 가볍게 움직인다.

행주 나루 주막에서 어탕 한 그릇으로 요기를 하고 나서도 지함의 머릿속에서 그 생각이 떠나지 않는다. 지함은 먼저 이 생각에서 벗어나고 싶었다. 그렇다면 내가 지금 주막 평상에서 일어서는 순간, 가야 할 곳이 정해져 있어야 한다. 갈 곳이 정해지기 전에는 결코 앉은자리에서 일어나지 말자. 스스로에게 다짐하던 지함은 픽하고 소리 내어 짧은 웃음을 터트린다. 자신이 지금 매우 들떠 있음을 알아차린 것이다.

'그래, 우선 금강산 구경부터 하고 보자. 그 유명하다는 유점사에 가서 고승의 설법이라도 청해 들으면 무언가 마음의 갈피를 잡을 수 있을지도 모르겠다.'

지함은 다시 마음이 어수선해진다. 금강산으로 가기로 진작 마음을 정했더라면 한양을 떠날 때 동대문을 나섰어야 했다. 하지만 기왕 길이 이렇게 어긋났으니 우선 임진강을 건너는 것이 먼저다.

들판은 온통 짙은 초여름의 색깔을 하고 있다. 보리 베기가 끝난 밭에는 여기저기 줄가리로 세워 놓은 보릿단들이 따가운 햇살에 몸을 말리고, 볍씨가 뿌려진 논에서는 새싹들이 다투어 논물 위로 고개를 내민다. 야트막한 야산의 나무들은 연두색 봄옷을 벗고 짙푸른 녹색으로 갈아입기 시작했다. 대지가 생명의 기운으로 넘치고 있다.

지함은 교하 관아가 있는 문발리를 거치지 않고 바로 가람마을로 들어갔다. 현 북쪽에 있는 낙하 나루를 건너려면 이 길이 빠른 길이라고, 논에서 벌써 자리 잡기 시작한 잡초를 뽑고 있던 한 농부가 일러 줬기 때문이다.

당산나무를 지나 마을 어귀로 들어서자 어디선가 힘차게 장단 맞추는 소리가 들린다.

어야도홍아 / 이놈의 보리가 양반의 보리라
어허 타작이야 / 아무리 때려도 팔팔 뛴다
어야도홍아 / 이놈의 보리가 머슴의 보리라
어허 타작이야 / 아무리 때려도 왜 이리 기느냐
어야도홍아

지함은 타작 소리에 그대로 걸음을 멈춘다. 신명나는 노랫가락에 맞춰 골목 저쪽 울타리 너머로 도리깨의 고두머리가 보였다 사라졌다 춤을 춘다. 지함은 보지 않아도 타작마당에서 도리깨를 휘두르고 있는 농부들의 얼굴이 절로 떠올랐다. 혹독한

78

보릿고개를 죽을힘으로 견디어 내고 이제 비록 보리밥이라도 배불리 먹을 수 있다는 생각에 저들은 너무나 흥에 겨워 있을 터다.

이놈의 보리가 총각의 보리라 / 어허 타작이야
뱅글뱅글 감싸고 돈다 / 어야도홍아
이놈의 보리가 처자의 보리라 / 어허 타작이야
겨드랑 밑으로 살살 기어 / 어야도홍아

타작 소리를 들으며 지함은 가람마을을 빠져나온다. 늙은 소나무들이 울창한 숲을 이루는 야트막한 동산이 보였다. 오솔길로 들어서자 노송의 곧게 뻗은 가지들이 여름 햇살을 가려 주어 솔솔 불어오는 바람이 더할 수 없이 청량하다. 상쾌한 바람과 함께 타작마당의 도리깨질 소리와 흥겨운 장단 소리가 여운으로 남아 있는 지함은 절로 얼굴에 미소가 떠오른다. 제법 큰 돌무더기를 이루고 있는 성황당이 보인다.

지함은 성황당 앞에 걸음을 멈추고 켜켜이 쌓아 올려진 돌무더기를 바라본다. 저 돌 하나하나에는 성황당 앞을 지나간 사람들의 소원 하나하나가 담겨 있으리라. 지함도 돌멩이 하나를 집어 들었다. 그러고는 무슨 소원을 빌까 잠깐 머뭇거린다.

이때다.

아주 아득한 곳에서 들리는 것처럼 찢어지는 비명 소리가 났다. 지함은 돌을 던지려던 동작을 멈추고 잠시 귀를 기울인다.

잘못 들었을지도 모른다는 생각이 들어서다. 하지만 이번엔 굵은 남정네의 고함 소리와 두서없는 아우성이 한꺼번에 터져 나온다. 멀지 않은 곳에서 들리는 소리다. 지함은 자신도 모르게 소리 나는 쪽으로 달려간다.

질펀한 장단평야의 한 자락이 눈앞에 펼쳐진다. 그리고 바로 언덕 아래 논에서 비명과 아우성이 들렸다는 걸 지함은 금방 알아차린다.

그 논에서 벌어지고 있는 광경은 일찍이 보지 못한 해괴한 모습이다. 모내기가 거의 끝나 가는 논바닥에서 이리저리 쫓기고 있는 사람들은 모를 심던 농군들이 분명해 보인다. 그런데 그 농부들을 잡으려 뒤쫓는 사람들은 무릎치기 차림에 검은 벙거지를 쓴 것으로 보아 이 고을 사령들이 틀림없다.

쫓는 자들이나 도망치는 이들이나 애써 심어 놓은 모는 아랑곳 않는다. 아니, 육모방망이를 치켜들고 농부들을 뒤쫓는 벙거지들은 일부러 그러는 듯이 바쁜 걸음을 멈추고 심어진 모포기를 질겅질겅 돌아가며 밟기도 한다.

논두렁에서 그 광경을 바라보며 발을 구르는 아낙들과 아이들의 울음소리가 고즈넉한 들판의 여름날 오후를 어지럽게 흔든다. 급기야 한 아낙이 무논으로 뛰어든다. 옆에 있던 여인들과 사내아이 하나가 아낙을 논두렁으로 끌어 올리려 하지만 격렬하게 몸부림치는 그녀를 당할 재간이 없다. 아낙은 흙탕물을 뒤집어쓴 채 울부짖음을 그치지 않는다.

무슨 마당놀이 한마당을 보는 듯 어안이 벙벙해져 건너다보던 지함은 걸음을 빨리해 언덕을 내려가기 시작한다.

급기야 농부들은 사령의 육모방망이에 얻어맞고 논물이 그득한 논바닥에 처박히는가 하면 논두렁을 벗어나 멀리 도망치고 만다. 하지만 사령들은 그들을 끝까지 쫓지 않고 다시 부지런히 모포기를 밟아 댄다. 필시 논 주인의 올해 농사를 망치게 하려는 짓거리가 틀림없다. 그런데 이런 아수라장 속에서도, 돌아가며 모포기를 밟아 대는 사령들에게 매달리며 벼 한 포기라도 살리려는 듯 홀로 버둥거리는 중늙은이가 있다. 논 주인이 분명하다.

논 주인 천 서방은 오랜 망설임 끝에 결심했다. 하늘만 바라보는 천수답이라 위험하긴 하다. 모내기 시기에 가뭄이라도 들면 모를 심어 보지도 못하고 한 해 농사를 망칠 수도 있다. 하지만 그냥 볍씨를 논에 직접 뿌려 키우는 직파법보다, 벼를 일단 다른 곳에서 키운 뒤 봄이 되면 논으로 옮겨 심는 이앙법의 소출이 거의 네 배나 된다니 욕심을 내지 않을 수 없었다.

이앙법이라는 농사 기술이 중국에서 들어온 것은 고려 말엽으로 알려져 있다. 수천 년 동안 직파법으로 벼농사를 지어 온 우리나라에서 이앙법은 수확을 몇 배로 늘릴 수 있는 새로운 농사법으로 크게 환영할 만했다. 그런데도 이앙법이 아직까지 널리 퍼지지 못한 것은 나라에서 모내기 농사를 금지하고 있기 때문이다. 봄에 강수량이 부족한 한반도 기후상 이앙법이 실패하면 결국 세금을 거두는 데 큰 지장이 생긴다. 때문에 세수 확보에 안정적이지 못한 모내기 농사법을 국법으로 금지하고, 모내기 농사를 짓는 농부는 처벌받는다.

하지만 같은 논에서 농사를 짓더라도 소출은 몇 배로 얻을 수 있는 좋은 농사법을 알면서도 그 방법을 쓰지 못하니 농부들은 애가 탔다. 결국 천 서방처럼 위험을 무릅쓰고서도 모내기를 택하는 농부들이 이곳저곳에서 생겨나기 마련이었다.

모내기를 거의 마쳐 가던 천 서방의 논은 온전한 벼 한 포기 없이 진흙탕 바닥이 됐고, 천 서방은 끝내 사령들에게 잡혀 개 끌려가듯 끌려간다. 논두렁에 퍼질러 앉아 울부짖는 어미를 달래던 아이가 이번엔 아비를 구하려 사령들에게로 달려간다.

사령 하나의 허리에 매달린 아이가 큰 소리로 울며 버둥거린다. 뿌리치면 매달리고 뿌리치면 매달리는 아이가 귀찮아진 사령은 사정없이 육모방망이를 휘둘렀다.

아이의 이마에서 선홍빛 핏줄기가 분수처럼 치솟았다. 아이는 썩은 짚더미처럼 풀썩 주저앉고, 그 어미가 시위를 떠난 화살처럼 사령을 향해 돌진한다.

사령이 비명을 내지르며 펄쩍펄쩍 제자리 뛰기를 하고, 아이 어미의 입안엔 사령의 팔뚝 살점이 한가득하다. 퉤! 사령의 팔뚝에서 뜯긴 살점을 뱉은 어미가 미친 듯 소리친다.

"이놈아! 이놈아! 니가 내 아들을 죽였다. 이 지옥 불에 떨어질 놈아!"

순식간에 벌어진 일이다.

언덕길을 거의 다 내려온 지함이 놀라 걸음을 멈추는데, 사령들이 벌 떼처럼 아낙에게 달려들어 육모방망이를 마구잡이로 내려친다. 도망쳤던 농부들이 그 광경을 보고 쫓아오고, 함께 있던 아낙들과 아이들이 한꺼번에 울음을 터트린다. 비명과 고함 소리, 울부짖음이 한데 뒤엉켜 들판에 가득하다.

'저러다 사람 죽이겠군.'

지함도 마음이 다급해져 소동이 벌어진 곳으로 달려가기 시작한다. 그런데 이게 웬일인가. 댓 발짝도 달려가지 못하고 지함의 몸이 허공에 솟구치듯 튕겨 올라 앞으로 고꾸라지고 만다. 무릎이 깨졌는지 몹시 아프다.

'재수 없이 돌부리를 찼나?'

간신히 몸을 일으킨 지함은 손바닥에 박힌 모래알들을 떨어내며 발밑을 살핀다. 그러나 발이 걸려 넘어질 만한 돌멩이는 눈에 띄지 않는다.

'이게 뭐야? 내가 너무 서두르다 맨땅을 찬 거야?'

지함은 혼자 투덜거리며 무릎이 시큰거리는 걸 참고 매를 맞고 있는 아낙이 있는 쪽으로 다시 가려는데, 누군가가 등 뒤에서 괴나리봇짐을 잡아당긴다. 이건 또 무슨 일이야 하는 생각에 지함은 휙 돌아섰다. 그러나 아무도 없다. 눈앞엔 방금 지함이 내려온 언덕길이 초여름 햇살에 하얗게 드러나 보일 뿐, 사람이라고는 그림자조차 보이지 않는다.

이상한 일이다. 방금 괴나리봇짐을 잡아당기는 걸 분명하게 느꼈는데, 곁에는 물론 언덕길에도 사람의 흔적이라곤 없지 않은가? 무릎이 너무 아파 새삼스럽게 봇짐의 무게가 느껴진 모양이라 여긴 지함이 그냥 돌아서 가려는데 다시 무언가가 봇짐을 잡아당긴다.

'요것 봐라.'

지함은 다리에 힘을 주며 상체를 앞으로 지그시 당겼다. 그러자 괴나리봇짐을 잡은 작자도 힘을 쓰는지 당기는 느낌이 더욱 분명하게 전해진다. 지함은 때를 놓치지 않고 고개를 휙 돌려 등 뒤를 봤다. 아무도 없다. 지함은 휙 돌아섰다. 역시 길바닥에 서 있는 사람은 지함뿐이다. 허공도 올려다보고 땅도 살피고 좀 전에 내려온 언덕길도 쳐다보지만 주위에 사람이라곤 저 멀리, 피투성이가 된 아낙과 아이를 업고 마을을 향해 뛰는 사내 둘과 뒤따르는 한 무리의 농부와 아낙들뿐이다.

지함은 갑자기 대낮에 도깨비한테 홀린 기분이 된다. 이제는 사령들에게 뭇매를 맞은 아낙에게 달려가려던 생각도 없어졌다. 지함은 우선 괴나리봇짐을 벗어 옆구리에 바짝 꼈다. 그러고는 천천히 걸음을 옮기기 시작한다. 이번에도 누군가가 봇짐을 잡아당긴다면 그 손을 단번에 낚아챌 계산을 한 것이다.

지함이 그렇게 천천히 두어 걸음을 옮기는데 등 뒤에서 낄낄거리는 웃음소리가 들린다. 지함은 걸음을 멈추지 않고 급히 돌아다 봤다. 어디서 나타났는지, 나이를 종잡을 수 없는 사내 하나가 네댓 걸음 저쪽에서 웃고 섰다. 양태 떨어진 갓을 비딱하게 쓰고 땟국이 흐르는 중치막을 걸친 행색으로 보아 반듯한 선비나 벼슬아치는 아닌 것이 분명하다. 눈길 한 번으로 상대의 모양새를 훑어본 지함이 목소리를 묵직하게 깔며 말을 건넨다.

"네가 여태 나한테 장난친 위인이냐?"

"어라, 요것 보게. 생나무 냄새 솔솔 풍기는 호패나 간신히 얼어 찬 애송이가 어른을 대하는 태도가 방자하기 짝이 없군. 너?
너라니?"

상대는 지함의 당돌한 말씨에 금세 얼굴이 벌겋게 달아오
른다.

"호패 찬 지 얼마나 됐누? 엊그제 길 떠나기 전에 만들어 찬
거지, 너!"

"난 아직 호패 찰 나이가 아닌데?"

상대의 화를 더욱 돋울 양으로 지함의 말씨는 한층 능글맞아
진다. 무릎이 깨지는 골탕을 먹었으니 갚아 주려는 속셈이다.

"호패도 없어? 아니, 그럼 머리에 피도 안 마른 어린놈이 갓 쓴
양반한테 그딴 버르장머리가 어디 있느냐?"

상대는 화를 참지 못하고 버럭 고함을 내지른다.

"갓 쓴 양반이면 어른다워야지. 아이를 상대로 그딴 장난을 치
는 어른이 어디 있나?"

지함의 말씨는 여전히 변함이 없다.

"장난친 게 아니라 네 녀석이 자발없이 남의 일에 끼어들려는
걸 막은 거야."

"자발없다니? 억울하게 당하는 농부들을 보고도 가만히 있어
야 그게 참을성이 있고 신중한 거야? 사령들이 무슨 짓을 하고
있었는지 보고서도 하는 소리야?"

"누가 억울하다는 거야? 나랏법을 어긴 건 농부들인데."

"그게 무슨 법인데? 세금을 한 푼이라도 더 긁어내려고 벼슬
아치들이 만든 거잖아. 수탈을 위한 탐관오리들의 농간이지, 법

이 아니라고."

"호. 어디서 주워들은 건 있어 가지고. 그래도 조심해. 철없이 떠들고 다니다간 관아로 끌려가 곤장 맞기 십상이니까."

"별 걱정 다 하는군. 자네 코나 잘 여미게."

지함은 끼고 있던 괴나리봇짐을 다시 둘러메며 코웃음을 친다.

"너 끝까지 그 말본새 안 고칠 테냐?"

"도깨비한테 존댓말 쓰는 사람도 있나?"

지함은 더 상대할 생각이 없다는 듯 걸음을 떼며 한마디 툭 던진다. 중치막 사내가 당황한 모습으로 허둥거리며 지함을 따라붙는다.

"도깨비라니? 여태 날 도깨비로 여겼단 말이냐?"

"대낮에 귀신은 아닐 테고."

지함은 발걸음을 빨리하며 혼잣말처럼 말한다.

"너 호패 찼지? 말하는 본새로 보아하니 글줄깨나 읽은 모양인데, 사서삼경 근처까진 갔느냐?"

지함이 문득 걸음을 멈추고 중치막을 똑바로 쳐다본다.

"읽었으면 도술이라도 가르쳐 줄 참이우?"

"엥? 이건 또 무, 무슨 소리?"

전우치가 화들짝 놀라 자신도 모르게 뒷걸음질 치며 급하게 손사래를 친다. 그러곤 멀뚱하니 지함을 본다. 우치는 이 초립둥이가 예사 아이가 아니란 걸 눈치챈다. 처음부터 정체를 알면서도 눙치고 나를 놀렸던 것이다. 우치는 당했다는 기분이 든다.

우치의 생각이 전혀 틀린 것은 아니다. 지함도 중치막의 사내가 도인 행세나 하고 다니는 어설픈 기인 정도로 여겼다. 그간 갈고닦은 둔갑술 재주를 자랑이라도 하려고 자신에게 장난을 친 것이라 짐작했다. 하지만 지함은 도술에 별다른 관심을 가지고 있지 않았다. 지함은 아직까지 자신이 할 일이나 하고자 하는 일이 무언지 전혀 알지 못한다고 생각한다. 그래서 이번에 길을 떠난 참이다. 아직은 알지 못하는 자신의 내일을 찾기 위해서 말이다.

"어디로 가는 걸음인가?"

"그게 왜 그리 궁금하시오?"

한참을 멀뚱멀뚱 바라보기만 하던 우치의 조심스러운 물음에 지함의 퉁명스러운 대답이다.

"기왕이면 심심찮게 말동무나 할까 했지. 싫은가?"

"싫고 좋고 산에 따라붙을 거잖소?"

"남의 속을 어떻게 그렇게 꼭 짚어 아는 척하는 거야? 아닐 수도 있지."

"흥! 엊그제 호패 얻어 찬 아이에게 어른이 이리 치근거리는 걸 보면, 싫다고 해도 동행할 작정을 이미 한 거 아니오?"

"우리 화해하는 게 어떤가? 난 전우치라고 하네."

상대가 느닷없이 통성명을 청하자 지함은 머쓱해진 기분이다. 무릎이 깨질 정도로 골탕을 먹은 터라 화가 났던 탓이기는 하다. 하지만 어쨌든 나이 많은 사람에게 지나치게 버릇없이 굴었던 것이 슬며시 미안해진다. 그렇다고 여기서 끔뻑 고개를 숙이면

이 어설픈 도인이 또 무슨 장난을 걸어 올지 모른다.

"난 아직 세상에 드러낼 만한 이름이 못 되니 양해하십시오."

"상관없네. 난 통이 큰 사람이니까. 하하하."

큰 소리로 웃어 젖히는 것이 통 큰 사람이라는 듯이 우치는 정말 크게 웃는다. 하지만 그의 눈꼬리는 한쪽으로 쎌룩해진 채 부지런히 지함을 살핀다. 우치는 이 아이를 당해 낼 수 없다고 판단했다. 아니, 속여 넘길 생각을 그만둬야겠다고 마음먹는다. 그러고는 툭 웃음을 멈추고서 아무 일 없었던 사람처럼 휘적휘적 앞서 걸어간다.

우치가 저만큼 앞서 가 버리자 지함은 함께 걸을 것인가, 아예 멀찌감치 처져 버릴 것인가 잠시 망설인다. 그렇지만 그 어떤 것이든 별 상관이 없다고 지함은 생각했다. 한참을 그렇게 거리를 두고 길을 가던 두 사람 중에 먼저 멈춰 선 사람은 우치다. 우치는 걸음을 멈추고 돌아서서 지함이 가까이 올 때까지 꼼짝 않고 기다린다.

"아직도 어디로 가는지 말할 생각이 없는가?"

지함이 가까워지기를 기다려 우치가 조용하게 물었다.

"그게 왜 그리 궁금하시오?"

지함도 장난기가 가신 목소리로 되묻는다. 우치는 다음 말을 기다리기라도 하는지 담담한 얼굴로 지함을 바라보고 있다. 잠시 머뭇거리던 지함이 어쩔 수 없다는 듯 입을 연다.

"금강산으로 가 볼까 하고 길을 떠난 참이오."

"금강산 유람이라. 좋군, 좋아. 지금은 여름이니 봉래산이지,

암."

우치는 느닷없이 무슨 감회에라도 젖어든 사람처럼 고개를 들어 하늘을 올려다본다. 초여름의 쨍쨍한 햇살이 우치의 얼굴에 쏟아지자 짙은 주름이 깊은 골짜기처럼 드러났다.

그 모습이 마치 하회탈을 쓴 것 같아 지함은 피식하고 웃음이 난다.

"봉래산은 신산(神山)이지."

우치의 열띤 목소리에 지함은 얼른 얼굴에서 웃음기를 거두었다. 이 어설픈 도인이 또 무슨 꾀를 내려는 걸까? 지함은 은근히 경계심을 발동한다.

"진나라 때 도가에서는 발해만 동쪽에 봉래산, 방장산, 영주산이 있다고 했네. 그곳에는 신선들이 살고 있는데, 그래서 삼신산(三神山)이라 불렀지. 금강산이 바로 그 봉래산이야. 지리산이 방장산, 한라산이 영주산일세."

우치는 손이라도 잡을 듯이 반색을 하며 지함에게 다가선다.

"금강산 가는 길에 잠깐만 송도에 들렀다 가게. 송도에 있는 서간정까지만 날 좀 데려다주게."

"난 이 길이 초행입니다. 송도가 어느 방향인지도 모르는데 서간정은 어떻게 찾아가오?"

"길은 내가 알아."

"그렇담 혼자 가면 되잖습니까? 굳이 나더러 데려다 달랄 게 뭐요?"

"그럴 사정이 있다네. 부디 거절하지 말아 주게나."

우치는 갑자기 울상이 되어 간절한 목소리로 애원한다.

우치의 돌변한 태도를 보고 지함은 이 어설픈 도인이 또 장난을 치려 한다고 여겼다. 그만큼 우치의 태도가 표변했기 때문이다. 지함은 사라졌던 장난기가 슬그머니 다시 발동한다.

"그럴 사정이 뭔지 말해 보시오. 들어 보고 나서 데려다줄지 말지 정할 테요."

"그건 …… 자네가 데려다주겠다는 약조를 한 다음에 말하겠네."

"조건을 붙인다면 관두시오. 아쉬운 건 내가 아니니까."

"그래, 알아. 아쉬운 건 나야. 그렇긴 하지만 서간정까지 데려다준다는 약조가 없으면 그 사정을 털어놓을 수가 없다네. 이해해 주게나."

우치가 다시 울상을 지으며 머리를 떨구는가 싶더니 갑자기 환한 낯색으로 얼굴을 쳐든다.

"한 가지 제안을 하지. 이 제안이 맘에 들면 날 데려다준다는 약조를 해 주게."

이 어설픈 도인이 또 무슨 꿍꿍이일까? 은근히 경계심이 들 만큼 우치는 득의양양한 얼굴로 지함을 쳐다본다.

"어떠냐? 내 제안을 들어 보겠나?"

"목마른 놈이 우물 판댔소. 내가 목마른 것 같소?"

"아니, 그건 아니야. 그치만 내 제안을 듣고 나면 자네도 어쩌지 못할 거란 걸 난 알지. 크크크."

우치가 느닷없이 나직한 웃음을 터트렸다. 매우 음탕하게 들리는 웃음소리다. 그 웃음소리에 지함은 은근히 기분이 나빠지려 한다. 하지만 그 웃음 뒤에 숨겨진 속내가 무언지 알고 싶어지는 호기심도 슬그머니 생겨나게 하는 웃음소리다. 지함은 어쩐지 우치의 제안을 일단은 들어 보고 싶어진다. 속내는 그렇지만, 그렇다고 냉큼 무슨 이야기요 하고 나서는 것도 늙은이의 장단에 놀아나는 꼴이 되는 것 같아 지함은 우치를 빤히 쳐다보기만 한다.

우치는 곧 지함의 생각을 읽었다. 그러자 넓은 들판에 두 사람밖에 없는 걸 뻔히 알면서도 우치는 주변을 경계하듯 두리번거린다. 그만큼 자신의 제안이 함부로 밝히기 어려운 것이라는 걸 지함에게 인식시키려는 계산된 몸짓이다. 그러더니 가벼운 손짓으로 가까이 오라는 시늉을 하며 자신이 지함에게 다가왔다. 우치는 지함이 어떤 반응을 보일 사이도 없이 그의 귀에 대고 무언가를 열심히 말하기 시작한다.

우치의 이야기가 한동안 이어지자 지함도 솔깃한 듯 그대로 귀를 기울인 채다. 그런데 지함이 갑자기 두 손으로 우치의 가슴을 힘껏 밀어낸다. 그러고는 어이없다는 얼굴로 우치를 건너다본다.

"이런 얄량한 사기꾼 같으니 …… 내가 무슨 난봉꾼으로 보이오?"

"마음이 동할 텐데, 아닌가?"

"저자 뒷골목의 잡배들끼리나 입에 담을 소릴 뉘한테 합니까? 나잇값을 하시오. 생긴 것만큼이나 저질스럽소."

지함이 화를 냈지만 오히려 우치는 느긋한 표정으로 자신 있게 말한다.

"으흐흐흐, 이팔청춘에 뜨거운 피가 불끈하고 솟을 만한 얘긴데 이상하군. 자네 송도삼절이란 말 들어 봤는가?"

"그걸 모르는 사람도 있소?"

"용소에서 목욕하는 여인은 여염집 아낙이 아닐세. 송도삼절 중 하나인 황진이일세. 그래도 동하지 않아?"

"그게 누구든 난 현혹되지 않습니다. 설사 내가 마음이 동한다 해도 그런 일이 백주에 어찌 있을 수 있소?"

"이 사람아!"

우치가 갑자기 다급한 목소릴 낸다.

"난 멀쩡하게 길을 가는 처녀의 옷을 벗겨 알몸을 만들 수도 있고, 입안에 든 밥알을 공중에 뿜어 나비로 만들 수도 있다네. 그런 일이 일어날지 안 일어날지는 나와 함께 가서 두 눈으로 확인하면 될 일이 아닌가?"

"……?!"

지함은 잠깐 말문이 막힌다. '가서 확인해 보라. 더 이상 무슨 트집이 통하겠는가?' 이 엉뚱한 도인은 자신의 제안이 사실인지 아닌지 직접 가서 확인해 보라고 당당하게 말한다. 그렇다면 잡스러운 소리이긴 해도 현장을 확인하기 전에 노인의 제안이 황당한 것이라고 비난할 근거는 없다.

지함이 할 말을 찾지 못하고 잠깐 머뭇거리는 사이, 우치는 길 떠날 채비를 하듯 짚신 끈을 고쳐 맨다.

"이제 슬슬 떠나 볼까나."

짚신 끈을 매느라 꺾었던 무릎을 펴고 우치가 말했다. 우치가 걸음을 옮기기 시작한다. 그 전에 지함을 힐끗 한 번 곁눈질하긴 했지만 응당 따라올 걸 안다는 듯 우치의 발걸음은 망설임이 없다.

우치가 하는 양을 가만히 지켜보면서 지함은 가벼운 갈등을 겪는다. 못 이기는 척 따라가서 저 노인이 한 말이 사실인지 아닌지 확인해 볼 것인지, 아니면 여기서 아예 저 어설픈 도인을 떨쳐 버리고 내 갈 길을 갈 것인지. 하지만 노인의 말대로 그런 광경을 눈앞에서 볼 수 있다면 굳이 마다할 일도 아니지 않는가? 생각이 여기까지 미치자 지함은 난데없이 귓불이 화끈거리는 느낌이다.

비록 호패를 차기는 했지만 아직은 글공부에 매진해야 할 학동이 아닌가? 노인의 요사스러운 말에 현혹되어, 잠시시만 그런 외설스러운 장면을 상상한 건 참 부끄러운 노릇이라고 지함은 자신을 질책한다.

"그런데 ……."

저만큼 앞서 가던 우치가 갑자기 걸음을 멈추고 돌아서며 큰 소리로 말했다.

"내 말이 사실이면 자넨 어떤 일이 있어도 나와의 약조를 반드시 지켜야 하네."

"난 아무 약조도 하지 않았소."

"좋아. 그럼 지금부터 약조를 하지."

우치는 빠른 걸음으로 가던 길을 되짚어 오며 조금은 화가 난 목소리다. 여태 초립둥이 하나를 설득하지 못했다는 낭패감 때문이다.

"박연폭포에 있는 용소로 가서 내가 말한 광경을 눈으로 확인하면 넌 군말 없이 내 요구를 들어준다. 내 요구는 송도 서간정까지 네가 날 데려다주는 것이다. 넌 분명히 약조를 했고, 절대로 그 약조는 어길 수 없다. 됐지? 약조한 거다."

얼굴을 지함의 눈높이에 바싹 가져다 놓고 우치는 단숨에 말을 뱉었다. 우치의 이마에서 땀방울이 주름을 타고 흘러내리는 건 초여름 더위 탓만은 아닌 듯하다.

"난 박연폭포에 갈 생각 없습니다."

"아니, 이게 무슨 소린가? 지금까지 우리가 무슨 얘길 했누? 이제 와서 배 째라는 거야?"

우치는 정말 화가 나는지 얼굴이 벌겋게 달아오르는가 싶더니 금방 안절부절못하고 어쩔 줄 몰라 제자리를 맴돌기 시작한다. 그렇게 몇 바퀴를 맴돌더니 지함의 코앞에 딱 멈춰 섰다.

"여태 늙은이를 가지고 논 거냐?"

목소리에는 분노가 섞였지만 얼굴은 울상인 채 지함을 빤히 바라본다.

"딱히 그런 건 아니오. 그리고 내가 서간정까지 동행하는 조건으로 내건 제안이 불쾌하오."

"하아 ……."

우치는 땅이 꺼져라 한숨을 내쉬고는 힘없이 머리를 떨구고 움직일 생각을 않는다. 우치가 거의 절망스러워하는 모습을 보자 지함도 계면쩍기도 하고 다소 미안한 마음도 들었다.

"하나만 묻겠습니다. 도술에 능통한 도인이라면 축지법을 써서 순식간에 송도로 갈 수도 있지 않소. 왜 굳이 나와 동행하려 하는 거요?"

"내가 진작에 말하지 않던가? 동행을 약조하면 그때 사정을 자세히 말하겠다고."

우치는 실낱같은 희망이라도 발견하려는 듯 지함의 얼굴을 간절하게 바라본다.

"서간정엔 왜 가시오?"

"화담을 만나러 가네. 서경덕."

우치는 이젠 체념이라도 한 듯 말을 툭 던졌다.

서경덕이라는 말에 지함은 귀가 솔깃한다. 화담 서경덕이라면 지함도 그 명성을 익히 알고 있었다. 그는 스승이 없는 성리학자로서 모든 학문적 성과를 독학으로 일궈 냈으며 학덕이 높은 인물로, 우치가 말한 송도삼절 가운데 한 사람으로 꼽힌다. 화담 선생을 만나 볼 수 있다면 이 어설픈 도인과 동행하는 것도 그리 나쁘거나 손해 볼 일이 아니라는 생각이 슬그머니 생긴다.

"화담 선생을 만나러 가는데 왜 굳이 동행이 있어야만 되는 게요?"

"몇 번을 얘기하나? 동행하겠다는 약조를 하면 그 사정을 자세하게 털어놓겠다고 하지 않았나?"

"글쎄요. 동행할 마음이 전혀 없는 건 아니지만, 그 이유가 썩

내키지 않으면 아니 갈 수도 있는 것 아니오. 그러니 난 그 사정부터 듣고 싶어요."

"이거 참 복잡하구먼."

우치는 푸념처럼 내뱉고는 하회탈 같은 얼굴로 지함의 표정을 살핀다. 지함이 정말 동행할 마음이 있는지, 말뿐인지 속내를 알아내려는 살핌이다.

"복잡할 것 하나 없지요. 동행해야 할 사정이 얼토당토않은데 동행하겠다는 약조부터 하는 얼간이가 어디 있소?"

하기야 지함의 말이 딱히 틀린 말은 아니다. 하지만 전우치로선 그 사정을 불쑥 드러내 놓기가 그리 만만치 않다. 그렇기 때문에 온갖 달콤한 말로 갓 호패를 찬 초립둥이를 꼬여 보고 있지만 이 초립둥이가 결코 만만치 않은 것이다.

"사정을 털어놓으면, 그게 도적질을 한다거나 사람을 죽이러 가는 것이 아니라면 나와 동행한다고 약조해 줄 수 있는 게지?"

한참을 망설이고 주저하고 생각한 끝에 우치가 어렵사리 꺼낸 말이다.

"이유가 타당하다면 동행 못 할 것도 없지요."

"서 화담을 꼭 만나야 하는데 만날 방법이 없다네."

"아니, 계신 곳을 아는데 찾아가 뵙기를 청하면 될 것 아니오?"

"그게 그렇지 않다네. 화담이 날 만날 생각이 전혀 없어."

"그렇담 내가 동행한다고 선생께서 노인장을 만나 줄 리도 만무 아니오?"

"딱히 그렇지만은 않다네. 거기엔 곡절이 있어. 일루, 이리루 와서 내 말을 한번 들어 보게."

여태껏 주저하고 조심하던 것과는 달리 우치는 지함의 손목을 덥석 잡고 나무 그늘로 데리고 가선 털썩 주저앉는다.

그러고 보니 두 사람은 서로 신경전을 벌이느라 초여름 뙤약볕이 내려쬐는 길바닥에 그대로 서 있다는 것도 잊고 있었다.

중치막 소매로 얼굴에 흘러내리는 땀을 두어 번 쓱쓱 문지르고 나서 우치는 한숨을 돌리듯 "어허, 날씨 한번 덥다" 하고 혼잣말을 흘린다.

"한데 만나 주지 않겠다는 화담 선생을 굳이 만나려는 까닭이 뭡니까?"

괴나리봇짐을 벗고 나무 그늘에 엉덩이를 내리던 지함이 다시 본래의 화제를 꺼낸다. 아무래도 지함으로서도 서 화담에 대한 관심을 숨길 수가 없나 보다.

"도술을 겨뤄야 하네."

"에? 화담 선생께서 도술을 하신다고요?"

금시초문이다. 서 화담은 명망 높은 성리학자다. 주자학에 심취하면 간혹 술서를 읽을 수는 있다. 그렇더라도 학문이 경지에 오른 유학자가 도술을 한다는 건 믿을 수 없는 소리다. 분명 어설픈 도인에게 다른 꿍꿍이가 있음이 분명하다. 지함은 다시 전우치를 믿을 수 없다고 생각한다.

"아무튼 그건 그렇다고 합시다. 그런데 도술을 겨루러 가는데 내가 왜 동행해야 하는지 말해 보슈. 난 화담 선생과는 아직 일

면식도 없는 처진데 내가 왜 필요하오?”

“화담이 날 무서워해. 그래서 서간정 주변에다 도력으로 장벽을 쳐 놓았지. 내가 서간정에 아예 들어가지도 못하게 말일세.”

갈수록 태산이다. 지함은 전우치의 말을 어디까지 믿고 어디까진 믿지 말아야 할지 판단이 서지 않는다. 하지만 이 이야기는 끝까지 가 보는 수밖에 없다고 작정한다.

“도인으로 자처하는 노인장도 뚫고 들어갈 수 없는 벽이 내가 간다고 뚫린답디까?”

“그렇지!”

우치는 크게 한 번 머리를 주억거리고는 열심히 말을 잇는다.

“자네 의지로 날 데려간다면 장벽은 뚫리게 되어 있어. 그러면 난 화담을 만날 수가 있고, 얼굴을 맞대야만 내가 그에게 승부를 걸 수가 있다네. 날 좀 도와주게.”

어느새 우치의 표정은 진지하고 목소리 또한 간절하다.

“왜 그렇게 화담 선생과 도술을 겨루려 하는 게요? 무슨 맺힌 거라도 있는 거유?”

“난 이백 년 동안 도술을 닦았어. 그런데도 지난번 시합에서 잠깐의 실수로 지고 말았지. 하지만 이번엔 반드시 내가 이긴다네.”

“좋소, 갑시다. 동행하지요.”

지함이 괴나리봇짐을 들고 벌떡 일어섰다. 하지만 지함은 도술 겨루는 일 따윈 관심이 없다. 이를 빌미로 서 화담 선생을 한 번 뵙고 싶을 뿐이다.

우암을 찾아가다

필재는 토정 할아버지가 화담의 수제자로 가르침을 받았다는 건 집안 어른들로부터 여러 차례 들어 잘 알고 있었다. 화담의 높은 학식과 폭넓은 지식이 토정 할아버지의 안목과 지식을 넓히는 데 결정적 영향을 미쳤다는 것 또한 익히 들어 알고 있는 일이었다.

하지만 토정 할아버지께서 스승을 처음 만나는 계기가, 전우치가 도술을 겨룰 목적으로 토정에게 동행을 간청한 때문이라니 기묘하다는 생각이 든다. 전우치가 토정 할아버지한테 이백 년 전부터 도술을 익혔다고 말했다는데, 그렇담 지금도 그 도인이 살아 있는 것은 아닐까? 어쩌면 지금 날 만나러 와 주지는 않을까? 필재는 정말 전우치가 올지도 모른다는 생각을 한다. 필재가 이런 허황된 바람을 가지는 건 지금 조선이 처한 상황이 너무도 절박하기 때문인지도 모른다.

"나으리, 손님이 오셨습니다요."

방문 밖에서 오 서방의 나직한 음성이 들리는 순간, 필재는 소스라치듯 놀랐다. 마치 자신의 어리석은 생각을 누군가에게 들킨 기분이 들었기 때문이다.

필재는 읽고 있던 《아계유고》를 서둘러 덮으며 짧은 혼란에 빠져든다. '설마 내가 상상하고 있던 그런 일이 실제로 일어나는 걸까? 전우치가 날 찾아오는 일이 벌어진 걸까?' 하지만 필재는 곧 이성을 되찾는다. 그런 우화 같은 일이 일어날 리는 만무라는 걸 필재도 익히 알고 있는 것이다.

필재는 빠른 몸놀림으로 미닫이를 밀어젖힌다. 방갓을 깊숙이 눌러쓴 사내 하나가 오 서방 곁에 버티고 섰다. 필재는 한눈에 그가 누구인지 알아챘다. 전 교리 배창진이다. 지난겨울, 눈보라를 뚫고 필재를 찾아왔던 전 홍문관 교리 배창진이 상주의 복색을 하고 다시 찾아온 것이다.

기사환국으로 수많은 서인들이 숙청당할 때, 배창진도 삭탈관직에 문밖(도성 밖) 축출이라는 처벌을 받았다. 도성 밖 축출은 유배형은 아니나 도성 안에 거주하거나 도성을 드나드는 것을 금하는 조치다.

필재는 손짓으로 어서 들어오라는 시늉을 한다. 배창진 또한 아무런 말 없이 축대를 오른다.

"주안상 내오게."

나직하게 이르고서 필재는 서둘러 미닫이를 당겨 닫고 갑창까지 끌어내어 겹겹이 닫고서야 배창진을 돌아다본다.

"어인 일인가? 상을 당했으면 부고를 보냈어야지."

"아닐세. 곳곳에 기찰포교들이 눈에 불을 켜고 있으니 편히 움직일 수가 있어야 말이지."

창진이 방갓을 벗어 팽개치듯 내려놓고 필재가 내주는 방석에
털썩 앉으며 피곤한 목소리로 말했다. 그의 얼굴엔 지친 기색이
역력하다.

"어디서 오시는 길인가?"

한참 침묵이 흐른 후에 필재가 처음 한 말이다.

"어디서 오는 길이 아니라 내려가는 길일세."

"내려가다니, 어딜?"

창진의 엉뚱한 대답에 필재는 잠깐 머뭇거리다가 다시 묻
는다.

"한양 소식 전혀 모르고 있는가 보군. 봉조하 대감을 기어코
제주도로 유배해서 위리안치하라는 어명이 있었다네."

"우암 선생께서? 무슨 연유로?"

우암 송시열은 나이 일흔여섯 되던 해, 중추부영사의 벼슬을
내놓고 기로소에 들어 봉조하가 되자 고향 옥천으로 낙향했다.

옥천에 있던 송시열이 왕세자 책봉 소식을 들은 건 그로부터
한 달여가 지나서다. 송시열은 윗목에 밀어 뒀던 연상을 끌어당
겼다. 그리고 서판 위에 종이를 펼쳤다. 간필을 잡은 그의 손에
자신도 모르게 힘이 들어간다.

…… 예전에 송나라 신종은 나이 스물여덟에 처음으로 철
종을 낳았는데, 그 어미는 후궁 주씨였습니다. 장재(張載)

가 듣고서 매우 좋아하였더니, 정자(程子)는 그의 충성됨을 칭찬하였고, 주자(朱子)는 이를 근사록에 기록하였으니, 대체로 장, 정, 주의 전후가 일치한 것은 종사를 위하여 천리의 정도에 순수함 때문입니다. 이미 천리라 하였으면, 오늘날 인심인들 어찌 옛사람과 다르고 같은 것이 있겠습니까?

작년 십일월 초에 영의정 김수항이 편지를 신에게 보내어, '후궁에서 왕자가 탄생한 경사가 있었다'라고 하였으니, 대개 매양 같이 근심하던 일이기 때문에 선비와 백성들에게 빨리 알리고자 함입니다.

신이 지금 듣건대, 여러 신하들이 세자를 세우는 일이 너무 이르다고 말하였다 하는데, 대개 송나라 철종으로 말하면 열 살이 되도록 번왕(藩王)의 자리에 있다가 신종이 병이 난 뒤에야 비로소 책봉하여 태자로 삼았습니다.

오히려 이와 같이 천천히 한 것은 제왕(帝王)이 큰일 하는 법이 항상 여유 있게 천천히 하는 것을 귀하게 여기기 때문입니다. 하물며 지금은 마음에 꺼리고 의심스러워할 염려가 없지 않습니까.

요즘에 여러 신하들이 중전께서 '생남했을 때에는' 하는 말을 하는 것은, 대개 사전에 주밀하게 염려하는 데서 나온 것입니다.

엎드려 바라옵건대, 전하께서는 오늘날 여러 신하의 마음이 장, 정, 주의 마음과 같지 않은 사람이 없다고 생각하시

고, '정궁에서 혹시 아들을 낳으면' 하는 여러 신하들의 말
이 기묘사화의 기초를 만들었던 신하들의 마음과 다르다
생각하시면, 종사에 더 다행한 일이 없고 신민에게 더 다
행한 일이 없을 줄 아옵니다. ……

숙종 임금은 읽고 있던 상소문을 탁 소리 나게 내려놓는다. 용
안은 몹시 굳어 있고, 두 눈엔 노기마저 띠고 있다.

"슬픈 일이다."

상소문을 내려놓은 지 한참 만에 임금의 입에서 흘러나온 말
이다. 임금은 몸을 곧추세운다. 그의 몸놀림으로 보아 곧 벽력같
은 고함이 터져 나올 것만 같다. 상소문을 들고 온 동부승지 윤
빈의 등줄기에서 식은땀이 한 방울 주르르 굴러 내린다.

그러나 뜻밖에도 임금의 음성은 착 가라앉아 있었다. 하지만
그 가라앉은 목소리 뒤에 숨겨진 분노는 크기를 가늠하기 어렵
지 않다.

"왕위를 이을 왕자가 이미 세워져 임금과 신하가 분수에 맞게
도리를 지켰거늘, 모든 것이 크게 정해진 뒤에 유림의 영수인 송
시열이 지금 와서 감히 나라의 근본을 일찍 정하였다고 뚜렷하
게 불만을 드러내다니 ……. 더구나 옛일들을 인용하여 늘어놓
은 말이 지극히 방자하구나. 승정원은 알고 있으라!"

집권 세력이 바뀌는 대혼란을 겪으며 이루어진 원자를 세우는
일이 임금에게도 그렇게 손쉬운 것만은 아니었다. 그러나 어찌
됐든 그 일은 이미 일단락되었다고 안도하고 있는 터에 봉조하

송시열의 상소문이 임금의 심기를 크게 어지럽힌 셈이다.

더구나 송시열이 누구인가. 임금의 말처럼 유림의 영수다. 조선의 선비와 유생들이 가장 존경하고 추앙하는 인물이다. 그의 영향력을 생각하면 그의 상소문은 결코 간과할 수 없는 대사건이다.

이날 밤, 임금은 우부승지 이현기, 동부승지 윤빈, 교리 남치훈, 수찬 이익수 등 총애하는 측근 네 명을 희정당으로 불러 모았다.

처음 임금은 송시열의 상소 가운데 알아볼 수 없는 곳이 있으므로 물어보려 불렀다고 했다. 그러나 상소문의 내용을 하나하나 짚어 가던 중에 임금의 분노는 폭발하고 만다.

임금은 서탁에 놓인 상소문을 네 사람 앞으로 집어 던지며 소리친다.

"송나라 철종은 처음에 번왕에 봉했다가 신종이 병이 난 뒤에야 태자로 봉하였다고, 감히 이 이야기를 소에다 썼으니 이게 무슨 마음이냐? 나에게 십 년을 기다리란 말이냐?"

"오늘날 종사의 큰 계책을 정해 놓은 뒤에 온 나라의 신민들이 좋아 날뛰는 정성이 어찌 상하가 다르겠습니까. 그런데 너무 이르다는 말은 그 뜻이 어디에 있는지 신도 정말 알 수가 없습니다."

우부승지 이현기가 임금의 심기를 살피며 조심스레 아뢴다.

"송시열이 산림의 영수이면서 그의 말이 풍파를 불러일으킬 수 있다는 것을 스스로 미루어 짐작할 수 있는데도 이런 소리를 임금을 향해 거침없이 하는 건 분명 저의가 있을 것이야."

"전하의 염려하심이 깊고 원대하십니다."

교리 남치훈이 임금의 생각에 동조하자, 동부승지 윤빈이 얼른 치훈의 말을 막고 나선다.

"전하. 지금은 명호가 이미 정해졌고, 군신이 분수에 맞게 지키는 도리가 엄하니, 진실로 패역한 신하가 아니면 어찌 그 사이에 이의가 있을 수 있으며, 또 어찌 이것으로 인하여 불안한 사달이 생기겠습니까. 유념치 마오소서."

"송시열의 문도들이 어찌 '원자로 정하는 것이 이르다는' 것을 빙자하여 소란을 피우는 폐단이 없을 수 있겠느냐? 이런 것을 이대로 두면 장수 없는 병졸쯤으로 여기고 범하려는 무리가 장차 연달아 일어날 것이다. 마땅히 멀리 귀양 보낼 것이로되, 그래도 학덕을 갖춘 유신이니 아직은 가벼운 법을 좇아서 삭탈관작하고 성문 밖으로 내쫓아라."

사태가 이에 이르자 이때까지 침묵하고 있던 수찬 이익수가 급히 조아린다.

"전하. 송시열이 고령이라 기억력이나 판단력이 흐려져 되지 않은 말을 하였으나 죄를 주기까지 하는 것은 어떨지 모르겠습니다."

윤빈도 임금을 만류하고 나선다.

"전하. 삼 대에 걸친 조정에서 내려오면서 예우하던 신하에게 하루아침에 죄를 준다는 것은 지나치심이 아닐지요? 통촉하오소서."

두 사람이 송시열을 죄주는 것을 만류하고 나서자 숙종은 잠시 말을 멈추고, 부복한 신하 네 명을 한 사람씩 차례로 살피듯이 굽어본다. 무언가 생각에 골몰하는 표정을 짓던 임금은 단호한 어조가 된다.

"지금부터 만약 송시열을 위하여 소를 올려 시끄러운 폐단이 생기게 되면 장차 그릇되고 바르지 않은 사설이 함부로 횡행하고, 마침내 끝없는 근심거리가 될 것이다. 송시열을 멀리 제주에 안치하고 엄하게 격리하라."

이익수와 윤빈이 올린 말이 숙종의 화기에 기름을 부은 꼴이 되고 말았다.

어명은 이튿날 아침 일찍 의금부로 전해졌다.

"소식을 듣고 한달음에 화양동으로 달려갔었지."

가양주가 가득 담긴 술잔을 하염없이 내려다보고 있던 배창진이 시선도 들지 않은 채 한숨처럼 뱉는다.

"우암 선생을 뵀는가?"

창진이 고개를 절레절레 가로젓는다.

"이미 사흘 전에 제주도로 떠나신 후였다네."

"그럼, 내려간다는 말이 제주도로 간다는 소린가?"

"아니, 광양까지 갈 작정일세. 광양 땅 골약 포구에서 배를 탄다고 했다니까 거기서 대감을 배웅이라도 할 요량이야."

"사흘 앞서 떠났다면 간재가 포구에 당도할 때쯤이면 배가 떠나 버렸을 수도 있잖은가?"

"금부도사가 아무리 채근을 한다 해도 구십 노인의 걸음일세. 더 지체만 하지 않으면 내가 앞서 갈 수도 있을 걸세."

창진은 갈증이 나는지 술잔을 단숨에 비운다.

"여기 들른 건 혹시 비전을 찾았을까 하고 ……."

그러면서 창진이 슬쩍 필재를 건너다본다.

"빌미도 잡지 못했네. 지금 고조할아버지의 《아계유고》를 읽고 있는데, 토정 할아버지의 이야기가 많이 나오긴 하지만 무슨 단서가 될 만한 건 아직 찾지 못했다네."

창진의 얼굴에 실망한 빛이 역력하다.

기사환국으로 송시열을 필두로 영의정을 지낸 김수항, 김수흥 형제와 이이명, 김만중을 비롯해 판서 자리에 있던 남용익, 윤상운, 윤지완, 심재 등 중심인물들은 물론 미관말직까지 서인 세력은 완전히 몰락했다.

더욱이 기사환국으로 다시 정권을 잡은 남인들이 자신들의 권력을 공고히 하려고 끊임없이 서인들을 공격할 것이다. 유배지에서 살아 돌아올 사람은 거의 없을지도 모른다.

비전만이 유일한 출구다. 생각이 여기까지 미치자 창진은 더욱 암담한 기분이 된다.

"그러잖아도 읽고 있는 책만 끝내면 화양동을 다녀올 요량이었네."

"봉조하 대감을?"

"우암 선생께서 자넬 우리 집에 보내신 까닭이 무언지 알고 싶었네. 비전 이야기를 듣고 간재를 우리 집으로 보낸 건 우암 선생께서 비전에 대해 무언가 알고 계시다는 뜻 아닌가?"

"나도 그렇게 생각했었지. 아니, 여기 오면 쉽게 비전을 손에 넣을 것으로 여겼다네."

"직접 여쭤 볼 참이었는데 ……. 비전에 대해 직접 설명을 듣지 못하면 그 실마리라도 찾고 싶었다네."

"나와 같이 가면 어떤가?"

갑자기 창진이 술상 앞으로 상체를 크게 내밀며 들뜬 목소리로 말한다.

"광양으로 가세나. 골약 포구에 가서 대감을 직접 뵙고 그 일을 물어보는 건 어떠한가?"

창진의 갑작스러운 제안에 필재는 잠시 머뭇거린다. 전혀 예정에 없던 일이다.

창진이 이처럼 일방적일 만큼 급작스럽게 제안하는 것은 비전을 찾아야 한다는 절박한 심정 때문일 것이다. 하지만 필재의 입장에선 유배 길에 있는 송시열을 불쑥 찾아가기가 그리 간단치 않은 일이다.

필재가 갔을 때, 송시열은 이미 포구를 떠나고 난 뒤일지도 모른다. 운 좋게 만난다 하더라도, 옥천에서 광양까지 노구를 이끌고 걸어온 송시열은 심신이 지쳐 있을 것이다. 게다가 귀양길을 호송하는 금부도사와 사령들로 그의 주변은 몹시 어수선할 터다. 그런 와중에 비전에 관한 은밀한 이야기를 과연 주고받을 수가 있을까? 두 사람만의 만남이 허락되지 않으면 비전에 관한 이야기는 꺼낼 수도 없다.

필재는 짧은 시간 동안 많은 생각이 오간다.

하지만 지금이 아니면 송시열을 직접 만날 기회는 영영 없을지도 모른다. 위리안치된 죄인을 만나겠다고 제주도까지 찾아간다는 건 더더욱 어려운 일이다. 비전에 대한 실마리라도 알아내려면 이번이 마지막 기회라는 생각이 들자 필재의 마음이 갑자기 다급해진다.

"오 서방, 게 있는가?"

필재가 큰 소리로 오 서방을 찾는다. 부리나케 오 서방이 달려왔다.

"때를 놓치고 후회하는 일은 없어야 할 것 같아서 ……."

오 서방에게 길 떠날 채비를 차근차근 이르고서야 필재가 창진을 돌아보며 한 말이다. 고개만 주억거릴 뿐 말이 없는 창진은 그러나 필재에 대한 고마운 마음에 가슴이 먹먹해 온다.

보령에서 광양까지는 거의 600리 길이다. 하루 100리를 걷는다 하여도 꼬박 엿새가 걸리는 먼 거리다. 이미 사흘이 뒤떨어진 걸음이라 자칫 송시열을 따라잡을 수 없을지도 모른다. 두 사람은 잠시도 쉬지 않고 길을 재촉했다. 행여 배가 떠났으면 어쩌나 하는 조마조마한 마음으로 밤잠을 설치며 걸었다.

보령을 떠난 지 닷새 만에 광양현에 당도했다. 두 사람은 지체하지 않고 골약 포구로 달려갔다. 아니, 달리기는커녕 빨리 걸을 수조차 없다. 성내를 벗어나자마자 두 사람의 발길을 막는 수많은 사람들 때문이다. 차림새나 하인들을 거느린 행차로 보아 양반들이 분명한 그 사람들도 골약 포구로 향하고 있었다.

포구로 넘어가는 좁은 고갯길은 유생들로 넘쳐 났다. 송시열을 배웅하기 위해 전국에서 모여든 사람들이 분명하다. 참으로 더디게 앞으로 나아가던 흐름은 오르막이 시작되는 고갯길 초입이 가까워질수록 앞으로 한 걸음을 내딛기도 어려운 지경이 됐다.

"이러다 대감 얼굴도 못 뵙는 거 아닌가?"

배창진이 앞을 기웃거리며 다급한 소릴 낸다.

"미처 이 생각을 못 했군. 우리만 대감을 만나려는 줄 여겼다니 어리석었네."

"그러게 말일세. 문도들이 하직 인사라도 올리려고 모여들 걸 예상했어야 했는데 ……" 하며 창진이 분주하게 사방을 두리번거린다. 그러더니 갑자기 필재의 소매를 잡아끈다.

"저기, 저쪽 산으로 올라가 보세."

"산은 왜?"

"산을 넘으면 포구로 내려가는 길이 있을지 누가 아는가?"

창진은 필재의 말을 기다리지도 않고 길 옆 수수밭으로 성큼성큼 들어선다.

"여보시게, 간재."

뒤쫓아 가며 필재가 창진을 불러 세우려 하지만 창진은 수숫대에 가려 모습조차 잘 보이지 않는다. 필재도 걸음을 빨리해 창진을 따라갈 수밖에 없다.

수숫대를 이리저리 피하며 한참을 앞으로 나아가자 눈앞이 갑자기 훤해지며 주인을 알 수 없는 무덤의 봉분 두 개가 나타났고, 창진이 그 옆에 서서 필재를 기다리고 있다.

"정말 저 산을 넘을 작정인가? 만만한 높이가 아닌데, 산중턱도 못 올라가고 배가 떠날 터인데."

필재가 다소 숨 가쁜 소리를 하자 창진이 대답했다.

"어찌할 방도가 없으니 궁리를 내는 게지. 여기까지 와서 대감을 뵙지도 못한다면 건고한테 면목이 없게 되잖은가."

"간재 탓이 아닐세. 우암 선생의 명망이 너무 높은 탓인 걸 어쩌겠나."

창진이 말없이 눈앞에 솟은 산봉우리를 한동안 올려다본다.

제법 따가운 봄 햇살이 봉분 앞에 놓인 상석에 부딪쳐 부서질 뿐, 두 사람은 말이 없다. 밤낮없이 600리 길을 달려왔는데, 비전의 실마리는커녕 송시열을 대면조차 못 하다니 너나없이 허탈한 것이다.

한참을 그렇게 섰던 창진이 봉분 옆에 무너지듯 주저앉는다.

"문제는 비전의 행방이지. 그걸 찾지 못한다면 우리 서인들의 앞날은 없다고 볼 수밖에 ……. 암, 없고말고."

한참을 고개를 꺾은 채 앉아 있던 창진이 엷은 한숨을 섞어 혼잣말처럼 나직이 중얼거린다.

갑자기 수숫대 부서지는 소리가 요란하게 들리면서 유생들 한 떼가 두 사람이 있는 쪽으로 달려오는 것이 보인다. 그들도 아마 창진과 같은 생각을 한 모양이다. 순식간에 수수밭을 빠져나온 유생들은 두 사람에게 눈길도 주지 않고 산으로 치닫는다.

창진의 눈길이 필재와 마주쳤다. 순간, 자리에서 벌떡 일어선

창진이 어느 틈에 산에 오르는 사람들 뒤를 쫓고 있다.

"간재!"

엉겁결에 창진을 쫓아가며 필재는 외마디 소리만 낸다.

길도 없는 산속인데, 한 떼의 유생들이 무작정 산꼭대기를 향해 허겁지겁 올라간다. 갓이 비뚤어지고 도포 자락이 나뭇가지에 걸려 찢어지는 것도 아랑곳 않고 오직 산을 오르는 데만 정신이 팔린 사람들 같다.

필재는 숨이 차올라 가슴이 터질 것 같지만 한 순간도 멈추지 않고 미친 듯이 산을 올랐다. 얼마나 올라왔는지도 모른다. 다리가 후들거려 더 이상 걸을 수 없게 되자 이제는 기기 시작한다. 필재는 자신이 왜 이렇게 산을 올라야 하는지도 잊은 채 오직 앞으로만 나간다. 이마에서 흘러내린 땀 때문에 눈조차 뜰 수 없는 지경에 이르렀지만 필재는 멈추지 않는다. 문득 바람이 얼굴을 스치며 바다 냄새가 난다.

산등성이에 다다랐다. 이제 내려가는 일만 남았다. 그런데 먼저 등성이에 다다른 사람들이 내려갈 생각은 않고 모여 서서 웅성거린다. 몸을 제대로 가누지도 못한 채 필재는 포구가 있음 직한 곳을 서둘러 찾는다.

까마득히 산 아래 작은 포구가 눈에 들어온다. 배 서너 척이 들어오면 꽉 차 버릴 것 같은 작은 포구는 마치 흰 무명필을 펼쳐 놓은 듯 온통 새하얗다. 송시열을 배웅 나온 유생들로 포구가 가득 찬 거라 생각하며 필재는 얼른 배를 찾는다.

없다. 포구에는 송시열을 태우고 갈 배가 보이지 않는다.

"아아!"

필재는 속으로 깊은 탄식을 삼키며 바다를 살핀다. 가물가물 보일 듯 말 듯 멀리 사라져 가고 있는 배 한 척이 필재의 시야에 들어온다.

이때, 누군가가 흐느적거리듯 다가와 털썩하고 필재의 옆으로 쓰러진다. 필재보다 한발 늦은 창진이 가쁜 숨을 헐떡인다.

"배는?"

창진이 갈증으로 갈라져 버린 목소리로 간신히 말을 입 밖으로 밀어낸다.

"늦었다네. 배가 가물거려 ……."

바다 쪽으로 고개를 돌릴 기력마저 소진했는지 창진은 팔베개를 하고 눈을 감은 채다. 창진의 감은 눈에서 땀인지 눈물인지 모를 한 줄기가 눈꼬리를 타고 흐른다.

화담을 만나다

"무얼 하자는고?"

"술서 한번 읽지 않은 사람처럼 딴청은."

전우치는 다소 주눅이 든 듯한 표정이지만 목소리만은 당당
하다.

"나와 도술을 겨루자고 했잖느냐!"

싸움을 걸려는 듯 쏘아붙이는 우치의 말에 화담의 표정이 점
점 묘해진다.

지함은 대좌하고 있는 두 사람의 모습을 보며 마음이 조마조
마하다. 우치가 애걸하며 매달리는 통에 정작 동행을 하긴 했지
만, 자신의 행동이 잘한 것인지 잘못한 것인지 아직도 확신이 서
지 않는다.

아무튼 지함은 우치와 함께 송도로 들어와 화담 서간정으로
왔다. 지함이 동행해서인지는 알 수 없으나 우치가 말한 장벽 같
은 건 느껴지지 않았다. 화담도 별다른 내색 없이 두 사람을 맞
아 주었다.

그런데 문제는 전우치였다. 초가로 지붕을 얹은 작은 정자에 마주 앉자마자 수인사가 채 끝나기도 전에 불쑥 도술 시합을 하자는 말을 꺼내 놓은 것이다.

묘한 표정으로 마주 앉은 우치를 건너다보는 화담은 한동안 가타부타 말이 없다.

"어째 자신이 없으신가 보군. 응대를 못하는 걸 보니 ……."

"그대가 도인이라고 여기느냐?"

우치의 거들먹거리는 몸짓을 잠자코 바라보던 화담이 이윽고 한마디 한다.

"당연! 난 이백 년 동안 화담과 나 둘 가운데 도술의 경지가 누가 더 윗길인지 겨룰 생각만 하고 지내온 사람이야!"

"사람? 에라, 이 돌멩이 같은 화상아. 인간은 생각이 있지만 넌 생각이라고는 없는 돌멩이야. 도술은 장난이나 치자고 공부하고 수련을 쌓는 게 아니야."

"허, 말이 지나치군. 내가 화담보다 도술에 대해 모른다고 여기나? 그러니 겨뤄 보자는 거 아닌가."

"둔갑술이나 부려 물동이 이고 가는 아낙 젖통이나 만지고 물동이를 깨트리려고 도를 닦는 게 아니라고. 삼라만상, 이렇게 무한한 우주 가운데 한 알의 겨자씨 같은 내가 왜 여기 있는가를 깨쳐 가는 것이 인간이야. 나도 내가 왜 여기 있는지를 모르지만 그걸 알아보려고 사서삼경도 읽고 《주역》도 연구하고 술서도 보는 것이야. 복술서는 너처럼 돌멩이 같은 인간들이 장난이나 치라고 쓰인 책이 아니란 말이다. 넌 대체 무어냐? 이백 년이나 산 생물이 하고자 하는 짓이 기껏 도술 시합이란 말이냐?"

"이거 웬 사설이 이리 길어. 자신이 없는가 보군. 자신 있음 한 판 붙자니깐!"

"네가 지금 나를 강아지로 만들려고 용을 쓰고 있다는 걸 모를 줄 알아? 그런데 왜 아무 변화가 없을까? 내가 너의 그 알량한 기를 누르고 있기 때문이야."

우치의 표정이 심상치 않다. 내심 크게 당황했는지 눈알을 어지럽게 굴리며 어찌할 바를 모른다.

"그럼 이제 내가 널 지렁이로 만들어 줄까? 천 년 동안 사람들 발에 밟히며 죽지도 못하고 고통받으며 꿈틀거릴 수밖에 없을 텐데. 그렇게 할까, 아니면 당장 여기서 사라질 텐가?"

우치가 몸을 일으키는가 싶더니 순식간에 몸이 연기처럼 사라진다.

놀란 지함이 자리에서 벌떡 일어선다. 몸 둘 바를 몰라 하며 울상이 된 지함이 그대로 무릎을 꿇고 화담에게 큰절을 한다.

"소생의 어리석음을 꾸짖어 주십시오. 참으로 어리석었음을 깊이 뉘우치고 있습니다."

"우치와 일행이 아님은 알겠는데, 저자와 어떻게 동행하게 됐는가?"

"철부지 같은 생각 때문에 ……. 도술을 겨루는 걸 보면 재미있을 거란 어린 생각에 ……."

지함은 더듬더듬 전우치를 처음 만나 송도까지 오게 된 경위를 서 화담에게 자세하게 이야기한다. 잠자코 지함의 이야기를 끝까지 들은 화담이 고개를 끄덕인다.

"집을 떠난 까닭을 물어도 되겠느냐?"

"어리석은 생각으로 ……. 책상머리에 앉아 글을 읽는 것만이 공부가 아니라는 생각에, 형님께 허락을 구했습니다."

"음 ……."

화담은 나직한 신음 소리만 낼 뿐, 그만 입을 닫아 버린다.

지함은 왠지 조바심이 난다. 화담이 당장 일어나 집으로 돌아가란 말을 할 것만 같다. 그럼 서간정을 나서면 그만이다. 그런데 까닭은 알 수 없지만 화담이 그런 말을 하시 않았으면 하는 마음이 간절해지고 있다. 지함의 마음이 점점 더 초조해지는데, 화담의 목소리가 들렸다.

"글은 어디까지 읽었느냐?"

"사서삼경을 읽기는 했으나 겨우 시늉만 했을 뿐입니다."

화담은 다시 입을 닫고 찬찬히 지함을 살핀다. 비록 약관의 나이에도 미치지 못했으나 어른 앞에서 보이는 몸가짐과 말하는 태도가 반듯하고 말에 막힘이 없다.

화담은 이 아이에 대해 좀 더 알고 싶어진다.

"본관이 한산이라면 려말의 목은 이색 선생과 인연이 있지 않느냐?"

"저는 목은 할아버지의 후손입니다."

"그렇담 사육신의 한 분인 백옥헌 이개 선생과는?"

"저의 종증조부가 되십니다."

화담이 여기까지 묻고는 말없이 고개를 주억거린다. 이 아이가 처음부터 눈에 띄었던 까닭을 알겠다는 표정으로 화담이 다시 입을 연다.

"삼경을 읽었으면 《주역》을 알겠구나."

"삼경 가운데 가장 난해한 것으로 일컫는 《역경》을 주자가 해석한 것이 《주역》이라고 알고 있습니다."

"읽어 봤느냐?"

"읽기는 했으나 너무 어려워 그 뜻의 대부분을 이해하지 못했습니다."

"그래, 《주역》은 예로부터 어려운 책으로 일컫지. 하나 무슨 학문이나 처음엔 어렵기 마련이야. 《주역》은 선비로선 매우 중요한 학문이라는 걸 알아야 해."

"가르침만 주시면 정진, 또 정진하겠습니다."

"허 ……."

지함은 자신도 모르는 사이에 화담의 제자가 되기를 청하고 나선다. 무엇이 예정에도 없던 말을 뱉어 내게 한 것일까.

화담은 그저 말없이 엷은 미소를 띤 채 이 당돌한 아이를 바라본다.

갑자기 대문간에서 개 짖는 소리가 요란하게 들리는가 싶더니, 이내 꼬리라도 치는지 개는 끙끙 앓는 소리를 낸다. 그러더니 청아한 짧은 웃음소리가 끝나자마자 여인의 말소리가 들려왔다.

"제가 무심했지요, 사부님? 호호호."

무심코 돌아보던 지함이 하마터면 앉은자리에서 튕겨 일어날 뻔한다. 화사한 옷차림에 얼굴 가득 미소를 머금고 정자를 향해 살랑살랑 다가오는, 젊다기보다 어린 여인을 본 것이다.

"그간 별고 없으셨어요?"

정자 앞까지 다가온 여인이 화담에게 깊숙이 고개를 숙여 인사한다.

지함은 은은한 꽃향기 같은 향긋한 냄새를 맡고 다시 한 번 젊은 여인을 돌아본다.

"진이로구나. 어서 오너라."

지함은 그제야 이 여인이 송도에서도 그 유명한 황진이라고 알아차린다.

"올라오지 않고 왜 그러고 섰누?"

황진이가 정자에 오르지 않고 머뭇거리자 화담이 말한다.

"손님이 계셔서 어떨까 하고 걱정 중이랍니다. 호호."

진이는 말은 그렇게 하면서도 수저 없이 정사 위로 올라와 화담과 지함의 중간, 삼각 지점에 사뿐히 내려앉는다. 그 몸가짐이 매우 단아하고 세련돼 보인다. 지함은 '명기라더니, 명기의 모습이 저런 모습이구나' 하고 내심 작은 감탄을 한다.

지함은 처음 황진이가 대문간을 들어설 때 제 또래의 나이로 봤다. 그런데 이렇게 지척에 앉고 보니 스물을 갓 넘은 여인으로 보인다. 하지만 조선 팔도에 명성이 자자한 황진이가 그렇게 어릴 리가 없다. 진이의 나이에 대한 지함의 궁금증은 더해만 가는데.

"자주 보게 될 사이니 서로 이름이나 통하거라."

"사부님, 제자 받으셨어요? 싫어, 싫어. 제잔 나 하나로 충분하잖아요."

말은 그렇게 하면서도 화담을 흘기는 진이의 얼굴엔 장난기가 가득하다. 진이의 눈길이 이번엔 지함에게로 향한다.

그런데 지함은 진이와 눈길이 마주치는 순간, 쿵덕하고 가슴이 내려앉는다. 지함은 태어나서 지금까지 그런 눈길을 마주한 적이 단 한 번도 없다. 진이의 눈길은 '사람의 폐부를 녹아내리게 하는 그런 눈길이다' 라고 지함은 생각한다. 황진이의 나이가 자신보다 열한 살이나 많다는 걸 지함이 안 것은 그로부터 얼마 지나지 않아서다.

날씨가 이젠 완연한 여름으로 접어들었다. 그늘에 가만히 앉아 있어도 베적삼이 땀에 흠뻑 젖을 만큼 무더위가 계속됐다.

"역리는 길(吉)·행(幸)을 일률적으로 보지 않아. 곤궁한 처지에 있다 해도 일률적으로 불길(不吉)·불행(不幸)으로 보지 않으며, 곧 그 원인을 분석해서 판단하는 것이니라."

지함이 서간정에 온 이튿날 화담의 가르침이 시작됐다. 강의는 날씨 탓에 이른 아침과 늦은 저녁 두 차례, 하루도 거르지 않고 꼬박꼬박 이루어진다. 가르치는 화담이나 배우는 지함이나 꾀부리는 일 없이 열심이다.

"선(善)은 길행(吉幸)의 원인이 되고, 대길행은 선을 많이 쌓은, 즉 적선의 결과다. 악(惡)은 불길, 불행의 원인이 되고 대불길, 대불행은 악이 쌓이고 쌓인, 즉 적악의 결과라 했다. 물론 예외도 있을 수 있지. 그러므로 소인의 득세를 일시적이고 우연적이라고 보는 것이다."

"공자님 말씀에 중용(中庸)은 불가능하다는 것이 있는데, 왜 중용이 불가능한지 잘 이해할 수가 없습니다."

"역도(易道)는 중(中)을 존중하지. 중은 중용의 중이니라. 불편불의하고 과불급이 없는 것이 중이지. 공자가 말하길, 천하국가(天下國家)도 가균야(可均也)며, 작록(爵祿)도 가사야(可辭也)며, 백인(白刃)도 가도야(可蹈也)로되 중용은 불가능야니라. 네가 이 글을 읽은 모양이구나."

"예, 사부님."

"중용은 불가능야라. 무슨 뜻인고 하니, 천하국가도 가균야라, 곧 제가, 치국, 평천하도 할 수 있고, 작록도 가사야며, 작위, 봉록도 사양할 수 있으며, 백인도 가도야로되, 흰 칼도 밟을 수 있을 것이나, 그러나 중용은 불가능하리라는 의미인데, 여기서 말하는 천하국가가균, 작록가사, 백인가도는 각각 지·인·용(智仁勇)의 세 가지 덕을 의미하느니라. 알겠느냐?"

"그 말씀은 알아듣습니다."

"공자는 균, 사, 도는 어려운 일이지만 불가능한 일은 아니다. 그러나 중용은 어려운 일이 아니지만 불가능하다. 왜냐하면 중용은 추호의 사욕도 없어야 하고, 늘 계속적으로 천리(天理) 본연의 성품이나 성질을 지녀야 하기 때문이라고 본 것이지."

"그러하면 지·인·용의 삼덕 외에 중용이라는 덕이 있다는 말씀이신지요?"

"삼덕 외에 별도로 중용이 있는 것은 아니나 삼덕이 혼연히 극치의 경지에 이르러 지속적인 것이 되어야 중용이 되는 까닭이야. 그러므로 삼덕은 어려우면서도 쉽고, 중용은 쉬우면서도 어렵다고 공자께서 이르신 게야."

지함은 말없이 고개를 주억거린다. 지함은 내심 《주역》이 참 어려운 학문이라는 생각이 든다. 하긴 공부를 시작한 지 이제 겨우 달포를 넘긴 터에 안다 한들 얼마를 알랴마는 ……

"공자는 중용을 선택하더라도 한 달을 지키지 못한다고 했느니라. 또 알기는 쉬우나 행하기는 어려운 것이 중용이라고 했어. 정자(程子)는 중용을 일러 한쪽에 치우치지 않고 과불급이 없는 것이 중(中)이고 용(庸)은 항상이라는 뜻이라고 했어. 이처럼 역서(易書)에서는 중용지도를 가장 중요시한다는 걸 명심해야 해. 알겠느냐?"

"명심하겠습니다. 그런데 사부님?"

"오냐."

"주자는 역서는 점서(占書)로서 출발했다고 확언하고 있는데 과연 그러한지요?"

"주자의 확언이 맞다 아니다 어느 하나로 규정하기는 어려운 점이 너무 많다고 보아야 할 것이야. 역서는 괘획(卦畫)과 계사(繫辭)에 따라서 그 근원을 탐구해야 한다. 역서를 해석할 줄만 알고 그 근원이 무엇인지 모르면 이는 무의미한 일이다. 근간을 잘 이해하면 지엽말절은 저절로 알게 된다. 또 지엽말절을 충분히 알아야만 근간을 이해할 수 있는 것이다."

화담은 오로지 혼자만의 힘으로 학문을 이루고 삼라만상의 원리와 이치를 깨달은 인물이다. 스승 없이 독학으로 이만한 경지에 이른 학자는 조선에서 유일하다고 보아야 된다. 그러므로 제자들을 가르치는 자세가 남다르다. 사제 간의 공부는 늘 이렇게 밤을 새울 것처럼 좀처럼 쉬이 끝나는 법이 없다.

아침 공부가 끝나자 지함은 뒷산으로 오른다.

화담 서간정은 오관산 기슭에 있다. 그러니 뒷산은 바로 오관산이다. 오관산은 산꼭대기에 있는 작은 봉우리 다섯이 둥그렇게 관처럼 생겼으므로 붙여진 이름이다. 골 안이 깊숙하여 깊이 들어가면 한낮에도 어둑어둑할 만큼 수풀이 울창하고 물이 이리저리 굽이쳐 흐른다. 산에는 여러 가지 약초며 산나물 또한 지천이다. 이규보의 시에 "산길을 구불구불 돌아 산에 들어서 맑은 시냇물 소리 들으니, 인간의 온갖 시비 궁궁 찧어 깨트려 주네"라고 할 만큼 절경을 이루었다.

계곡 안쪽에는 고려 시대 고찰인 영통사가 있는데 그 절의 서쪽 다락, 즉 서루(西樓)는 그 뛰어난 경치가 송도 제일이라 일컬어진다. 지함은 날씨가 더워지면서 낮에는 곧잘 뒷산을 오르내렸다. 약초를 캔다는 핑계지만 실은 영통사의 서루에 올라가 낮잠 한숨을 자고 오는 재미를 붙인 것이다.

지함은 송도에 오기 전부터 영통사 서루를 알고 있었다. 서루를 알게 된 것은 고려 때 문신인 척약재 김구용의 시를 읽고서다.

더운 날씨 탓에 글을 읽는 일이 여간 곤욕스럽지 않다. 어느 날, 땀을 뻘뻘 흘리며 글을 읽던 지함이 문득 영통사가 오관산 아래 있다는 생각이 났다. 부엌데기 장단댁에게 물었더니 지척이란다.

지함은 영통사가 아니라 바로 서루에 관심이 있었다.

김구용은 "더위 피해 산중에 자니, 서늘하여 흥이 더욱 새롭구나. 솔 난간은 깨끗한 물 굽어보고, 이끼 낀 길엔 티끌 한 점 없네. 돌에 앉아 새소리 듣고, 막대에 의지하니 이 몸이 부끄럽구나. 흰 구름 깊고 먼 골엔 아마도 신선이 있을 테지" 하고 서루에서 낮잠 한숨을 자고 난 소회를 시로 남겼다.

지함은 곧장 영통사로 가서 서루를 봤다. 과연 송도 제일이라 불릴 만한 빼어난 경관이다. 지함은 김구용이 다락에서 낮잠을 자는 광경을 떠올리자 절로 미소가 지어진다.

그날부터 지함은 영통사 승려들의 눈을 피해 서루에 올라 낮잠을 자는 버릇이 생겼다. 누마루가 높아 계단을 오를 때만 눈에 띄지 않으면 누마루에 누워 있는 사람은 보이지 않으니 낮잠이 가능하다.

시원한 바람 한 줄기가 지나가자 지함의 눈이 스르르 감긴다.

"이 무슨 불경한 짓이냐. 냉큼 일어나지 못하느냐?"

막 달콤한 잠 속으로 빠져들던 지함은 느닷없는 호통 소리에 벌떡 상반신을 일으킨다.

그러나 놀란 사람은 지함이 아니라 지함에게 호통 친 노승이다. 노승은 낮잠을 자고 있는 사람이 늘 말썽만 부리는 소강이라는 행자인 줄 알았는데 생판 낯선 도령이라 놀라서 어리둥절한 모습이다.

"뉘, 뉘신고?"

민망함에 고개를 들지 못하는 지함을 찬찬히 훑어보며 노승이 한 첫마디다.

"죄송합니다. 허락도 없이 함부로 폐를 끼쳤습니다."

서둘러 일어서며 지함이 허리를 굽히자, 위아래를 훑어보던 노승은 다시 물었다.

"길 가던 나그네는 아닌 듯한데, 대체 여긴 어떻게 온 건가?"

"서간정에서 수학하는 학동입니다, 스님."

"화담 선생의 제자로군 ……."

노승은 화담을 잘 안다는 투로 말을 하다가 주름진 얼굴에 빙긋이 웃음을 띤다.

"글 읽기 싫었던 게로군. 화담 선생이 차 마시러 자주 절에 오시는데 어쩌나."

"어쩌시다니요. 무얼 말씀입니까?"

"낮잠 자는 걸 내가 봐 버렸으니, 아니 봤다고 할 수도 없고. 그렇다고 그걸 말하면 고자질하는 꼴밖에 아니 되고 ……."

순간 지함은 몹시 당혹스럽다. 이 노승의 말대로 고자질이라도 하면 사부께서 매우 실망하실지 모른다. 아무리 무더운 날씨라지만 글 읽기에 정진해야 할 학동이 약초를 캔다는 구실을 대고 산속으로 들어와 몰래 낮잠이라니, 잔꾀나 부리는 제자의 불성실함이 어찌 실망스럽지 않겠는가.

하지만 지함은 노승 앞에서 당혹감을 감추고 오히려 태연한 얼굴이다. 지함은 노승이 자신을 희롱하고 있다는 걸 눈치챘기 때문이다. 그것은 방금 화담의 제자라는 사실을 아는 순간 노승의 입가에 떠오른 장난기 있는 웃음을 지함이 본 것이다.

 "고자질이랄 것도 없습니다, 스님. 아침 강독이 끝나고 나면 해가 진 뒤에야 저녁 강독이 있답니다. 그러니 낮에는 ……."

 지함은 그러니 낮에는 낮잠을 자도 된다는 듯 슬쩍 말끝을 흐린다.

 "그거 다행이로군. 그렇담 고자질감도 아니니 마음 편하게 얘기해도 되는구먼."

 노승은 지함의 속내를 훤히 들여다보기라도 하는 듯 다시 한 번 눙치며 돌아서 가려다가 걸음을 멈춰 선다.

 "잠을 깨워 미안허이. 기왕 시작한 거, 마저 자고 가게나."

 계단을 내려가는 노승을 보자 지함은 후우 하고 한숨이 터진다. 김구용의 시를 읽었던 것이 후회스럽다.

 하지만 이미 엎질러진 물 아닌가. 지함은 잠시라도 서루에 더 머물고 싶은 생각이 사라진다. 지함은 서둘러 누각을 내려온다.

 장단댁이 들고 온 밥상을 받아 놓고서도 지함은 숟가락을 들 생각도 않고 멍하니 앉았다. 못 견딜 만큼 더운 무더위라야 잠시 잠깐이다. 그걸 견디지 못하고 덥다는 핑계로 책 읽기를 게을리한 것도 잘못이지만, 옛 선비 흉내를 낸다고 영통사 서루에서 낮잠 자는 걸 즐기다니 자신이 생각해도 한심한 노릇이다. 화담 선생의 걱정을 듣고 아니 듣고는 상관없이 지함은 스스로 자책한다.

"태극은 역도의 본체가 되느니라. 그 본체인 태극이 변화해서 양의(兩儀:음양)가 되는 것이고."

저녁 강독을 듣기 위해 서간정 정자에 올랐을 때, 화담 선생의 표정에 별다른 변화가 없어서 지함은 내심 안도했지만 전에 없이 강의에 집중한다. 나태해진 자신을 다잡기 위해 지함 스스로 다짐한 것이다.

"태극은 음이 가진 소극성과 양이 가진 적극성을 겸비하고 있다. 분화하면 음양이 되고 수렴하면 태극이 된다. 즉 하나가 나누어져 둘이 되고, 둘이 합해서 하나가 된다. 우주의 삼라만상은 모두 이처럼 분리와 수렴을 거듭하고 있음이라. 하루의 반은 낮이고, 반은 밤이어서 명암이 합하여 하루가 되는 것과 같은 도리인 것이야."

"하오면 역서의 목적은 무엇이라 할 수 있을 것입니까?"

"완전무결을 지향하는 것이 역서의 목적이니라. 설사 위대한 성인(聖人)이라도 조금도 결점이 없기는 과연 어려울 것이야. 인간은 원래 수동적인 생물이라 완전무결하기는 어려운 일이로되, 완전무결한 것은 오직 태극이라 태극이 역도의 본체가 된다고 이르는 것이지."

완전무결. 지함은 어제 강독 때 스승께서 그토록 강조한 '알기는 쉬우나 지키기는 어렵다는 중용'이 지닌 의미를 생각했다. 완전무결한 것은 태극이라, 그 태극을 지향하는 것이 역서의 목적인 것이라고 지함은 이해한다.

"태극은 우주 전체를 의미하느니라. 그러나 작은 것을 들어서 말하면 풀 한 포기는 한 포기 풀의 태극을 가졌고, 한 사람은 한 사람의 태극을 가졌지. 금수나 물고기, 해와 달과 별도 각각 하나의 태극을 가지고 있느니라. 곧 만물 밖에 따로이 태극이 있는 것이 아니고, 태극 밖에 별도의 만물이 있는 것이 아니라는 걸 명심해야 하느니."

"예, 사부님."

화담의 열강은 밤이 이슥하도록 이어졌다.

지함은 강독이 끝나고 자신의 방으로 돌아와서도 책을 내려놓지 않는다. 스승의 말씀을 새기며 다시 한 번 복습을 한 연후에야 잠자리에 들었다.

어느덧 봉창이 훤하게 밝아 올 무렵이다.

짧은 시간이지만 깊은 잠을 자고 기분 좋게 잠자리에서 일어난 지함은 뜻밖에, 아침밥을 먹기도 전에 화담에게 불려 간다.

지함이 조심스레 사랑방에 발을 들여놓자마자 화담이 말한다.

"아침 강독이 끝나거든 천마산에 다녀오너라."

"……?!"

지함은 어리둥절하다. 천마산이 어디에 있는지조차 모르는 지함이다. 그런데 천마산은 왜 다녀오라는 말씀일까.

"여기서 그리 멀지는 않아. 거기 가면 폭포가 있느니라. 박연 폭포."

박연폭포는 지함도 알고 있다. 송도삼절로 잘 알려진 곳이다.

"박연폭포에 다녀오란 말씀이신지요?"

그러자 지함은 영통사 노승의 얼굴이 불쑥 떠올랐다.

이 무더운 여름에 폭포에 갔다 오란 건, 시원한 폭포 밑에서 물이나 맞고 오란 의미가 아닌가? 서루에서 낮잠을 잔 사실을 노승이 말했음이 분명하다. 스승께서 글 읽기를 게을리하고 낮잠이나 자며 빈둥거린 잘못을 이렇게 역으로 꾸중하시는구나 하고 생각하니 지함은 눈앞이 아득해진다.

"먹이나 감으라고 갔다 오란 소리는 아닌 게야."

지함은 다시 한 번 머리를 얻어맞은 기분이다. 스승에게 제 생각을 확실하게 들킨 것 같다. 지함은 아예 머릿속을 비워 버린다.

"폭포에 가면 그 주위에 이끼 낀 바위들이 많을 것이야. 그 이끼를 한 방구리만 긁어 오너라."

"이끼를 말씀이십니까?"

"무엇에 쓸 건지는 다녀오면 알려 주마."

"예, 사부님!"

스승의 말씀에 엉겁결에 대답은 했지만 지함은 아직도 머리가 멍할 뿐이다.

"건괘 천(天)은 천체와 천도의 두 가지 의미를 가졌느니라."

아침 강독이 시작됐지만 지함의 머릿속은 온통 박연폭포를 다녀오라는 스승의 진의가 무언지, 그 생각만이 가득 찼다.

"우주 삼라만상이 질서정연하게 운행하고 있으니 이것은 바로 전체 우주의 원(元) 형(亨) 리(利) 정(貞)을 의미하는 것이다.

이 현상계의 원형리정은 어떤 도리로 말미암아 출현하는데, 이 도리를 천도라 하지. 도리는 눈으로 볼 수도 없고 귀로 들을 수도 없고 손으로 잡을 수도 없지만, 이 도리로 말미암아 현상이란 것이 나타나게 되고 그것이 곧 천체인 것이다. 의미를 이해하겠느냐?"

"아, 아직은 미처 ……."

당황한 지함의 대답에 화담은 머리를 끄덕인다.

"하지만 부지런히 읽고 궁리하길 거듭할 터입니다."

"《주역》은 하루아침에 터득할 수 있는 학문이 아니니라. 흠."

화담은 다시 강독을 계속할 자세를 취한다.

그 짧은 틈 사이에 지함은 스승이 박연폭포에서 이끼를 긁어 오라는 것이 무슨 의미인지 또 궁리에 빠진다.

"역도의 본체인 태극은 분화하면 음양이 되고 수렴하면 태극이 된다고 했느니라. 여기서 양과 음은 낮과 밤을 의미하고 생과 사, 태어남과 죽음을 의미하기도 하는 것이야. 인간 사회에서는 생을 길(吉), 사를 흉(凶)이라 하는데 길흉은 분리되어 있는 게 아니라 하나로 결속되어 있다고 봐야 하느니라. 그러니 인간은 태어날 때 이미 죽음에 결속되어 있는 것이요, 이는 사람뿐만이 아니고 우주 삼라만상이 모두 이 법칙 아래 있음이야. 불경에 나오는 불생불멸(不生不滅)도 같은 의미지. 생을 가지지 않으면 멸이 있지 않다. 생을 가지기 때문에 사가 있다. 이 우주에서 형체를 가진 것은 필연코 소멸할 운명 아래 있음이라."

아침 강독이 끝나고 지함은 천마산으로 가기 위해 서간정을 나선다.

천마산은 개경부 송악산 동북쪽에 연이어 있는 산이다. 오관산에서 보면 서쪽에 자리하고 있다. 청량봉을 비롯한 여러 봉우리가 높이 하늘에 솟아, 멀리서 바라보면 푸른 기운이 엉긴 듯 보인다 하여 천마산이라 부른다. 청량봉 아래 있는 지족암 뒤편은 1,000자나 되는 석벽이 웅장하게 서 있어 보는 이들의 기를 죽인다.

삼복더위의 햇살은 한낮이 되려면 아직 멀었는데도 벌써부터 불볕을 내리쬔다. 지함은 햇볕을 피하느라 열심히 나무 그늘을 찾아 걷는다. 하지만 쉴 새 없이 흐르는 땀은 금방 저고리 등판을 흥건하게 적시고 만다. 어깨에 걸친 오그랑망태마저 무겁고 거추장스럽기만 하다. 거추장스럽다고 오그랑망태를 버릴 수도 없다. 지함이 오늘 먹을 섬심 주발이 들었으니 어찌하랴.

이런 고통을 겪는 걸 보면 이는 스승께서 내린 벌이 분명하다. 자신이 잘못한 일이니 벌을 받는 건 감내할 수 있지만 그럴수록 영통사의 노승이 얄미워지는 건 어쩔 수 없다.

천마산 기슭으로 접어들자 더위가 한결 가신다. 높은 산 위에서 불어오는 바람 때문이기도 하지만 우선은 울창한 나무들이 그늘을 만들어 주변을 아주 시원하게 해 준다.

박연폭포는 천마산과 성거산이 겹치는 협곡에 있다는 걸 사람들에게 물어 알았다. 오는 길에 사람들에게 물어보지 않았으면 지함은 천마산 속에 들어가 헤매고 다녔을지도 모른다.

폭포는 아직 보이지도 않는데, 물 떨어지는 소리가 마치 우렛소리처럼 귓전을 울린다. 나무숲을 지나 확 트인 공간으로 나오자 눈앞에 놀라운 광경이 펼쳐진다.

분명 100척이 넘을 높이의 화강암 암벽 위에서 수정같이 맑은 폭포수가 힘차게 떨어지고, 폭포 주변은 층암절벽이 병풍처럼 둘러싸고 있다. 폭포수 떨어지는 모습이 마치 은하수가 떨어지는 듯 아름답고, 그 소리 또한 천둥소리 같아 귀가 먹먹하다.

폭포수는 바로 아래 수직으로 떨어지는데, 직경이 못 돼도 열네 자는 넘을 고모담이라는 큰 못이다. 고모담에는 바닥까지 훤히 들여다보이는 맑디맑은 물이 넘칠 듯 찰랑댄다. 금강산의 구룡폭포, 설악산의 대승폭포와 함께 조선의 3대 폭포라는 명성에 걸맞은 장관이다.

넋을 놓고 떨어지는 폭포수를 올려다보던 지함은 문득 한기를 느낀다. 어느 틈에 땀이 마르고 폭포에서 일어나는 물보라가 옷을 적신 탓인가 보다.

지함은 어깨에 걸쳤던 오그랑망태를 내려놓고 저고리를 벗어 햇볕에 달궈진 자갈 위에 펼친다. 땀과 물보라에 젖은 저고리는 금방 마를 테다.

지함은 못가로 내려가 찰랑대는 물에 손을 담그다가 움찔 놀란다. 뜻밖에도 물이 얼음장처럼 차다. 그렇지만 지함은 이내 세수를 시작한다. 땀에 찌든 소금기를 말끔하게 씻어 내고 나니 한결 개운한 기분이다.

지함은 곧바로 이끼 채집에 나선다. 어디에 소용되는지, 아니 왜 뜯어야 하는지도 모른 채 지함은 잠시도 쉬지 않고 이끼를 긁어모았다. 시장기를 느끼고 허리를 펴고 보니 해는 어느덧 한낮을 한참이나 지나 있다.

쉬지 않고 일한 덕분에 이끼는 화담 선생이 이야기한 한 방구리는 충분히 됨 직하다.

고모담에 풍덩 뛰어들어 멱이라도 감고 싶지만 깊이가 열 자는 넘어 보여 헤엄을 치지 못하는 지함은 겁이 난다. 윗몸에만 차가운 물을 실컷 끼얹고 참을 도리밖에 없다.

지함은 오그랑망태에서 점심 주발을 꺼내 서둘러 요기를 한다. 서둘지 않으면 오관산에 이르기도 전에 날이 어두워질지도 모른다.

빈 그릇이 된 주발을 먼저 오그랑망태 바닥에 놓고 그 위에 이끼를 차곡차곡 채운 후 끈을 당겨 망태기 주둥이를 단단히 여민 지함은 자리를 털고 일어난다.

돌아가는 길은 고모담에서 넘쳐 나는 물이 흘러가는 물길을 따라 산을 내려가기로 한다. 초행길일 땐 무턱대고 산을 내려가기보다는 흐르는 물길을 따라가면 길을 잃고 산속을 헤매는 일도 없고 훨씬 빠르게 내려갈 수 있다는 걸 지함은 알고 있다.

고모담에서 흘러나온 물은 범사정이라는 정자가 있는 바위 아래를 감돌아 오조천으로 들어간다. 지함은 물길을 따라 작은 바위들을 건너뛰며 산을 내려가기 시작한다. 시원하게 흐르는 물소리와 산속에서 부는 서늘한 바람 때문에 한여름 같지 않은 상쾌함마저 느끼며 지함은 기분 좋게 걸음을 옮긴다.

한참을 걷다 보니 천둥소리처럼 귀청을 때리던 폭포수 떨어지는 소리가 멀어지고 오조천의 물 흐르는 소리만 잔잔하다.

"악, 아악!"

"아씨!"

난데없는 여인의 외마디 비명과 동시에 여자아이의 고함 소리를 듣고 발걸음을 뚝 멈춘 지함이 급히 사방을 둘러보지만 비명을 지른 사람의 모습은 보이지 않는다. 지함이 서둘러 여기저기를 건너뛰며 두리번거리는데, 여인의 나직한 신음 소리와 아씨를 부르며 울먹이는 계집아이의 목소리가 바로 등 뒤에서 나는 듯하다.

지함이 등 뒤의 큰 바위 위로 서둘러 올라가니, 바로 눈 아래 넓은 바위 한가운데 마치 확을 파 놓은 것 같은 작은 못이 보였다. 지함은 알지 못하지만 용소라는 이름이 붙은 곳으로, 물이 맑고 깊이가 깊지 않다. 게다가 사방이 바위와 울창한 숲으로 둘러싸여 있어 여름이면 여인들이 즐겨 미역을 감는 곳이다.

그 용소에 하반신이 물에 잠긴 채 버둥거리는 여인을 못 밖으로 끌어내려는지 두 손목을 잡고 낑낑거리는, 여남은 살 남짓한 계집아이의 모습이 보인다.

급히 바위를 내려가려던 지함은 그러나 쉽사리 다가가지 못하고 난처한 얼굴로 머뭇거린다. 도움이 필요한 건 분명한데 함부로 다가가기엔 여인의 차림이 민망하다. 무더위에 미역을 감고 있었던 듯 여인은 새하얀 엷은 속옷 차림이다. 그것도 물에 젖은 속적삼과 속곳이 몸에 달라붙어 속살을 그대로 드러낸 채다.

불쑥 바위 위에 나타난 지함이 머뭇거리는 모습을 보자 계집 아이는 단박에 상황을 알아차린다. 잡고 있던 손을 놓고는 한쪽에 펼쳐 놓았던 치자색 모시치마를 재빨리 가져와 여인의 상반신을 가리면서 눈짓을 한다. 여인이 계집아이의 눈짓을 따라 고개를 돌린다.

여인이 놀라 철퍼덕하고 물속으로 주저앉는 것과, 지함이 여인을 향해 달려가는 일이 동시에 일어났다.

"여, 여긴 어떻게?"

여태껏 신음하던 고통도 잊은 듯 황진이는 물속에 몸을 숨긴 채 황당한 얼굴이다.

"비명 소리가 들려서 ⋯⋯."

황당하긴 지함도 마찬가지다. 그러나 황진이가 곧 침착하게 상황을 받아들이려는 데 반해 지함은 몹시 당황해서 허둥댄다.

"그, 그냥 갈까요? 다, 다치신 게 아니라면 그냥 가는 게 ⋯⋯."

"비명 소릴 들었다면서 다친 게 아니냐고 묻는 건 또 무슨 경울까?"

아픔 때문에 얼굴을 찡그리면서도 황진이는 이미 본래의 모습으로 돌아와 있다.

"그럼 어떻게 할까요? 뭘 해야 하는지 ⋯⋯."

지함은 말끝조차 제대로 여미지 못한다.

그러자 진이가 한쪽 손을 불쑥 내민다. 끌어내 달라는 손짓이다.

지함은 눈앞에 다가와 있는 황진이의 희고 나긋한 손을 보자,

처음 눈길이 서로 마주쳤을 때처럼 가슴이 쿵덕하고 내려앉는 느낌이다. 지함은 애써 마음을 가라앉히며 손을 잡아당기자 물속에 숨어 있던 황진이의 상반신이 물 밖으로 드러난다.

그런데 진이의 젖은 속적삼 앞섶은 그녀의 앞가슴을 가리기엔 턱없이 모자랐다. 평소엔 치맛말기가 그 역할을 하지만 지금은 미역을 감느라 속치마까지 벗은 터다. 순간 놀란 지함이 두 눈을 질끈 감으며 고개를 외로 꼰다. 황진이는 그런 지함의 행동을 모른 척하며 지함이 이끄는 대로 몸을 맡긴다. 황진이는 몸이 물 위에 뜬 채 지함의 힘에 의지해 용소를 벗어난다.

못 밖으로 나오긴 했지만 황진이는 몸을 가누기도 어려운지 오른쪽 발목을 부여잡으며 그대로 쓰러진다.

"아, 아."

고통을 참는 나직한 신음이 새어 나온다. 황진이는 미역을 감으러 용소로 들어가다가 이끼 낀 바위에 미끄러지면서 오른 발목을 심하게 접질렀다.

지함은 자신이 어떻게 산을 내려왔는지 정신이 없다. 그저 눈앞이 어질어질하고 다리가 후들거릴 뿐이다. 등에 업힌 사람이 자꾸만 아래로 떨어지려는데도 다시 추슬러 업는 것조차 어려울 만큼 손힘까지 풀린 채다. 오히려 황진이가 떨어지지 않으려고 지함의 목에 필사적으로 매달렸다. 더욱이 비 오듯 쏟아지는 땀 때문에 업은 사람이나 업힌 사람이나 더더욱 힘들었다. 하지만 발목에 손만 닿아도 비명을 질러 대는 황진이를 집으로 데려가는 방법은 이 길밖에 없다.

아무튼 지함은 황진이를 업고 산을 내려왔다.

황진이의 집은 이현(梨峴) 부근에 있었다. 기역 자형의 아담한 기와집이다. 대문을 들어서자, 집에 다다를 때까지 줄곧 앞에서 알짱거리며 길 안내를 한 계집아이가 쪼르르 앞서 가며 따라오라는 손짓을 한다. 계집아이를 따라가니 집 뒷마당에 별당처럼 보이는 별채가 있었다.

어느 틈에 찬모 행색인 아낙이 우는소리를 내며 달려와 방 안으로 뛰어든다. 찬모가 서둘러 펼친 화문석 돗자리 위에 황진이를 내려놓자 지함은 그 자리에 털썩 주저앉고 싶다. 애써 기운을 차리고 일어서려는 지함의 손목을 진이가 잡는다.

흠칫 놀란 지함이 돌아본다. 지치고 고통스러운 모습이지만 황진이의 시선이 지함을 향하고 있다. 진이는 말없이 지함을 올려다본다. 하지만 말없는 그 시선에는 지함에 대한 고마움이 가득 묻어나고 있었다.

"의원을 불러야 하지요?"

슬며시 잡힌 손을 빼며 어색함을 감추려고 지함이 말한다.

"방금 연이를 보냈어요."

벽장에서 얇은 삼베 이불을 꺼내며 찬모가 냉큼 받았다. 익숙한 손길로 홑이불을 펼쳐 황진이를 덮어 주며 찬모는 한껏 걱정스러운 투가 된다.

"아니 그래, 어쩌다 이리 됐대요?"

눈을 뜨고 있을 기운조차 없는지 진이가 눈을 감은 채 나직이 말했다.

"도련님 갈증이 이만저만 아닐 텐데 시원한 화채라도 좀 ……
내와요."

"아이구 어련하려구요. 정신 좀 차리구요."

찬모가 투덜댄다.

"아, 난 그만 가 봐야지요. 나가다가 냉수 한 사발 마시면 됩니
다."

"가긴 어딜 간다고 그러누?"

자리에서 일어서던 지함이 그대로 몸을 굳히고 진이를 돌아
본다.

"……."

진이는 바깥을 보라는 듯 말없는 눈짓만 보낸다.

마당엔 어느새 땅거미가 내려앉았다.

"밤길 갈 기운이나 남았을까?"

용소에서부터 진이를 업고 이현까지 달려온 지함이 몹시 지쳐
있다는 걸 걱정해서다.

이현에서 서간정까지는 하루 안에 왕복하기에는 빠듯한 거리
다. 천마산을 중간에 두고 오히려 개성으로 더 들어와 버렸으니,
지금 시각에 서간정까지 가려면 자정도 훨씬 지나야 도착할까
말까.

서간정을 자주 왕래하는 황진이는 이런 사정을 잘 안다. 더욱
이 길도 초행인 지함이 무턱대고 길을 나섰다간 무슨 고생을 할
지 모른다.

"사부님께서 기다리시는데 심려를 끼쳐 드릴 수는 없지요."

"스승님은 나한테 맡기고 ……."

진이는 말을 하다 말고 미간을 찡그리며 아랫입술을 깨문다. 발목에 다시 통증이 오는 모양이다.

"아씨."

연이가 쪼르르 뒷마당으로 뛰어들며 소리친다.

"의원 어른 오셔요."

지함이 얼른 마루로 나온다. 염소수염에 탕건만 상투 위에 얹은 늙은 의생이 마당으로 들어서고 있다.

연이가 불이 붙은 황개비를 들고 들어와 등잔에다 불을 댕기자 이내 방 안이 환해졌다.

지함은 결국 서간정으로 돌아가지 못하고 이곳에서 하룻밤 묵기로 했다. 물론 지함의 생각이 아니라 진이의 완강한 고집 때문이다. 혼자 밤길을 가다 사나운 짐승한테 해코지라도 당하면 어찔 거냐며 진이는 화를 내기까지 했다.

의원의 침을 맞고 통증이 많이 가시었는지 진이가 살며시 잠이 들자 지함은 연이를 따라 본채로 나왔다. 낮의 피로가 한꺼번에 밀려온다. 지함은 팔베개를 하고 돗자리에 누웠다. 혼자 어둑어둑한 방 안에 우두커니 누웠으려니 오늘 하루 일이 꿈결같이만 여겨진다. 새삼 등에 업힌 진이의 무게가 온몸으로 전해 오는 것 같다. 워낙 다급하게 산길을 달려 내려왔던 터라 그때는 미처 느끼지 못한 진이의 체취가 살아나고 그녀의 살결이 손끝에 만져지는 착각마저 든다.

지함은 황급히 머리를 흔들어 쓸데없는 망상을 쫓으려 한다.

"쯔쯧, 몹쓸 생각을 하고 있구먼. 크크."

느닷없는 사람 소리에 지함은 벌컥 몸을 일으킨다.

"무슨 생각을 했는지 내가 말할까? 크흐."

"이, 이게 무슨 경우요?"

언제 들어왔는지 윗목에 쪼그려 앉은 전우치를 보자 지함은
놀라 뒤로 넘어질 지경이다.

"허, 무슨 경운 무슨 경우. 낮에 내 생각 많이 났을 텐데. 그래
서 치하받으러 왔지."

"당치도 않은 소리 마쇼. 내가 뭣 땜에 노인장 생각을 하우?"

"몇 달 지나지도 않았는데 벌써 잊었군. 내 뭐랬었나? 박연폭
포에 가면 뭘 구경할 수 있다고 했던가?"

"썩 나가시오. 냉큼 나가지 못하겠소!"

저녁상을 들고 툇마루를 오르던 찬모가 느닷없는 고함 소리에
놀라, 밥상을 안은 채 뒤로 넘어질 뻔한다.

"왜 그러시우? 날 보고 허는 소리시우?"

찬모가 방문 밖에서 고개만 살짝 들이민 채 걱정스러운 얼굴
이다.

어느 틈에 전우치의 모습은 흔적도 없이 사라졌다.

"아, 아니 ……. 잠깐 사이에 잠이 들었나 보오. 악몽에 놀라
서 ……."

당황한 지함은 궁색한 변명을 하느라 진땀을 흘린다.

시장하던 참에, 진수성찬은 아니지만 정갈하게 차려진 저녁상
이 꿀맛이다.

저녁상을 물리고 나자 할 일도 없이 무료해진 지함은 연이에게 아씨가 보던 책이면 아무것이나 상관없으니까 한 권 가져다 달라고 일렀다.

진이가 시켰는지 연이는 책 세 권과 서상을 들고 왔다. 서상은 책을 읽기 좋게 경사지게 펼쳐 놓을 수 있는 책상이다. 읽기 전용인 서상까지 갖추고 있는 걸 봐서 듣던 대로 진이가 단순히 기생만은 아니라는 생각이 새삼 든다. 화담 선생의 같은 제자로 지함은 뿌듯한 기분이다.

책을 펼쳤으나 생각처럼 글이 눈에 살 들어오시 않는다. 사꾸 눈이 감기고 고개가 절로 가슴 앞으로 떨어진다. 오늘 낮에 겪었던 많은 일을 생각하면 책을 읽겠다고 서상 앞에 앉은 것이 무리다.

'쿵' 하고 서상에다 이마를 찧고서야 지함은 정신이 번쩍 든다.

"허, 왜 이러고 있누?"

전우치의 목소리다. 전우치가 또 나타났다.

지함은 미처 상황 판단을 못 하고 우치를 멀거니 쳐다본다.

"아무리 글 읽기 좋아하는 서생이라지만 지금이 어떤 땐데 이러고 있어? 사람 참, 그렇게 눈치가 없어?"

"무슨 소리우?"

"아, 황진이가 왜 한사코 자넬 붙잡았겠나? 자네도 이젠 인간 세상의 쾌락을 경험해 볼 나이가 됐잖은가. 안 그래?"

"무슨 가당찮은 소리요? 내가 뭘 어쩐다구요?"

지함은 화가 난 목소리다.

"흐흐, 무릉도원이지, 암. 망설이지 말고 별당으로 가 보아. 진이가 비단금침 펼쳐 놓고 자넬 기다린다니까."

지함은 윗목에 놓아둔 오그랑망태를 집어 우치를 향해 힘껏 패대기친다.

"아쿠!"

우치가 두 손으로 이마를 감싸며 쿵덕 엉덩방아를 찧는다.

"돌팔이 도사 주제에 사람을 뭘로 보고 희롱질이야. 이제 보니 용소에서 생긴 일도 그쪽 소행이군! 당장 썩 꺼지지 못해."

"아이구, 이거 왜 이러나. 난 자넬 생각해서 한 소린데."

우치는 정말로 맞은 데가 아픈지 오만상을 찌푸리며 이마를 만진다. 아마도 오그랑망태에 넣어 둔 점심 주발에 정통으로 맞은 모양이다.

"겨자씨만도 못한 재주를 가졌다고 온갖 잡놈 질을 하고 다니는데, 내 기어코 그런 짓 못하게 할 테요. 내가 술서를 읽고 익혀서, 그 알량한 도사 행세 두 번 다시 못하게 할 테니 기다리시우."

"흐으, 어느 세월에?"

"십 년이우. 십 년이면 내가 노인장을 금강산 비로봉 바위틈에 쑤셔 박아 줄 테니까."

지함은 숨소리마저 거칠다.

불같이 화가 난 지함을 보자 우치는 슬그머니 후회가 된다. 전우치는 지함에게 호감을 가지고 있다. 나이에 비해 사리분별이 분명하고 학식도 깊다. 그리고 무엇보다 정이 많은 청년이라는 걸 우치는 알고 있다. 그래서 호의를 베푼다고 장난을 친 건데 일이 꼬였나 보다. 전우치는 이쯤에서 사라져야겠다고 생각한다.

이부자리를 깔고 누웠지만 지함은 좀처럼 잠을 이룰 수가 없다. 전우치에게 자신의 속내를 들킨 것 같아 생각할수록 자존심이 상한다.

용소에서 발목을 크게 접질린 황진이를 업고 산길을 내달릴 땐 아무 생각도 할 수 없었다. 그런데 별당에서 나와 이 방에 홀로 누워서야 문득 진이의 살냄새가 되살아나고 그녀의 몸무게가 등과 손끝에 야릇하게 감지되기 시작했다. 그 순간에 지함은 아주 잠깐 이상한 상상에 빠져들었다. 열여섯, 이팔청춘이 무슨 상상인들 못하랴. 하지만 지함은 곧 상상을 떨치고 자신을 반성했었다. 그런데 그 찰나의 부끄러운 상상을 우치가 눈치채다니. 지함은 질끈 눈을 감는다.

아주 부드러운 감촉이다. 그것이 무엇인지 알 수는 없으나 깃털처럼 부드럽게 어루만져지는 느낌이다. 그 어루만짐이 점점 확연한 느낌으로 바뀌면서 지함은 그것이 진이의 손길이라고 짐작한다. 그러면서도 그 손길에 자신을 맡기고 있다.

마치 꿈결처럼 진이의 벗은 몸이 자신을 압박한다. 지함은 숨이 막힐 것 같다. 견딜 수 없는 쾌감이 밀려오자 지함은 나직한 비명을 지르며 동시에 번쩍 눈을 뜬다.

머릿속이 새하얀 느낌에 지함은 손가락조차 움직일 수가 없다. 자신이 어디에 누워 있는지 알기까지는 한참의 시간이 흘렀다. 열린 방문으로 달빛이 스며들고 방 안에는 혼자 누웠을 뿐, 주위는 쥐 죽은 듯 고요하다.

문득 하초에 이상한 느낌이 들어 서둘러 바지 속으로 손을 집어넣다가 지함은 깜짝 놀란다. 손끝에 감지되는 미끈거림은 조금 전 지함이 느낀 쾌감과 반비례해 불쾌하기 짝이 없다.

날이 하얗게 샐 때까지 지함은 꼼짝도 하지 않고 누워서 뜬눈으로 밤을 보냈다. 그리고 날이 밝자 행여 집안사람들 눈에 띌세라 까치발을 하고 대문을 나선다.

몽정이 자연스러운 현상이라는 걸 까맣게 모르는 지함으로서는 황진이를 대할 면목이 없다. 자신이 음심을 품고 이상한 상상을 했기 때문에 그런 꿈을 꿨다고 여긴다. 그리고 그것이 마치 황진이를 겁간한 것 같은 죄의식을 갖게 했다. 지함으로서는 아무런 일도 없었다는 듯이 황진이를 마주 대할 용기가 도무지 생기지 않았다.

쥐도 새도 모르게 서간정으로 가려던 지함의 계획은 대문 밖을 나서기도 전에 무산된다. 물동이를 인 찬모와 대문간에서 딱 마주쳤기 때문이다. 충직한 찬모는 상전이 신세 진 귀한 손님에게 조반 대접도 않고 집을 나서게 한다는 건, 마흔이 넘도록 살아오면서 단 한 번도 겪어 보지 못한 일이다.

"허이그, 턱없는 말이네요. 그냥 가시게 했다간 내가 이 집에서 쫓겨나는데 그 꼴 보시려우?"

찬모는 씩씩거리며 지함 앞을 막아선다.

대문간의 소란에 연이가 달려 나왔다. 사태를 알아차린 연이는 냉큼 별당으로 달려간다.

"하직 인사도 없이 떠나신다고 아씨께서 여간 서운해하지 않으셔요."

별당에 다녀온 연이의 한마디에 지함은 결국 새벽 도주를 포기한다.

접질린 진이의 발목은 밤사이 부기가 가라앉고 통증도 가신 듯하다. 진이도 어제보다는 한결 평안한 모습이지만 지함을 바라보는 시선에는 서운함이 묻어난다.

"스승님께서 걱정하실까 마음이 급한 건 알겠지만 그래도 너무했네. 내가 뭘 잘못한 건가?"

"아니, 전혀 아닙니다. 일각이라도 빨리 가야겠다는 생각에 그런 것이니 서운하게 생각 마세요."

지함은 진이 앞에 얼굴을 들지 못하고 말마저 더듬거린다. 목덜미가 벌겋게 달아오르는 걸 지함은 느낀다.

진이는 그런 지함을 건너다보며 가벼운 미소를 떠올린다. 인사도 없이 떠나려 한 실수 때문에 지함이 미안해 저런다고 여긴다.

"동생 같아. 내 동생 돼 줄 수 없을까?"

느닷없는 진이의 제안에 지함은 흠칫 진이를 쳐다본다. 진이가 잔잔한 미소와 함께 정겨운 시선을 보낸다.

그런 진이를 보자 지함은 간밤의 일이 더욱 부끄럽고 미안하다.

"나, 나야 …… 더 바, 바랄 게 없지요."

지함이 숨넘어가는 소릴 낸다.

진이가 화담에게 보내는 편지까지 받아 든 지함이 길을 나선 것은 해가 거의 중천까지 솟았을 때다.

어제 하루 일어났던 모든 일이 그저 꿈결 같다.

'사부님이 왜 날 박연폭포에 가게 했을까? 무엇에 쓰려고 이끼를 긁어 오라고 날 폭포에 보내셨을까?'

길을 가며 지함은 혼자 되새긴다.

이끼가 꼭 필요하면 오관산 계곡에도 지천으로 있다. 왜 꼭 박연폭포의 이끼여야만 했는지, 지함은 사부님의 분부가 납득이 되지 않는다. 그리고 이끼가 왜 필요한지도 이해되지 않는다.

그것만이 아니다. 진이가 그 시각에 용소에서 미역을 감고 있은 것도 우연한 일일까? 아니, 발목을 접질려 비명을 지르는 순간에 자신이 그곳을 지나가고 있었다는 것은 우연이라고 생각하기엔 지나친 우연이라고 지함은 생각된다.

황진이가 그 시각에 용소에서 발목을 다친 건 전우치의 농간이라고 치부하더라도 사부님이 이끼를 긁어 오라며 자신을 박연폭포에 보낸 것은 지함으로선 도저히 납득할 수 없다.

'그렇다면 어제의 모든 사달은 사부님의 의도일지 모른다. 그럼 과연 숨겨진 사부님의 뜻은 무얼까?'

생각할수록 지함의 머릿속은 더욱 복잡해지기만 한다.

"진이가 발목을 다쳐?"

서재에 들러 절을 올리고, 어제 돌아오지 못한 까닭을 먼저 밝히자 화담이 다급하게 되묻는다.

"그리 심하진 않은 모양입니다. 아침엔 부기도 가라앉고 통증도 없다고 했습니다."

지함은 화담이 안심할 수 있도록 서둘러 말한다.

화담은 지함이 무릎 앞에 밀어 놓은 황진이의 편지를 집어 든다. 편지를 읽는 동안 화담은 아무런 말이 없다. 지함은 이대로 물러나야 할지 기다려야 할지 얼른 판단이 서질 않아 망설인다. 그런 지함의 마음을 읽었는지 화담은 손짓한다.

"고단할 테니 가서 쉬어. 필요하면 부르마."

"예"

지함은 방을 나서다가 문득 "이끼는 어떡할까요?" 하고 물어보려다 그만둔다. 어쩌면 이끼를 긁어 오는 일은 아무 소용에도 없는 일이었을 것 같다는 생각이 그 순간 들었기 때문이다.

고향으로 가다

"밥이 더디 되어도 고민스러운데 하물며 배움이 더디면 어떻겠으며 ……" 운자(韻字)를 부르자 다섯 살배기 아이는 냉큼, "배가 고파도 고민스러운데 하물며 마음이 고프면 어쩌하랴? 집은 가난해도 오히려 마음을 치료할 약은 있는 법이니 모름지기 영대(靈臺)에 달이 떠오를 때를 기다려야 하리"

하고 거침없이 시를 짓는다.

운자를 불러 준 사람은 이지함이고, 운자를 받아 잠시의 망설임도 없이 시를 지은 아이는 지함의 큰조카 이산해다. 산해는 총명함이 남달라 돌이 지나면서부터 스스로 글자를 해독할 수 있었다 한다.

아이가 태어나던 날, 때마침 휴가를 얻어 집에 와 있던 지함이 처음 울음소리를 듣고 형인 지번에게, "아이가 예사롭지 않게 기특하니 잘 보살피고 가르쳐야 합니다. 우리 집안이 이 아이로부터 다시 일어설 수 있습니다. 유념하여 주십시오" 하고 당부했다. 지함이 십 년 동안 화담 문하에서 수학하고 돌아오자마자 산해의 교육에 매달린 것도 바로 그 기대 때문이다.

지함은 지난가을에 서간정의 수학 생활을 끝내고 집으로 돌아왔다. 서간정에서 지함은 화담의 수제자로 많은 가르침을 받았다. 경서자전은 물론이려니와 수리, 의학, 천문지리, 복서에 이르기까지 다양한 분야의 학문들을 두루 섭렵할 수 있었던 것도 스승의 가르침 덕분이다.

지함은 그러면서 특히 술법에 심취했다. 도술로 전우치에게 반드시 이기겠다고 큰소리친 탓도 있지만 복술이며 둔갑술, 축지법 따위에 조예가 깊은 화담의 영향도 무시할 수 없다.

지함이 서간정을 떠날 마음의 준비를 하고 있던 어느 날 밤늦은 시각, 화담이 그를 서재로 불렀다.

"이끼는 어찌했느냐?"

허리를 굽히며 자리에 앉던 지함은 깜짝 놀랐다.

느닷없이 이끼라니? 미처 대답을 못하고 멍하니 입을 벌린 채 화담을 바라보던 지함은 금세 사부께서 무슨 말씀을 하시는지 짐작했다. 십 년 전 여름에 박연폭포에서 긁어 온 이끼 얘기를 하고 있다는 걸 바로 짐작할 수 있었던 건 그동안 그가《주역》을 공부하면서 쌓은 내공 덕분이다.

처음《주역》을 배우기 시작할 무렵에 화담은 "역서를 해석할 줄만 알고 그 근원이 무엇인지 모르면 이는 무의미한 것이다. 근간을 잘 이해하면 지엽말절은 저절로 알게 된다. 또 지엽말절을 충분히 알아야 근간을 이해할 수 있는 것이다"라고 말했었다.

《주역》 공부를 하면서 지함이 스승의 이 말을 이해하는 데는 오랜 시간이 필요했다. 그리고 그때서야 박연폭포에 가서 이끼를 긁어 오라던 스승의 뜻을 헤아릴 수 있게 된 것이다.

《주역》에서 이끼는 하구효(下九爻)라 가장 하찮고 미미한 존재지만, 그 이끼가 없으면 만물도 없고 태극도 없다. 《주역》에서 태극은 역도의 본체다. 우주 삼라만상이 궁극적으로 태극에 이르는 길은 이끼에서 비롯된다는 이치를 깨닫게 하려고 화담이 그런 심부름을 시킨 것이다.

그런 사실을 깨치고 난 지함은 스스로 쥐구멍이라도 찾고 싶을 만큼 부끄럽고 스승께 몹시 송구스러웠다. 스승의 깊은 뜻을 헤아리지 못하고 단지 황진이와의 우연을 가장한 만남을 만들기 위해 자신을 먼 박연폭포까지 보냈다고 지레짐작한 어리석음을 한탄했다.

"이끼는 먼지처럼 바스러졌지만 아직 간직하고 있습니다."

"오호, 그러냐?"

화담은 의외라는 듯 지함을 건너다보더니 천천히 고개를 주억거렸다.

"가져올까요?"

"니 맘속에 장도(粧刀)를 가지고 있느냐?"

화담은 지함의 물음에 가타부타 대답은 않고 또다시 불쑥 엉뚱한 소릴 꺼냈다.

장도? 주머니나 소매 속에 넣고 다니는, 칼집이 있는 작은 칼을 이르는 말 같긴 하지만, 지함이 딱히 그렇다고 단정 짓지 못하는 건 화담이 불쑥 꺼낸 말의 진의가 무엇인지 모르기 때문이다. 지함은 잠시 머뭇거렸다.

더 기다리지 않고 화담이 말을 이었다.

"물욕이 생기면 그 물욕을 자를 수 있는 장도. 권력욕이 생기면 그 권력욕을 자를 수 있는 장도. 음욕이 생기면 그 육욕을 자를 수 있는 장도."

지함은 이제야 사부께서 자신과의 이별을 예견하신 말씀을 주시는구나 하고 깨닫는다. 지함은 아직 화담에게 떠나기를 청하는 말씀을 올리지 않고 있었다. 하지만 화담은 이미 그 때가 되었음을 감지하고 있는 것이다.

"인간에게는 가장 치욕스러운 욕심 세 가지가 바로 재물에 대한 물욕, 권력에 대한 욕망, 그리고 허락되지 않은 상대에 대한 음욕이니라. 이 세 가지를 내려놓을 수 없다면 십 년 동안 나와 함께한 일이 헛갓 물거품일 뿐이야."

"예, 스승님!"

"인간이 글을 읽고 학문을 깊이 연구하는 것도 이 세 가지 욕심을 이겨 내고 바른 삶을 살며 이웃을 이롭게 하기 위해서야."

"깊이 명심하겠습니다."

화담은 더는 다른 말은 하지 않았다. 화담은 이것으로 십 년 동안 애지중지 가르쳐 온 수제자와의 이별을 마감하려는 모양이었다.

사흘 뒤, 지함은 서간정 초당 마루에서 화담에게 큰절을 올리는 것으로 하직 인사를 마쳤다.

송도를 떠나기 전 지함은 이현으로 갔다. 황진이와의 작별을 하기 위해서다. 진이는 없고 만삭의 배를 안은 연이가 지함을 맞았다.

"돌아오기로 한 날짜가 훨씬 지났는데 여태 소식이 없어서 저희들도 걱정하고 있던 참입니다."

산달이 얼마 남지 않았는지 남산만큼 부른 배 때문에 가까스로 찻잔을 내려놓고 연이가 말했다.

황진이는 지난봄부터 함께 가을 풍악을 보러 가자고 지함에게 여러 차례 졸랐었다. 금강산 단풍이 절경이라 풍악산으로 불리는데 여태 가 보지 못해 안타깝다고 했었다.

황진이의 제안을 선뜻 받아들이지 못하고 망설인 건 가을엔 서간정을 떠날 계획이었기 때문인데, 이럴 줄 알았으면 함께 갈걸 그랬나 하는 아쉬움이 마음 한구석을 허전하게 했다.

황진이와는 그동안 자주 만났다. 그녀는 직접적으로 화담의 가르침을 받지는 않았으나 그를 사숙해 자주 서간정을 찾았고, 화담이나 지함과 학문적으로 교류하고 토의하기를 즐기기도 했다. 그 사이 두 사람은 많이 가까워져 있었다.

대문을 나서며 지함은 문득 십 년 전 여름을 떠올렸다. 십 년 전이지만 그날의 일이 너무나 생생하게 떠올랐다. 하지만 이제 그런 일들은 먼 옛날의 추억일 뿐이다. 황진이와 다시 만날 수 있을지도 기약할 수 없었다.

연이와 찬모가 대문 밖까지 쫓아 나오며 지함을 배웅했다.

지함은 문득 발길을 멈추고 다시 한 번 진이의 대문간을 돌아다봤다. 그러나 대문마저 이젠 지함의 시야에 들어오지 않는다.

"그렇게 진작 내 말을 들었어야지. 그때 내 말대로 운우의 정을 나눴더라면 지금 같은 후회는 없을 것 아닌가. 키키."

방갓에 상복 차림인 전우치가 골목 어귀 당산나무 아래 쭈그리고 앉아 지함을 쳐다보지도 않은 채 낄낄거리고 있었다.

지함은 '저 화상이 왜 또 나타난 건가?' 하고 내심 찜찜하던 찰나에, 평소와 다른 행색을 보고 순간 당황스러웠다.

"행색이 그게 뭐요? 상이라도 입었수?"

"내가 죽으면 상복을 입어 줄 사람도 없으니 나라도 내 상복을 입은 게지."

"괴이쩍은 소리군요. 노인장이 언제 죽는다는 거요?"

"이런 사람 보게나. 자네가 날 금강산 비로봉 바위틈에다 쑤셔 박는다지 않았는가? 그럼 난 죽는 게지."

"……?"

"십 년 전에 자네가 큰소리쳤잖은가?"

천천히 몸을 일으킨 전우치가 지함에게로 다가왔다.

"잊은 게야?"

지함은 피식 웃음이 나왔다. 하긴 그런 말을 했었다.

용소에서 발목을 다친 황진이를 업고 내려오던 날 밤, 느닷없이 찾아온 전우치가 허튼소리로 계속 자신을 조롱하자 부아가 난 지함이 전우치에게 뱉은 말이었다. 일구월심 도술을 연마해 십 년 뒤에 만나게 되면 반드시 비로봉 바위틈에다 전우치를 처박아 버리겠노라고 …….

"어떤가? 자네가 약조한 십 년일세."

"공연한 헛소리 그만둡시다."

지함은 전우치와 말장난이나 하고 있을 기분이 아니었다. 그래서 그만 자리를 뜨려 했다. 하지만 그렇게 호락호락 물러날 우치가 아니다. 우치는 걸음을 옮기려는 지함의 앞을 떡하니 가로막고 나섰다.

"어째? 날 이길 자신이 없는가?"

지함은 방갓 아래 주름투성이의 전우치 얼굴을 잠시 쳐다봤다.

"그렇소. 난 이길 자신이 없소. 그러니 그 얘긴 그만 접읍시다."

"아니, 뭐가 이렇게 싱거워. 이러면 약조와 다르잖은가? 지고 이기는 건 겨뤄 봐야 알 것이지, 겨뤄 보지도 않고."

전우치는 당황한 듯 목청을 높이며 침까지 튀겼다.

"도술은 누구와 겨루려고 연마하는 것이 아니라오."

지함은 전우치를 설득이라도 하려는 듯 나직한 목소리를 냈다.

"이거 화담이 아까운 사람 하나 버려 놨군. 이거 보시게나. 난 십 년 동안 오늘을 기다려 온 사람이야. 자네가 갑자기 신선이라도 된 양 거드름을 피우는데 난 그렇게는 못하겠네."

"미안합니다. 그땐 내가 아직 어려서 철이 없었던 탓에 그런 어이없는 장담을 했소이다. 그리 아시고 날 막지 말아 주시오."

전우치는 갑자기 할 말을 잃었다. 아니, 지함의 알 수 없는 기운에 기가 질렸다는 게 더 정확했다. 이제 지함은 십 년 전, 철없던 초립둥이가 아니었다. 우치는 더 이상 지함의 발걸음을 막아서지 못하고 그의 뒷모습만 하염없이 지켜봤다.

"반자도지동(反者道之動)이요, 약자도지용(弱子道之用)이라, 천하만물생어유(天下萬物生於有)이니, 유생어무(有生於無)니라."

"뜻을 새겨 볼 수 있겠느냐?"

산해의 글 읽는 낭랑한 목소리에 흐뭇하게 빠져 있던 지함이 묻는다.

"뜻을 새길 수는 있지만 깊이 알지는 못합니다."

산해는 주저 않고 자신의 학문이 깊지 못함을 고백한다.

지함은 고개를 끄덕였다. 여섯 살에 이미 초서, 예서를 썼고 그 서체가 워낙 뛰어나 신동이라는 소리를 들은 산해지만, 아홉 살의 나이에 노자《도덕경》을 완진하게 이해하기는 어렵다는 걸 지함은 안다.

"할 수 있는 데까지 새겨 보거라."

"근본으로 돌아간다는 것은 도의 움직이는 법칙이요, 유약하다는 것은 도의 작용의 모습이다. 천하 만물은 유에서 나오고, 유는 무에서 나온다."

"그래, 잘했구나. 깊이 새겨 보면, 도는 가지 않는 곳이 없고 미치지 않는 데가 없지만 아주 떠나가 버리는 일이 없다. 언제나 그 본연의 위치에 돌아간다. 그러기에 천한 것은 귀한 것의 근본이 되고, 낮은 것은 높은 것의 기초가 된다. 겨울이 가는가 하면 다시 봄이 오고, 해가 서쪽으로 넘어가면 다음 날 아침에는 반드시 동쪽에서 솟는다. 이것이 도의 움직이는 법칙이야."

"예."

"약자도지용, 도의 작용은 언제나 부드럽고 약한 모습으로 나타난다. 순한 비, 부드러운 바람이 자연스러운 도의 작용이다. 회오리바람, 사나운 소낙비와 같은 부자연한 것은 하늘의 본연의 상태가 아니라고 노자는 말하는 것이야."

"그러면 관리들이 백성의 잘못을 엄히 다스리는 것도 도에 어긋나는 일이 되는 것입니까?"

산해는 까만 눈동자를 반짝이며 숙부를 올려다본다.

"이를 말인가. 나라의 정치도 도 있는 정치는 형벌이나 위력을 구사하지 않는 것이야. 도 있는 정치는 오직 부드럽고 순하고 자연스러워야 해. 이런 부드럽고 약한 것이 도가 작용하는 본연의 모습인 것이지."

지함은 잠시 말을 멈춘다.

도(道)가 있는 정치, 이런 정치가 옛 성현들과 모든 백성이 바라는 그런 정치다. 그러나 조선에는 도가 있는 정치는 꿈에도 바라거나 생각할 수가 없다. 불과 몇 달 전에도 경기도 과천의 양재역에서, 금상의 모후인 문정왕후를 빗대어 '위로는 여왕, 아래로는 간신 운운' 하며 '나라가 곧 망할 것'이라는 익명의 벽서가 발견되어 나라를 발칵 뒤집어 놨었다.

그러자 수렴청정 중인 문정왕후의 친정 동생인 윤원형을 중심으로 한 소윤 일당은 이 사건을 다시 한 번 정적 숙청의 기회로 삼는다.

소윤 일파는 이 년 전인 을사년에도 사화를 일으켜 권력을 잡는 데 성공했었다. 금상의 형님인 인종이 재위했을 때는 인종의 외숙인 윤임의 대윤 일파가 권력의 중심에 있었다. 그러나 인종이 재위 아홉 달 만에 승하하고 열두 살의 어린 금상이 보위에 올랐다. 권력은 자연스레 금상의 외숙인 윤원형을 중심으로 한 소윤 일파가 장악했지만 이들은 여기서 그치지 않았다. 윤임 등이 역모를 획책하고 있다고 무고해, 대윤파를 일거에 제거하는 데 성공했다.

을사년에 일어난 이 무고 사건으로 윤임을 필두로 유관, 유인숙, 계림군, 김명윤, 이덕용, 이휘, 이문건 등 무수한 사람들이 처형당하거나 유배됐다. 대윤파에는 사림 세력들이 유독 많았는데, 이들이 한꺼번에 참화를 입었다 하여 사화(士禍)라 했다.

그리고 이 년 뒤인 지난가을, 양재역에서 익명의 벽서가 발견됐다. 그러자 소윤파는 이를 다시 대윤파의 잔존 세력과 사림들을 몰아낼 기회로 삼았다. 윤원형 일파는 이 사건이 윤임파에 대한 처벌이 미흡하여 생긴 사건이라고 주장하며 그 잔당을 척결할 것을 간언했다.

양재역 벽서 사건은 결국, 한때 윤원형을 탄핵하여 관직에서 쫓겨나게 했던 송인수와 윤임과 사돈 관계인 이약수가 사사되고 이언적, 노수신, 이천계 등 20여 명이 유배당하는 결과를 낳았다. 그러나 이는 윤원형 일파가 자신들의 권력을 다지기 위한 정치적 목적으로, 익명으로 쓰인 벽보를 확대한 사건이었다.

연이어 일어난 일련의 사건들을 지켜보면서 지함은 충격과 함께 깊은 회의에 빠졌다. 나라의 모든 벼슬아치들이 오로지 권력을 좇아 정쟁을 일삼고 심지어 살육마저 서슴지 않는다면 백성들은 어찌 되는가? 백성들은 누구를 의지하고 누구의 보살핌을 받으며 삶을 영위하여야 하는가? 지함은 자신도 모르게 깊은 한숨을 내쉰다.

지함의 입만 쳐다보고 있던 산해가 냉큼 끼어든다.

"숙부님, 무슨 걱정거리라도 있으십니까?"

"응? 아, 아니다. 공부 계속하자꾸나."

지함은 서둘러 자세를 고쳐 앉는다.

"천하만물생어유라, 천하 만물은 다 유(有)에서 나온다. 땅에서 만물이 생성되고, 만물은 제각기 그의 모체와 씨에서 나온다. 수증기가 엉겨서 비가 되고, 비가 와서 강물이 부푼다. 그러나 이런 모든 유형한 것은, 모양이나 형체가 있는 것은 그 근원이 무(無)에서 나온다. 유생어무라, 천지부터가 무형의 도에서 나온다. 유의 근원은 무인 것이다. 그러므로 도는 모든 것의 근원이다. 이렇게 말할 수가 있는 것이다. 무슨 뜻인지 알겠느냐?"

"천지 만물이 유에서 나오지만 유의 근원이 무이니 도가 천지의 모든 것의 근원인 것을 알겠습니다."

"옳거니, 아주 정확하게 이해했구나. 허허허."

지함은 아주 흡족한 웃음을 터트린다. 그만큼 산해는 머리가 명석하고 공부에 대한 열의 또한 대단하다. 책을 손에 들었다 하면 먹고 자는 것마저 잊어버리기 일쑤다. 끼니도 챙기지 않고 공부에만 매달리는 통에 가족들은 산해의 건강까지 걱정해야 할 지경이다.

나이 한 살씩 먹어 갈수록 산해의 학문은 일취월장했고, 아이의 총명은 장안에 소문이 파다했다. 하지만 이런 산해의 총명이 집안에 뜻하지 않은 시련을 몰고 온다.

"지금 퇴청하시는군요. 어쩐 일로 의관도 벗지 않으시고 ……."

홍문관 수찬으로 있는 지번이 관복 차림으로 작은 사랑방으로 들어서자 지함은 무슨 급한 일이라도 생긴 것으로 여긴다. 그런데 지함의 짐작과는 달리 지번은 자리에 앉고서도 한동안 입을 떼지 않는다.

"하실 말씀 있으세요?"

형님이 선뜻 말을 꺼내지 않자 기다리던 지함이 먼저 용건을 묻는다.

"아니, 딱히 지금 해야 할 말인 건 아니고 ……."

"무슨 일인데 그러세요?"

지번이 말꼬리를 흐리며 머뭇거리자 오히려 지함이 채근을 한다.

"그게 그러니까 내가 그동안 한걱정을 하고 있었는데, 내 속을 어찌 알았는지 중매가 들어왔구나."

"중매라니, 누구 중매가요?"

"우리 집에 장가 들일 사람이 너 말고 누가 있더냐?"

"예에?"

지함은 화들짝 놀란 얼굴로 자신도 모르게 장판에다 두 손바닥을 문지른다. 하는 양으로 보아 놀라긴 적잖게 놀란 모양새다.

"놀라긴, 내가 못할 소릴 했느냐?"

"뜬금없이 그런 가당찮은 말씀을 하시니 놀랄 밖에요 ……."

지함은 놀란 가슴을 쓸어내리듯 한숨까지 내리쉰다.

"가당찮은 사람은 나로군. 네 나이가 몇인지나 알고서 하는 소린 게야?"

"형님!"

"중이 제 머리 못 깎는다고, 여태 무심했던 내 불찰이긴 하다만."

"형님 ……."

"내 말, 마저 들어."

처음 머뭇거릴 때와는 달리 말을 한번 꺼내 놓자 아주 결판을 낼 요량인지 지번은 거침이 없다.

"부모님이 계시지 않으니 집안의 맏이가 부모님 대신 아우들을 챙겨야 하는데 그러질 못했으니 내가 큰 죄를 지었다.《경국대전》에 서른 살이 되면 아내를 맞이하고 스무 살이 되면 시집을 간다고 했지만 이는 넘겨서는 안 되는 최대치의 나이를 이르는 걸세. 스물다섯을 넘겨선 안 되는 법이야. 또《경국대전》엔 양반집에서 서른이 가깝도록 가난하여 혼인하지 못한 자는 나라에서 비용을 마련해 주고 가장은 무거운 죄로 처단한다고 했어. 이에 따르면 나는 죄인이고 벌을 받아야 해."

"이러지 마십시오, 형님. 전 애당초 혼인에 뜻이 없었습니다. 처자식을 부양할 능력도 없으면서 혼인이 웬 말입니까?"

"네가 출가한 스님이냐? 미물도 짝이 있거늘 서른 나이를 눈앞에 둔 사내가 혼인에 뜻이 없다니, 그게 바로 가당찮은 소리야."

지번의 태도는 전에 없이 단호하다. 원래 차분하다기보다는 느긋한 성품이다. 자신의 주장을 내세우기보다는 상대의 의견을 듣고 또 상대의 생각을 이해하려는 자세를 보이는 형님이다. 그런데 오늘 형님이 보이는 모습은 지함으로서는 뜻밖이다.

물론 지함도 안다. 지함도 자신이 돌아가신 부모님과 형님에게 큰 잘못을 저지르고 있다는 걸 절절이 느끼고 있기는 하다.

"제가 잘못했습니다. 형님께 큰 걱정거리를 안겨 드렸으니 무어라 드릴 말씀은 없지만……."

"규수는 종실(宗室)인 모산수 정랑이린 분의 여식인네 마음씨가 그리 고울 수가 없다는구나."

지함은 난데없이 왕실의 피가 흐르는 여인을 아내로 맞게 됐다. 형님의 영을 거역할 수 없기 때문이다. 혼례 준비는 순조롭게 진행됐고 얼마 지나지 않아 지함은 초례청에 선다.

초례를 치른 다음 날이다. 늦은 조반을 끝낸 지함이 도성 밖에 볼일이 있다면서 의관을 정제하고 집을 나섰다. 새색시는 혼자 방 안에 앉아 세찬 바람에 문풍지 우는 소리를 들으며 종일 새신랑을 기다렸다.

해거름이 돼서야 추위 때문에 입술이 파랗게 변한 지함이 돌아왔다. 지함이 돌아왔다는 하녀의 소릴 듣고 서둘러 방을 나서던 새색시가 멈칫하고 한발 물러선다.

"어이구, 날씨 한번 고약허다."

지함은 새색시를 한 번 힐끗 쳐다보고선 횅하니 방으로 들어간다.

"……?!"

이게 대체 무슨 일일까?

새색시는 지함을 따라 들어가려고 방문 고리를 잡다가 놓아버린다. 방 안으로 들어가기 전에 방금 눈앞에 벌어진 상황을 이해하는 일이 먼저라고 생각했기 때문이다.

낮에 신랑이 출타할 때, 분명 의관을 정제하고 도포 자락을 펄럭이며 대문을 나섰다. 그런데 지금 방으로 들어간 신랑은 달랑 동저고리 바람이다. 이 추운 날씨에 대문간을 들어서자마자 도포를 벗어 던졌을 리는 만무다.

놀란 가슴을 가라앉히고 새색시가 방 안으로 들어간다. 지함은 뜨듯한 아랫목에서 엉덩이 밑에 두 손을 깔고 앉아 언 손을 녹이는 중이다.

"저어 ……."

하지만 새색시는 다음 말을 잇지 못한다. 겨우 하룻밤을 함께 보낸 처지다. 부부가 됐다곤 하지만 할 말을 다 할 수 있는 사이는 아닌 것이다.

"왜 말을 하려다 마오? 무슨 일인데 그러오?"

"아니, 저 ……. 옷차림이 출타하실 때와는 다른 듯하여 ……."

"응? 아!"

지함은 동저고리 바람인 자신의 모습을 한번 내려다보더니 쿡 하고 웃는다.

"도포 말이구려. 대수로운 거 아니니 걱정 마시오."

대수로운 일 아니라는 지함의 다음 말을 듣고 새색시는 다리 의 힘이 풀려 그 자리에 풀썩 주저앉을 뻔한다.

"홍제교를 건너는데 다리 밑에서 걸인 아이 셋이 추위에 오돌 오돌 떨고 있지 뭐요. 도포를 조각내서 세 아이에게 나눠 줬다 오."

새색시는 너무도 기가 막혀 어떤 말도 할 수가 없다. 혼례를 앞두고 새로 장만한 도포다. 딱 한나절 입은 새 도포를 조각내 거지들에게 나눠 줬다니 ……. 이 남자는 도대체 무슨 생각으로 그런 행동을 했을까? 이 남자와 평생을 함께 살아야 한다고 생 각하니 새색시는 자신의 앞날이 아득하기만 하다.

그렇게 시작된 혼인 생활은 충격적이었던 도포 사건에 비하면 별다른 굴곡 없이 순탄했다.

지함은 첫아들을 얻었다. 이름을 산두라 지었다. 하지만 지함 은 마냥 기쁘지만은 않다. 어쩐지 아이가 곧 자신의 곁을 떠날 것 같은 불길함이 먼저였기 때문이다.

지함의 예감처럼 산두는 그 이름을 몇 번 불려 보지도 못하고 저세상으로 갔다.

부인 이씨는 가슴이 찢기는 애통함에 몸부림친다.

"우리와 인연이 아니었던 게요. 자식이야 또 낳으면 될 일, 몸상하지 않게 조리 잘 하시오."

지함은 애써 태연한 목소리로 아내를 위로하지만, 세상을 보름도 살지 못하고 가 버린 자식에 대한 애절함 때문에 터지려는 통곡을 꾹꾹 눌러 참는다.

젊은 부부가 그렇게 시련을 겪은 지 일 년 뒤에 둘째 산휘가 태어났다. 책을 읽지 않을 땐, 탈 없이 무럭무럭 자라는 산휘를 보는 것이 지함의 즐거움이다.

"어쿠, 어쿠. 그렇지 허허, 한 발, 한 발만 더 ……."

처음 해 보는 걷기가 참으로 위태위태하지만 산휘가 한 발씩 뗄 때마다 지함의 목소리도 높아진다. 어렵게 두세 발을 떼던 산휘가 그만 쿵하고 엉덩방아를 찧는다.

"숙부님, 산핸데요."

"오냐, 들어오너라."

금방 울음을 터트릴 듯 찡그린 산휘를 서둘러 안아 올리며 지함이 대답한다.

지함은 혼례를 올린 후, 지번과는 담 하나를 사이에 둔 이웃에 신접살림을 차렸다.

"잠시만 건너오시라는데요?"

"오늘은 퇴청이 일렀구나."

지함은 산휘를 아내에게 넘기고 산해와 같이 큰집으로 건너간다.

지번은 별말도 없이 자리를 잡고 앉는 아우를 한번 쳐다보고는 멀뚱히 천장을 올려다본다. 지함은 형님이 무언가 할 말이 있다고 직감한다.

"낮에 무슨 일이 있었습니까?"

"일이라고 할 것까지야 ……."

지번은 말끝을 흐린다.

"그런데 느닷없이 왜 이러고 계십니까?"

"글쎄다. 이걸 어떻게 얘기해야 할지 ……."

지번은 말을 하려다 말고 휘이 하고 한숨까지 내리쉰다.

"형님!"

지함은 형님의 태도가 아무래도 괴이쩍어 긴장한다.

"당장에 뭐가 어떻게 되는 건 아니다만, 그렇다고 그냥 가만히 있기엔 또 뭔가 찜찜한 구석도 있는 것 같고 ……."

"무슨 일인지 털어놓으셔야 제 생각도 말씀드릴 수 있잖습니까?"

그 말에 지함을 한번 바라본 지번의 시선이 이내 바람벽으로 향한다. 그러고는 피식하고 헛웃음 소리를 낸다. 잠시 말없이 바람벽을 바라보던 지번이 자세를 바로잡으며 지함을 향해 마주 앉는다.

"퇴청을 하려는데 서리가 와서 정 대감이 날 찾는다더구나."

"대제학 대감이오?"

지번은 말없이 고개를 끄덕이고는 잠시 생각에 잠긴 얼굴이다.

지함은 무언가 심상치 않은 일이 벌어질지도 모르겠다는 불길한 예감이다. 그것은 전에 없이 생각이 많아 보이는 형님의 모습

때문이다. 지함의 형제들은 매우 솔직하게 서로 이야기를 나누는 편이다. 무엇을 감추거나 자신의 생각을 거짓으로 말하지 않는다. 그만큼 서로를 신뢰하고 또 우애가 깊은 탓이다. 그런데 오늘 지번 형님은 신중하다기보다는 머릿속에 여러 가지 생각이 복잡하게 맴도는 얼굴이다.

"형님!" 하고 지함이 재촉하듯 다시 생각에 잠긴 형님을 부른다.

"대제학 대감이 대체 뭐랬기에 표정이 그리 무거우십니까?"

"좌찬성이 엉뚱하게 허욕을 부린다는구나."

"좌찬성이라면 …… 윤원형 말씀입니까?"

"아니, 정 대감이 그렇게 말한 건 아니고, 대감 말로는 좌찬성이 산해를 탐낸다는구나."

"에?"

지함은 자신도 모르게 외마디 소리를 낸다.

"탐낸다니, 무얼 말입니까?"

"좌찬성이 산해의 인물이 출중하다는 소문을 듣고 사윌 삼고 싶어 한다는군."

"허욕이 분명하군요."

지함은 기운 빠지는 목소리로 혼자 중얼거린다.

윤원형이 누구인가? 지난 을사년에 엄청난 옥사를 일으켜 대윤파를 모조리 숙청하고, 그것도 모자라 양재역 벽서라는 꼬투리를 잡아 반대 세력을 뿌리까지 도려내고 권력을 손아귀에 틀어잡은 사람이다. 이제는 종일품 좌찬성이란 자릴 꿰차고 영의정의 턱밑에 앉아 온갖 전횡을 일삼고 있다.

"산해 얘길 아는 것으로 봐선 듣는 귀는 있는 모양인데, 저를 원망하는 백성들의 소리가 천지에 가득한데 어째서 그 소린 듣지 못하누?"

"정 대감은 그런 소릴 어디서 들었답디까?

지함은 다소 조급한 듯 형님 앞으로 한 걸음 다가앉는다. 그 소리가 사실이라면 이는 예사로이 지나칠 일이 아닌 것이다.

을사사화와 양재역 벽서 사건으로 정권을 장악한 윤원형은 권력을 독점하기 위해 자신의 친형인 윤원로마저 모함으로 유배 보내고 끝내는 사약을 받게까지 했다. 그뿐만이 아니다. 애첩 정난정과 짜고 자신의 조강지처 김씨를 독살하고 애첩을 정경부인의 자리에 올려놓았다. 사람의 탈을 쓰고 도저히 할 수 없는 일들을 서슴지 않고 자행하는 자가 산해를 탐낸단다.

"누구한테 들은 소리랍니까?"

지함이 재차 다그치자 지번이 근심이 가득한 목소리를 낸다.

"정 대감을 일부러 집으로 불러 술상까지 차려 놓고 산해에 대한 소문이 사실이냐고 물었다는군."

"사실을 확인하려던 게 아니라 형님에게 사전 통고를 한 셈이군요. 홍문관 대제학에게 그런 소릴 하면 바로 형님 귀에 들어갈 거란 걸 노린 것이죠."

"나도 그것이 찜찜해. 좌찬성이 단순한 호기심 정도가 아니라 진심으로 그런 마음을 먹고 있는 것 같아서 말일세."

"만에 하나 매파를 놓아 청혼이라도 해 온다면 어쩌실 요량이십니까?"

한참 동안 입을 꾹 다물고 말이 없던 지함이 무겁게 입을 연다. 집에 돌아오자마자 자신을 불러 이야기를 털어놓는 것으로 보아 형님의 마음을 짐작 못 할 바는 아니다. 하지만 막상 일이 이 지경까지 이르고 보니 형님의 마음을 확인하고 싶은 것이다.

소문으로는 무소불위의 권력을 휘두르는 윤원형과 엮이기 위해 조정 중신들이 다투어 혼인 줄을 놓는다지 않는가? 지번이라고 권력에 대한 욕심이 한 줌의 모래만큼도 없을까?

"정식으로 청혼을 받은 것도 아닌데 너무 앞서 나가는 것도 우습긴 하지만, 윤원형과 그런 인연으로 엮이는 건 결코 원하지 않아."

"산해의 입신양명이 탄탄대로일 텐데 부모로서 욕심나질 않습니까? 윤원형이야말로 조선에선 임금보다 더한 권세를 가졌는데 말씀입니다."

"아우는? 아우가 내 처지라면 어떡할 텐가? 윤원형과 사돈을 맺어 아들을 출세시키고 싶은 욕심이 나는가?"

지함은 문득 스승인 화담 선생이 마지막으로 들려준 말이 생각난다. '인간에게 가장 치욕스러운 세 가지, 재물에 대한 욕심, 권력에 대한 욕망, 그리고 음욕.'

지함은 자신도 모르게 권력에 대한 야릇한 욕구를 잠시 탐하고 있는지도 모른다.

화담이 말했다. '이 세 가지 욕심을 버리지 못한다면 나와 함께 보낸 십 년은 물거품이라'고 …….

"내 생각이 아니라 먼저 아들에게 물어보겠습니다. 자식의 장래가 걸린 문제 아닙니까?"

"난 그렇지 않아."

지번은 단호하게 지함의 말을 자른다.

"일신의 영달을 위해 출세를 바란다면 그건 글을 읽은 선비가 가질 마음의 자세가 아닐세. 난 산해가 그런 옹졸한 아이가 아니라고 믿어."

"물론 자식의 장래는 부모 하기 나름이지만, 훗날 자식에게 원망을 들을지도 모르는 일입니다. 윤원형이 누굽니까? 조선 제일의 세도가 아닙니까? 그 사람의 사위가 되면 입신양명의 길은 물론이요 부귀영화가 절로 따를 텐데, 그걸 가로막았다면 좋아할 자식이 어디 있겠습니까?"

"그럼 자넨 청혼을 받아들여야 한다는 게야?"

"제 생각이 아니라 형님의 뜻이 중요하지요. 청혼을 거질하실 건가요? 그 사람의 청혼을 거절했다가 어떤 화가 닥칠지도 모르는데요?"

"내가 염려하는 게 바로 그 점일세. 산해가 피해를 입을 수도 있으니까 ……."

"어디 산해만 해를 입고 말까요? 온 집안이 거덜 날 수도 있지요. 윤원형은 그러고도 남을 위인입니다."

지금이야 그럴 가능성만 가지고 하는 걱정이지만, 만에 하나 윤원형이 정말 매파를 보내 청혼을 해 오기라도 한다면 그때는 이미 늦는다. 윤원형의 청혼을 거절했다간 무슨 화를 당할지 짐작하기 어렵다.

윤원형은 생떼 같은 트집을 잡아 남의 집 하인과 전답을 빼앗기를 밥 먹듯 하는 위인이다. 죽고 사는 것이 그의 손에 달렸다는 말이 오가는 지경이 아닌가?

"집안이 거덜 난다 ……."

지번은 곱씹듯 지함의 말을 한번 되뇌고는 입을 닫아 버린다. 형님의 침묵에 지함도 조용히 말을 아낀다.

"그래도 어찌할 수 없는 일이지."

오랜 침묵 끝에 지번이 뱉은 말이다.

"윤원형이 청혼해 온다면 난 그 청혼을 거절하겠네. 내가 해를 입더라도 산해를 그런 집안 사위로 빼앗길 수는 없다네."

지번은 결심을 한듯 낮지만 단호한 어조다. 지함은 그런 지번을 지그시 바라본다. 마음 같아서는 형님께 큰절이라도 넙죽 올리고 싶은 심정이다.

처음 윤원형의 이야기를 들었을 때부터 지함은 마음속으로 결코 받아들여서는 안 되는 일이라고 판단했다. 다른 사람들이 뭐라지 않더라도 지함은 윤원형의 운명을 이미 알고 있다. 역사적으로도 권력을 사유화하고 그 권력을 앞세워 제 욕심만 챙기려 악행을 자행하는 자들의 말로는 비참하다. 지함은 윤원형이 머지않아 역사에 더러운 이름을 남기고 비참한 말로를 맞게 된다는 걸 알고 있다.

그렇지만 윤원형의 청혼을 거절해야 한다고 앞장서지 않은 것은 형님의 생각이 중요했기 때문이다. 그리고 형님이 권력에 대한 욕심을 버리고 올바른 선택을 해 준 것이 그저 고마울 뿐이다.

하지만 정작 문제는 지금부터다. 아직이야 그럴지도 모른다는 가능성만 있지, 실제로 청혼을 해 온 건 아니다. 그런데 정말 매파를 보내 청혼을 해 온다면 그땐 막상 어떻게 해야 하는가?

거절을 하고 윤원형의 처분만 기다릴 터인가? 아니면 청혼을 피할 방법을 빨리 찾아낼 것인가?

저녁 밥상을 겸상으로 식사를 하며 형제는 머리를 맞댔다.

"매파가 대문 안으로 들어서면 그때는 이미 모든 게 끝나 버립니다."

"그러니 그 전에 무슨 조처를 취해야지."

"매파를 만나지 않으면 될 테지요."

"잠깐 피한다고 될 일인가, 이게?"

"잠깐이 아니라 아주 피해 버리면 어떻습니까?"

"아주 피하다니?"

"형님이 벼슬만 버리신다면 될 일입니다."

"벼슬 따위야 헌 짚신 버리듯 버릴 수 있지. 그게 뭐 그리 대수인가?"

"솔가하여 쥐도 새도 모르게 한양을 떠나는 겁니다."

"낙향?"

이튿날 새벽, 지함은 일찌감치 길을 떠난다.

선산이 있는 고향 보령에는 지함의 삼 형제 중 가운데인 지무의 식솔들이 살고 있다. 건강이 여의치 않았던 지무는 일찍부터 고향으로 내려가 그곳에서 살았다. 그러나 불행히도 지병을 이기지 못하고, 몇 해 전 산해와 동갑인 아들 산보 남매만을 남긴 채 세상을 떠났다.

그 식솔들이 고향에 살고 있다. 또 많지는 않아도 고향에 전답도 얼마간 있다. 일가들만 사는 집성촌이라 형제가 당장 솔가하여 내려간다 하여도 생판 낯선 곳보다는 터전을 마련하기가 용이할 터다. 우선 거처할 집만이라도 마련된다면 형제는 당장 솔가하여 고향으로 내려가기로 어젯밤 합의를 봤다. 지함이 먼저 내려가 사정을 살피고, 살 집을 마련하는 대로 지번이 식구들을 데리고 내려가기로 한 것이다.

고향으로 가는 지함의 발길이 한결 가볍다. 형님이 자식과 가문의 장래를 위해 벼슬을 헌신짝 버리듯 버릴 만큼 세속의 일상에 초연한 모습을 보여 줬기 때문이다.

우암을 떠나보내다

 필재는 문득 갈증을 느끼고 읽고 있던 책장에서 시선을 서둔
다. 밤은 어느새 이슥해 달이 이미 서산으로 기울고 있었다. 눈
보라가 몰아치던 겨울에 이 일을 시작해 봄을 보내고 계절은 이
미 초여름으로 접어들었다. 하지만 필재가 이룬 일이라곤 고조
부인 성암(이지번) 할아버지께서 토정 할아버지와 함께 이곳으
로 낙향하신 연유와 그 과정을 일아낸 것이 전부다.

 기사년 정초부터 조선 팔도를 발칵 뒤집으며 왕실과 조정을
환국의 소용돌이로 몰아넣은 빌미가 된 '엄청난 비결'이 담겼다
는 비전을 찾는 일은 한 발짝도 앞으로 나아가지 못하고 있다.

 비전의 실마리는커녕 토정 할아버지의 행적을 알아내는 것조
차 어렵긴 매한가지다. 유고집을 뒤지고 산해 할아버지의 문집
을 샅샅이 훑어보아도 마찬가지다. 기록들이 워낙 산발적이고
단편적이라 서로의 연관성을 꿰맞추는 것조차 쉽지 않다. 비결
이니만큼 내용이 워낙 위험해 사람들에게 쉽게 알려지는 것을
피하기 위해 다른 방법을 썼을 수도 있다고 필재는 생각했다. 그

렇다면 엉뚱한 제목이 붙은 책표지 안에 비전을 숨겨 놓았을 수
도 있을 것이다.

생각이 이에 이르자 필재는 그날부터 서원 서고에 있는 수많
은 장서를 한 권씩 살피기 시작했다. 그냥 표지만 들춰 보는 것
이 아니라 내용까지 꼼꼼하게 살폈다. 그 일을 하는 데만 꼬박
보름이 걸렸지만 결과는 허탕이었다.

끙 소리를 내며 필재는 무릎을 짚고 일어선다. 오래 앉아 책을
읽느라 다리가 굳어 있는 탓에 다리가 저리다.

미닫이문을 힘껏 민다. 여름이라 덧문을 닫지 않아 차가운 밤
공기가 그대로 방 안으로 밀려든다. 밤공기이긴 해도 이미 절기
가 초여름이라 필재는 오히려 시원한 느낌이다. 필재는 신선한
밤공기를 한껏 폐부로 끌어들인다.

'비전이라는 것이 과연 있기는 있는 것일까?'

필재는 불현듯 이런 생각을 해 본다. 애초부터 비전이라는 것
이 이 세상에 존재하지 않았다면 기사환국이라는 참변은 참으
로 어처구니없는 희생만 가져온 것이 된다.

하지만 아직도 비전 때문에 벌어진 환란은 끝나지 않았다. 아
직도 많은 사람들이 유배지에서 고통을 겪고 있지 않은가?

필재는 가슴이 답답해 온다.

물론 기사환국이 딱히 비전 때문에 빚어진 사건은 아니다. 단
지 빌미를 제공한 단초가 되었을 뿐이란 걸 필재도 알고 있다.

하지만 세상에 드러나지 않은 비전이 어디엔가 있다고 사람들
은 믿고 있다. 사람들이 그렇게 믿고 있는 이상 또 언제 이 비전

이라는 책에 숨겨진 비결을 제멋대로 지어내거나 제 입맛에 맞게 해석해 세상을 혼란에 빠트릴지 아무도 알 수 없다. 더 이상의 희생을 막으려면 하루라도 빨리 비전을 찾아내거나, 비전은 존재하지 않는다는 확증이라도 찾아내야만 한다.

그런 간절한 마음 탓에 필재는 지난봄, 제주도에 유배 중인 송시열을 만나러 갈 궁리까지 했었다.

조정에서 비전의 존재 여부를 두고 남인과 서인 사이에 격렬한 다툼이 벌어졌을 때, 송시열이 배창진을 토정의 고향집으로 내려보냈었다. 그랬기에 비전을 찾지 못해 애를 태울 때, 필재노 창진도 혹시 송시열은 그 비전의 행방에 대해 무언가 알고 있지 않을까 하고 기대를 걸기까지 했던 터다.

토정 할아버지의 행적을 쫓다 지친 필재가 제주도로 가 볼 요량을 낸 것은 송시열이 《토정집》의 발문을 썼다는 사실을 안 직후다.

필재는 광양으로 내려갔다. 광양에서 엿새를 머물며 제주도로 가는 배편을 찾았으나 도저히 배를 구할 수가 없었다. 사나운 봄 날씨에 파도가 높아 고기잡이배들조차 출어를 꺼리는데, 멀리 제주도로 가는 배는 구경조차 할 수 없었다. 필재는 엿새 동안 주막에서 밥값만 축내다 돌아오는 수밖에 없었다.

멀리 이웃 마을에서 새벽닭 우는 소리가 들린다. 그러자 이웃 닭들이 다투어 깨어나며 홰치는 소리가 연이어 담장을 넘어온다. 날이 밝아 오고 있다.

아침상을 물리기가 바쁘게 필재는 《아계유고》를 찾아 펼친다.

아계는 이산해의 아호다. 산해는 숙부인 토정 할아버지한테서 글을 배우고 숙부의 사랑도 듬뿍 받았던 터라, 토정 할아버지에 대한 추억을 여기저기 많은 글로 남기고 있다.

첫 장을 넘기는데 문밖에서 오 서방이 찾는다.

"무슨 일이냐?"

"한양에서 사람이 왔습니다요."

필재가 미닫이를 민다.

그러자 섬돌 아래 기다리고 섰던 날랜 몸짓의 사내 하나가 소매에서 서찰로 보이는 봉서를 꺼내 말없이 건넨다.

앞뒤를 살폈지만 겉봉에는 받는 이도 보낸 이도 아무런 표식이 없다.

"뉘 댁에서 왔는고?"

"서찰을 보시면 짐작하실 거라던뎁쇼."

사내는 꾸벅 허리를 굽혀 보이고는 가타부타 한마디 덧붙이는 것도 없이 벌써 중문을 나서고 있다.

필재는 오 서방을 한번 힐끗 쳐다보고선 미닫이를 닫는다.

서둘러 봉서를 뜯고 편지를 꺼낸다. 편지는 거두절미 안부를 묻는 말조차 없다.

"봉조하 대감을 한양으로 압송해 다시 국문한다는 소식이오. 압송하는 배가 어느 포구로 들어오는지 백방으로 알아보고 있소. 대감이 한양으로 올라오는 중도에 뵙지 못하면 만사를 그르치게 되오. 포구만 알아내면 뒤따라 내려갈 테니 채비하기 바라오."

배창진이 보낸 것이 분명하다. 창진은 비전만이 숙청당한 서

인 세력을 다시 일으키는 유일한 수단이라고 믿고 있다. 필재가
비전을 찾으면 더 이상 세상을 어지럽히는 논란이 일어나지 않
도록 막을 수 있으리라는 기대를 하는 반면, 창진은 비전만 손에
넣으면 몰락한 서인이 다시 재기해 권력을 잡을 수 있다는 데
초점을 맞추고 있다. 기대하는 바는 다르지만 비전을 찾아야 한
다는 데는 두 사람의 마음은 같다.

배창진은 사내가 다녀간 이틀 뒤에 왔다.

"어느 포구인지 알았는가?"

창진은 고개를 가로저었다.

"한양으로 다시 압송한다는 걸 안 것도 하늘이 도왔다네. 제주
도로 내려간 금부도사만이 알고 있다더군."

"왜 다시 국문한다는 겐가?"

"대간들이 처음 제주도로 안치할 때 국문하지 못했으니 이제
라도 국문을 해야 한다고 주청을 넣었다디고."

"무언가 더 밝혀야 할 것이 있다는 겐가?"

"알 수가 없지. 남인들이 무슨 계략을 꾸미는 지야. 대감을 사
사(賜死)할 명분을 만들려는 게 아닐까?"

"팔순을 넘기신 지도 이미 여러 해가 되는데, 먼 제주도에 안
치된 노인에게 설마 사약을 내리기까지야."

"건고는 청풍거사라 세상을 너무 아름답게만 보는군. 권력이
얼마나 무섭고 추악한 것인지 그 뒤를 들여다보지 않아서 그래.
너도나도 권력을 잡으면 놓으려 하지 않지. 잡은 권력이 영원하
길 바라지. 그래서 끊임없이 암투와 모략과 분쟁이 생기는 거고

……."

"기사환국으로 죽은 사람이 얼마인가? 살아남은 사람들도 줄줄이 귀양을 갔고. 이제 세상은 남인들 천지인데 뭐가 두려워서 나라 밖 바다 한가운데 위리안치된 노인까지 죽여야 하는가 말일세. 우암이 무슨 힘이 있다고. 게다가 우암이 지금 권력에 마음을 둘 사람인가?"

"우암이 누구인가? 대감의 문도만 천여 명에 이르네. 또 유림은 어떠한가? 유림은 조선 사회를 떠받치고 있는 정신적 바탕일세. 그 유림의 영수가 곧 우암 아닌가?"

"그렇다고 유림이 세력 집단이 돼 권력을 잡으려 들 건 아니잖은가?"

"여론이지. 그것이 무서운 거야. 임금도 지금 세자 책봉에 당위성이 없다는 걸 알고 있네. 임금이 알고 있다는 걸 지금 권력을 잡고 있는 남인들도 알고 있고. 유림을 이끄는 우암이 바로 그 세자 책봉 문제로 유배를 당했네. 건고 같으면 우암을 살려 두고 싶을까?"

"결국 우암 선생께서 사약을 받으신다는 결론이군."

필재는 혼잣말처럼 중얼거린다.

"그래서 어떤 일이 있어도 이번에 봉조하 대감을 만나 비전에 대한 꼬투리를 찾아야 하네. 그래야 억울하게 사약을 받은 영상 대감이나 봉조하 대감의 신원이라도 이룰 수 있어."

필재는 창진을 말없이 바라본다. 아니, 창진의 그 간절한 눈빛을 바라봤다.

두 사람은 밤이 이슥하도록 나라 걱정, 비전을 찾을 걱정을 했다.

필재는 오 서방의 다소 다급한 목소리에 눈을 떴다. 대대로 한산 이씨 종가댁 청지기로 살아온 오 서방은 상전이 무슨 일을 하고 있고 어떤 일에 골몰하는지 정도는 말을 하지 않아도 익히 꿰고 있는 법이다. 미닫이를 밀어젖힌 필재에게 오 서방이 나직한 목소리로 전한다. 송시열이 해남에서 제자 권상하의 수행을 받으며 버선도 신지 않은 맨발로 걸어 정읍으로 향하고 있다는 소문을 들었냐고 ……

두 사람은 서둘러 행장을 꾸렸다.

정읍은 해남과 보령에서 보면 거의 중간 지점이다. 두 사람이 걸음을 재촉한다면 구순을 바라보는 송시열보다 충분히 먼저 닿을 수 있는 거리다. 그리고 만에 하나 두 사람보다 송시열이 먼저 정읍에 당도한다 하더라도 크게 염려할 일은 아니다. 송시열이 정읍에서 지체하지 않고 한양으로 향한다 해도 두 사람은 정읍까지 가지 않아도 중도에서 송시열을 만날 수 있게 된다. 이번에야말로 반드시 송시열을 만나 비전에 대한 실마리를 풀리라는 부푼 희망을 안고 필재와 창진은 걸음을 재촉했다.

하지만 운명은 그렇게 쉽사리 그들의 만남을 허락하지 않는다. 그러니까 송시열은 이미 정읍에 와 있었던 것이다. 그리고 정읍에서 어떤 상황이 기다리고 있을지 두 사람은 예견하지 못했다.

그날 아침 송시열은 선암 죽림촌사에서 유서를 쓰고 있었다. 송시열은 창진이 보령으로 내려오기 사흘 전에 전라도 해남 땅에 올랐다. 그러니까 필재가 창진의 서찰을 받은 날, 송시열이 뭍에 오른 셈이다.

제주도까지 어명을 받고 내려온 금부도사 권처경은 한양으로 압송한다는 어명을 그대로 전하지 않고 섬에서 나가자고만 말했다. 이에 송시열은 뭍에 오르면 사약을 받을 것으로 짐작하고 선암의 죽림촌사에 임시 거처를 정하고 유서를 쓰기 시작했다. 자식과 조카들에게 장문의 유서를 남기고 붓을 놓고 송시열은 선암을 떠난다.

정읍에는 900명이 넘는 송시열의 제자와 문도들이 그를 기다리고 있었다. 송시열이 그들과 일일이 손을 맞잡고 작별의 예를 마치자 금부도사가 사약을 내린다는 어명을 전한다.

수제자 권상하와 김만준이 들어가 송시열에게 결별의 인사를 올린다.

"내가 일찍이 아침에 도를 깨닫고 저녁에 죽기를 기대하였는데, 지금 끝내 도를 깨닫지 못하고 죽게 되는구나. 앞으로는 오직 치도(致道)만 믿는다. 학문은 마땅히 주자를 위주로 삼고, 사업은 마땅히 효종의 대의를 위주로 삼아야 한다."

"사부님의 가르치심을 목숨을 걸고 지키겠습니다."

권상하가 엎드린 채 울음을 터트리자 금부 나졸들이 달려들어 억지로 끌어낸다.

애초에 송시열을 한성부로 불러올려 국문하자고 주창한 대간들은 사약을 내릴 목적이 아니었다. 하지만 대간들의 주청을 임금이 윤허하자 영의정 권대운이 "굳이 국문할 필요가 없으니 성상께서 참작하시어 처리하소서" 하고 사사할 것을 종용했다.

임금도 피하고 싶은 일이다. 원자 책립 문제가 이제 겨우 잠잠해진 참인데, 송시열을 불러올려 국문한다면 세상은 다시 시끄러워질 것이다. 굳이 그런 상황을 자초할 까닭이 없지 않은가? 참으로 단순한 논리다.

송시열은 북쪽을 향해 세 번 절하고 조용히 약사발과 마주한다.

이때 필재와 창진은 정읍 땅으로 들어서자마자 송시열이 사약을 받는다는 소식을 듣고 허겁지겁 송시열이 사약을 받는 곳으로 달려간다. 아차하면 비전에 대한 단서는 영영 묻혀 버릴 수 있다. 송시열이 사약을 마시기 전에 만나야 한다. 그래서 단 한마니 말이라도 들어야 한다.

두 사람은 수많은 인파를 뚫고 금부도사들의 저지를 필사적으로 밀어내며 마당으로 뛰어드는 데 성공한다. 그러나 이미 늦었다.

필재와 창진이 송시열과 마주하는 순간, 우암 송시열의 입술에선 검붉은 피가 울컥 쏟아졌다.

"봉조하 대감!"

배창진이 짐승 같은 울음을 터트리며 그대로 엎어지고 만다. 필재 또한 두 무릎의 힘이 빠져나가며 스르륵 주저앉는다.

송시열은 피를 토하고 곧 절명했지만 두 눈을 부릅뜬 채였다.

권상하가 다가가 눈을 감겨 드렸지만 송시열은 여전히 눈을 감지 않은 채였다. 당황한 권상하가 여러 번 반복했지만 송시열은 끝내 눈을 감지 않았다.

"어찌하는가. 이제 우리들은 어째야 합니까, 대감!"

창진의 두 눈에서 굵은 눈물방울이 쉬지 않고 굴러떨어진다.

슬프고 막막한 심정은 필재라고 다를 바 없다. 비전을 찾을 수 있는 마지막 끈이 떨어졌다는 생각에 필재의 가슴은 커다란 바윗덩이가 짓누르는 것만 같다.

"어디로 모시고 갑니까?"

필재가 운구 준비에 분주한 제자에게 물었다.

"한밭 옥천으로 모십니다. 상청은 한양에도 마련할 예정이랍니다. 옥천까지 문상하러 오지 못하는 사람들을 위해서지요."

필재는 논산까지만 운구 행렬과 함께하기로 한다.

"간재는 어쩔 텐가? 이 길로 한양으로 올라가려나?"

창진이 고개를 가로젓는다.

"상청을 지켜야지. 장례를 마칠 때까진 옥천에 머물 걸세."

아직도 두 눈에 눈물이 그렁한 창진의 어깨를 필재가 지그시 잡는다.

논산에서 창진과 하직하고 집으로 돌아온 필재는 사랑채 마당에 들어서자 더욱 막막한 심정이 된다.

송시열이 살아 있을 때는 그래도 그를 만나면 만에 하나 비전에 관한 실마리를 얻을 수 있을 것이란 희망이라도 있었다. 하지만 이제 그런 희망조차 사라져 버렸다. 필재는 매서운 겨울바람이 몰아치는 허허벌판에 혼자 버려진 아이 같은 심정이다.

"무얼 어찌할 것인가?"

몸은 천근만근 피곤하지만, 필재는 저녁상을 물리자 다시《아계유고》를 펼친다. 이 책 속에 해답이 있었으면 하는 간절함이 더해진다.

비전을 찾게 된다면 그 책 속에 어떤 비결이 적혀 있더라도 그것을 빌미로 일어날 수 있는 혼란이나 참극은 막을 수 있을 것이라는 믿음이 필재에게는 있다. 유언비어로만 떠돌다 보면 그 유언비어를 가시고, 있는 사실 없는 사실을 만들어 내어 상대를 모함하고 공격하고 함정에 빠트린다.

송시열의 죽음과 같은 비극은 막을 수 있다고 믿는다. 만약 기사환국이 일어나기 전에 비전을 찾았다면 환국의 상황은 많이 달랐을 것이다. 물론 원자 책립을 반대하는 서인들을 임금이 용인할 리는 없었겠지만, 그렇더라도 비전이 비극의 빌미가 되지는 않았을 터다. 이제 비전을 둘러싼 제2, 제3의 권력 암투를 막는 길은 비전을 찾는 것뿐이다.

필재는 절박한 심정으로 다시 토정 할아버지의 행적을 쫓기 시작한다.

흙집을 지어 살다

지함은 보령에 당도하자 먼저 홀로 계신 형수와 어린 조카 산보부터 찾았다.

"저희야 든든하게 의지할 수 있으니 이루 말할 수 없이 반가운 일이지요. 하지만 큰댁에 그런 간급한 일이 생겼다니 걱정입니다."

형수는 지함이 불시에 내려온 사정을 듣자 걱정이 여간 아니다.

"하루라도 빨리 서두르긴 해야 하는데, 우선 거처할 곳이라도 마련할 수 있을지 살필 요량으로 내려왔습니다."

"거처 염려를 왜 하셔요. 급한 대로 이 집에서 다 함께 지내면 될 것을 ……. 여기서도 그 세도가 얘기는 들어요. 살 집 마련하고 어쩌고 하느라고 꾸물거리다가 그 집 매파라도 들이닥치면 그땐 어찌하시려구요?"

윤원형의 소문은 조선 팔도 산촌까지 널리 퍼진 듯 형수는 무척 염려스러운 모습이다.

하긴 윤원형이 보낸 매파가 집 대문 문턱을 넘기 전에 집안을 솔가하여 바람처럼 사라져야 한다. 시간을 끌다가 윤원형의 청혼을 받게 된다면 그땐 참으로 난감해진다. 만약 청혼을 거절하면 그 이후에 벌어질 사태를 감당하기 어려울 터다. 윤원형의 무서운 보복이 뒤따를 건 불을 보듯 뻔하다. 금상의 외숙으로, 수렴청정하는 문정왕후의 친정 동생이라는 위세를 업고 그동안 윤원형이 자행한 온갖 나쁜 짓들을 보면 능히 짐작할 수 있다.

"청혼을 피하는 게 먼저이니, 다른 걱정 마시고 이리로 내려오셔요. 집이 비좁아 불편해도 참고 건디면 되지요."

형수는 큰댁이 무슨 화라도 입을까 그게 염려스러워 한시라도 서둘러 낙향하기를 바란다. 하지만 사정이 그리 간단치만은 않다.

"청라에 있는 재종 숙부님 집이 빈집이란 얘기를 들은 것 같은데 ……."

"소식 못 들으셨군요. 올봄에 옥산 형님이 들어오셨는데 ……."

"그래요? 형수님과 아이들만 내려왔습니까?"

"아녀요. 아주버님이 벼슬을 그만두시고 함께 들어오셨어요."

재종형인 이지행은 벼슬살이를 하느라 여러 해 동안 고향을 떠나 있었고, 재종 숙부님이 고향집을 지켰다. 그나마 숙부님이 돌아가시자 그 집은 자연 몇 년 동안 빈집으로 남아 있었다. 지함은 보령으로 내려오면서 줄곧 그 집을 염두에 두었다. 그런데 재종형님이 관직에서 물러나면서 솔가하여 고향으로 돌아온 모양이다. 이제 달리 거처를 마련할 길은 없어진 셈이다.

그렇다면 남은 방법은 이 집뿐이다. 그렇지만 지번 형님의 식구가 내외에 산해 형제와 딸 하나다. 다섯 식구에 청지기 내외와 그 아들, 그리고 지함 내외와 산휘까지 열에다 지무 형님의 가족인 산보 남매와 형수까지 더하면 무려 열셋의 대식솔이 기거하기에는 이 집은 너무 협소하다.

형수가 같이 지내기를 고집하는 집이라야 대청을 사이에 두고 안방과 건넌방이 전부다. 아무리 급박한 사정이라고는 하지만 이곳에서 삼 형제의 식솔이 모두 함께 생활한다는 건 아무래도 무리다. 다른 방도를 찾아야 한다.

떠나기 전, 재종형님께 인사를 하러 들른 지함은 별다른 말은 하지 않았다. 지번 일가가 한양을 떠나려는 건 결코 소문 낼 일이 못 된다.

한양으로 올라가는 지함의 발걸음은 급하기 그지없다. 왠지 자신이 한양으로 올라가는 사이에 매파가 다녀갔을 것 같은 조바심에 가래톳이 돋을 만큼 두 다리에 힘이 들어간다.

대문간을 들어서며 청지기에게 가장 먼저 매파 이야기를 물어보는 것에서 지함의 조바심이 드러난다. 청지기의 얼굴을 보고 지함은 다행히 아직 매파가 다녀가지 않았다는 걸 안다.

"재종숙님 댁이 비어 있다고 하지 않았느냐?"

지함에게서 보령 사정을 들은 지번의 미간이 깊이 파인다.

"지행 형님이 벼슬을 그만두고 고향으로 들어오셨더군요. 아시지요, 온양 군수로 계시던 ……."

"그 형님 연세가 벌써 그리 되셨나?"

"은퇴하실 연세는 아닌데 타관을 계속 전전하는 고을살이에 싫증이 난 듯했습니다."

"언제 돌아오셨다더냐?"

"올봄이랍니다."

"고향 소식도 워낙 뜸하니 ……. 내가 무심했나 보다."

형제는 긴한 의논은 접어 두고 화제가 잠시 엉뚱한 길로 빠진다.

"아무튼 보령으로 낭상 내려가기는 어렵고 달리 방도를 찾아야 합니다."

지함이 겨우 해야 할 이야기의 줄기를 바로잡는다.

"그러잖아도 내 혹시나 해서, 네가 보령에 간 사이 좀 알아보기는 했다만 ……."

"어디 마땅한 데라도 있습니까?"

"단양이야, 충청도 ……."

"단양이라면 우리와는 아무런 연고도 없는 곳인데, 생판 낯선 데를 어떻게 ……?"

"계사 알지? 한성부 판관을 지낸."

"알다마다요. 형님과 동문수학한 사이 아닙니까?"

"여천 이씨 종가가 그 사람 외가인데, 외가가 단양 구담인 모양이야. 어렵잖게 집터를 마련할 수 있는 모양이야."

"거처는요? 집터가 아니라 기거할 곳이 있어야지요."

"종가와 이웃에 분가한 둘째 외숙이 사시던 집이 비었다는군."

"왜요?"

"큰외숙에게 후사가 없어 둘째 외숙의 아들, 그러니까 계사의 외육촌이지. 그 사람이 백부의 양자로 들어와 종가를 지키는 통에 빈집이 되었대."

"그럼 그 집에서 얼마간 기거할 수 있단 말씀입니까?"

지함은 입안이 마르는지 마른침을 꼴깍 삼킨다.

"종손이 본래 후덕하기도 하지만 계사와는 또 아주 각별한 사인가 봐. 흔쾌히 내줄 거라는군."

"그럼 무얼 망설일 게 있습니까. 내일이라도 당장 떠나시지요."

지함이 반색을 한다.

단양이라면 지번 형제들과는 아무런 연고도 없는 곳이라 윤원형을 피하기 더욱 안성맞춤이다. 윤원형은 워낙 잔학한 사람이다. 지번 일가가 청혼을 피하기 위해 자취를 감췄다는 낌새라도 안다면 그는 끝까지 추적할 위인이다. 산해를 사위로 삼기 위해서가 아니라 자신과 사돈되기를 거부한 게 괘씸해 무슨 해코지든 하기 위해서라도 기어이 찾아내려 할 것이다.

그리되면 가장 먼저 떠올릴 곳은 고향이다. 그러니 고향 보령보다는 단양 땅이 훨씬 안전하다. 형제는 머리를 맞댄 채 야반도주라도 모의하듯 말소리까지 죽여 가며 이삿짐 꾸리는 일부터 짐을 싣고 갈 우마차까지 차근차근 준비할 것들을 챙긴다.

사흘째 되던 날 새벽, 성문이 열리자 지번 일가는 조용히 성을 빠져나간다. 광나루에서 배를 빌려 한강에 띄운다. 한양이 눈에서 점점 멀어지자 지함은 긴장이 풀리면서 답답하던 가슴이 시원하게 뚫리는 기분이다. 한강을 거슬러 올라간 배는 양수리에서 남한강으로 빠진다.

바람을 안은 돛과 사공의 노력으로 배는 강을 거슬러 양평, 여주, 충주를 지나 단양 초입으로 들어선다. 가장 먼저 지함 일행을 맞이한 건 도담 삼봉이다. 얼마 지나지 않아 강변 좌우에 수십 척 높이의 돌기둥 두 개가 마주 보고 우뚝 솟아 장관을 이룬다.

배는 구담봉 아래 닻을 내린다. 깎아지른 듯한 장엄한 기암괴석이 지함의 눈앞을 가로막는다. 그 형상이 거북같이 보인다. 그래서 붙여진 이름이 구담봉인가 보다. 절벽의 생김새도 뛰어나지만 푸른 강물과 주위의 봉우리들이 어울려 신선이라도 노닐 것 같은 절경이다. 이곳 풍광이 매우 흡족한 듯, 배를 타고 오는 내내 어둡던 지번의 얼굴도 한결 밝아진다.

"선경이 따로 없군. 우리 산해 덕에 이런 좋은 곳에서 신선놀이하게 되는군. 고맙다."

느닷없이 왜 낙향을 하는지 아는 산해는 이삿짐을 꾸릴 때부터 고개를 떨군 채 어깨가 축 처진 모습으로 아버지와 삼촌의 시선을 피했다. 그런 산해의 기운을 북돋우려 지함이 짐짓 큰 소리를 내며 웃는다. 침울하기만 하던 산해의 입가에 희미하게 미소가 번진다. 지함 형제는 이제 구담봉 아래 새로운 삶의 터를 잡는다.

새로 이사 든 집 주변 정리가 끝나고 생활이 어느 정도 안정되자 지함은 형님과 마주 앉는다.

"산청에 좀 다녀오겠습니다."

"산청엔 무슨 볼일이 있어서?"

"남명 선생을 뵌 지 오래라 강론도 좀 듣고 문안도 드릴 겸 해서요."

"그러잖아도 얘길 하려던 참이었는데, 올라올 때 보령도 들르는 게 어떤가?"

"윤 대감 동정이 맘에 걸려서 그러시지요?"

"제수씨도 우리 소식이 궁금할 테고, 윤원형이 행여 고향 친척들에게 해코지나 하지 않았을지 염려스럽기도 해."

"우리 일가가 없어진 걸 아직 모르고 있을 수도 있지요. 안다 해도 청혼 때문에 숨어 버렸다고 생각 못 할 수도 있고요."

"그렇다면 다행이지. 하나 그 사람의 성정으로 보아, 알게 되면 그냥 넘기지는 않을 걸세."

"가 보면 알겠지요. 산청까지 다녀오려면 거의 달포는 걸릴 텐데, 그 사이 매파를 놓았다면 궁금해서라도 보령에 사람을 보낼 겁니다."

지함은 형님 식솔들과 은밀하게 구담으로 이사를 한 지 거의 세 달 만에 보령 땅을 밟는다.

산청으로 내려가 남명 조식을 만나 열흘 밤낮으로 학문을 교유하고 구담으로 돌아가는 길이다.

작은형수는 큰댁이 구담으로 이사했다는 말을 듣고 매우 섭섭한 눈치다.

"섭섭하긴 해도 큰댁 식구들이 이리로 내려오지 않은 게 천만 다행이에요."

"무슨 일이 있었습니까?"

지함은 긴장한다.

"예방이 사령들을 데리고 두 번씩이나 왔었거든요."

"형수님한테요?"

"저한테도 왔었지만 양지말에도 들렀다나 봐요."

"예방이 무어라던가요?"

"별다른 말은 않고 한양 큰댁과는 자주 왕래하느냐며 아주버님 안부를 묻고는 가던걸요."

"겨우 형님 안부 물으려고 왔을 리가요. 동헌과 이웃한 동리도 아닌데 ……."

"양지말 옥산 형님 댁 아주버님께 사또 문안 인사를 온 김에 들렀다고 둘러대긴 했지만, 그렇잖은 눈치는 보였어요."

"그 형님을 만나 봐야겠군요. 형수님한테야 집안 동태나 살피려 왔을지도 모르죠."

"구담은 안심해도 되는지요?"

"윤원형이 귀신이 아닌 다음에야 알 길이 없을 테니 안심하세요."

불안해하는 형수를 안심시키고 지함은 이지행을 찾아간다. 재종형인 이지행은 온양 군수를 마지막으로 벼슬살이를 내려놓고 올봄에 고향으로 돌아왔다. 그러니 보령 현감이 아전을 보내 문안을 드리는 건 자연스러운 일이다. 지함은 자신이 지나치게 예

민하게 받아들이는지도 모르겠다고 생각하면서 이지행의 사랑
채 섬돌을 오른다.

"잘 지냈는가? 다녀간 지 한참은 된 듯하이."

인사를 받은 재종형은 지함을 무척 반긴다. 지난번 만났을 때
와는 사뭇 다른 목소리다. 하지만 집안 형님이기는 해도 이십여
년의 나이 차이가 나는 탓에 지함으로서는 대면이 무척 조심스
럽다.

"지번 종제가 사직했다는 소문이던데 참말인가?"

자리를 고쳐 앉다가 지함은 잠시 동안의 짧은 시간이지만 어
떻게 대답할까 망설인다. 지함은 아직 보령현 예방이 재종형님
께 무슨 말을 전했는지 알지 못한다. 하지만 한양에서 어떤 내용
이든 통지가 왔다는 건 분명하다. 그렇지 않고서야 재종형님이
한양 소식을 이리 궁금해할 리가 없다.

"전 알지 못하는 일인데 어디서 들으셨는지요?"

"한양에서 내려오는 길 아닌가?"

"산청에 다녀오는 길입니다. 남명 선생을 뵙고 훌륭한 말씀도
듣고 좋은 가르침도 받고 왔습니다."

지함은 산청부터 다녀오기를 참으로 잘한 일이라고 내심 안도
한다. 이렇게 되면 지난여름 한양으로 올라가 구담으로 이사한
일을 지함은 전혀 모르는 것이 된다.

"산청이라 ……. 그렇담 한양의 일을 알지 못하는 게 당연하
지. 흠 ……."

지행은 무슨 궁리를 하는지 물고 있던 장죽을 쓱 뽑아 대통으

로 놋쇠 재떨이를 쟁강쟁강 가볍게 두드린다.

"형님께서 그 얘기를 어디서 들으셨는지요? 한양에서 누가 다녀가기라도 했습니까?"

"고을 예방이 문안 와서 하고 간 소리지."

"사또가 보냈나요?"

"관직을 내려놓고 낙향한 원임에게 사또가 이속을 보내 문안하는 거야 으레 하는 관습 아닌가. 흠흠."

지행은 장죽의 물부리를 물고 담배 연기를 깊숙이 빨아들인다.

"정초나 한가위라면 몰라도 왜 사또가 시절 없이 문안 인사를 드렸을까요?"

"음, 그야 뭐, 내가 올봄에 고향으로 돌아왔으니까 그럴 수도 있지."

지행의 말투가 어쩐지 의뭉스럽다.

"그렇군요."

"자네가 집 떠나기 전에 무슨 낌새라도 못 차렸나? 갑자기 벼슬을 내던질 까닭이 무언가 말일세."

지행은 뭔가가 불쾌하다는 듯이 대통의 담뱃재를 재떨이에 요란하게 쏟아 놓는다. 지행의 말투로 보아 지번 형님이 사직한 이유를 윤원형이 정확하게 알아채지 못했다고 지함은 짐작한다.

지함은 여기서 쐐기를 박아야겠다고 마음먹는다.

"큰아이의 건강이 좋지 않아 글공부를 쉬게 하고 싶다는 얘기를 형님이 하신 적은 있습니다만 ……."

"큰아이라면 산해 말인가?"

"예. 아주 어릴 적부터 책만 펼치고 앉으면 먹는 것은 물론이려니와 잠자는 것조차 잊어버리고 열중하는 통에 어른들이 골머리를 썩이곤 했답니다."

"쯧쯧, 글공부도 좋지만 건강을 해치면서까지 그러면 쓰나. 하나 글공부를 쉽게 하려고 아비가 벼슬을 그만두다니 그게 무슨 경운가?"

"아니, 저는 그렇게 말씀드린 적 없습니다. 제가 집을 떠나기 전에 형님이 한 말이 생각났을 뿐이지, 저도 왜 그만뒀는지 전혀 짐작을 못 하고 있습니다."

"그런데 어디로 이사 갔는지 짐작 가는 데는 없나?"

"이사라뇨? 형님이 이살 갔단 말씀입니까?"

지함은 지행이 더 이상 형님 문제에 집착하지 않게 모르쇠를 건다. 지행은 어이가 없는 듯 한동안 지함을 멀거니 건너다볼 뿐이다. 지함은 사랑방을 나서면서 난감해하는 지행의 얼굴을 봤다.

이지행이 난감해한 까닭은 따로 있다. 좌참찬 대감이 고을 현감에게 이지번의 행방을 찾으라는 친서를 보냈다면 이는 그냥 넘겨 버릴 일이 아니다. 나는 새도 떨어트린다는 세도가가 지번을 찾는다니, 대체 그 두 사람은 어떤 관계일까?

이지행은 그동안 한양으로 올라가려고 무던히도 애를 썼다. 심지어 윤원형의 애첩 정난정에게 뇌물을 바치기도 했다. 그런데도 뜻을 이루지 못하자 그만 벼슬을 던지고 고향으로 돌아왔다. 끝없이 외방을 돌면서 고을살이를 하는 자신이 싫어졌기 때문이다.

지행은 재종제 지번의 행방을 알아내야 한다. 지번이 있는 곳만 알면 선걸음에 한양으로 올라가 윤원형을 만날 수 있다. 그리되면 변방의 벼슬살이가 아니라 당장에 중앙 관료로 진출할 수 있는 길이 열릴지도 모른다. 그런 욕망이 지금 지행의 가슴속에 끓어오르는데, 지번의 행방을 알아낼 길이 없다. 지행이 난감할 수밖에 없는 까닭이다.

지함에게 글을 배운 산해와 달리 산보의 글공부는 많이 뒤처져 있다. 이제 겨우 《동몽선습》을 떼고 《격몽요결》을 읽고 있다. 지함은 아버지 없이 홀로 공부할 수밖에 없는 어린 조카가 안쓰러워, 얼마 동안이라도 여기 머물며 산보를 가르칠 마음을 먹는다.

해가 떨어져 어두워지기 전에 몇 자라도 가르치려고 산보를 불러 앉히는데, 재종형님 댁 청지기가 마당으로 들어선다.

"저녁 잡수시러 오시라는뎁쇼."

"저녁을, 형님께서?"

형수가 부엌에서 밥을 짓다 뛰쳐나왔다.

"아이구, 우리도 저녁밥 다 됐는데, 어쩌나 ……."

"지가 씨암탉 모가지를 비틀었쥬. 흐흐, 엄청 큰 놈여유."

형수가 웬일로? 하는 표정이더니 지함을 힐끗 쳐다보고는 말한다.

"다녀오셔요. 식은 밥이야 낼 먹지요."

육촌 사이면 매우 가까운 친척이다. 닭을 잡아 저녁 한 끼 같
이 나누는 게 전혀 이상한 일이 아니다. 그런데도 지함은 영 내
키지 않은 걸음으로 형님 집 일각대문을 나선다.

청지기의 말대로 튼실한 닭 한 마리가 쟁반 위에 벌러덩 누운
저녁상이 들어왔다. 반주까지 곁들여 맛있는 저녁 식사가 끝나
갈 때쯤, 지행이 지나가는 말처럼 슬쩍 운을 뗀다.

"평소 좌참찬 대감과는 교분이 있던 사인가 보이."

"누구, 가형이오?"

"그렇지, 지번 종제. 윤 대감이 조선을 쥐락펴락하는 세도가지
만, 누님이 수렴청정을 하기 전엔 한갓 척신일 뿐이니, 종제와
교분이 있다 하여 기이할 건 없잖은가?"

"글쎄요. 제가 수학한단 핑계로 어려서부터 집을 오래 떠나 있
어서 가형의 친교 관계까지 잘 알지를 못하군요. 그럴 수도 있고
아닐 수도 있고요."

씨암탉을 잡아 저녁 대접을 한 지행의 속셈이 여기 있었다는
걸 뻔히 알면서도 지함은 그런 내색을 하지 않으려 애쓰며 신중
하게 응대한다.

"자네 작은형수는 알지 않을까?"

지행이 목이 타는지 술 한 모금을 꿀꺽 삼키고 나서 빠른 말투
로 묻는다.

"친분 관계를 말씀입니까?"

"아니, 어디로 이사 갔는지, 짐작 가는 데라도 있을 것 아닌
가?"

지행의 목소리에 간절함까지 담겼다.

"짐작은커녕 이살 간 것도 오늘 처음 들었다면서 놀라던걸요."

"형제간에 그렇게 왕래가 없어서 쓰나. 자네 형제들 우애 좋다고 일가들이 칭송하더니 잘못들 알았구면."

마치 무슨 배신이라도 당한 사람처럼 지행은 불쾌함까지 드러낸다. 결국 두 사람의 저녁 식사는 아주 어색하게 마무리된다.

얼마간이라도 고향에 머물면서 산보를 가르치려던 지함의 계획은 불과 며칠이 지나지 않아 접어야 한다. 시함이 너 이상 여기서 버티지 못할 지경으로 지행의 괴롭힘을 당하기 때문이다.

지행은 하루에도 몇 번씩 청지기를 보내, 지번에게서 무슨 기별이 오진 않았는지 확인하는 것으로는 모자라 지함을 집으로 불러 끊임없이 같은 물음을 묻고 또 물었다.

"서방님 그만 올라가셔요. 사람을 살 수도 없게 들볶으니……."

"제가 없어지면 형수님을 괴롭힐 텐데요. 귀찮긴 마찬가지지요."

"설마 나더러 오가라진 않겠지요. 집으로 오는 거야 한두 마디 응대하면 그만이지만 가깝지도 않은 양지말까지 날마다 불려다니는 게 어디 할 짓이어요."

지함은 지행보다 작은형수의 성화에 못 이겨 보령을 떠난다.

지행에게는 한양으로 올라가 사방으로 수소문해서 찾아보겠다는 다짐으로 하직 인사를 대신하고 지함은 구담으로 향한다.

오늘도 지번은 푸른 소 등을 타고 강가를 오르내리며 맑은 강물에 마음을 씻고 빼어난 주변 경관에 정신이 여유로워지는 한가함을 즐긴다.

마을 사람들은 그런 그를 신선이라고들 한다.

지번 일가가 구담으로 이사한 지도 벌써 일 년이 지났다.

요란한 매미 소리에 지번은 소를 멈추고 깎아지른 듯 솟은 구담봉을 올려다보는데, 빨간 고추잠자리 떼가 그의 시야를 어지럽게 난다.

"벌써 여름이 지나가는군."

계절이 참 빠르게 바뀐다는 생각에 혼잣말을 중얼거린다.

"형님! 형님!"

평소답지 않게 팔까지 크게 흔들며 지함이 마을 쪽에서 빠른 걸음으로 오는 모습이 보인다.

"저 사람, 향교에 간다더니 언제 돌아왔어?"

지번은 소 잔등에서 몸을 내려 아우를 기다린다. 상기된 얼굴로 지함이 다가왔다.

"왜 그리 바빠? 향교에서 오는 길이냐?"

"윤원형 여식의 혼처가 정해졌답니다, 형님."

지함은 형의 물음에는 대답도 않고 가쁜 소리로 말한다.

"대제학 간서 대감 큰손자와 올가을에 혼례를 올린답니다."

"간서? 김형택 대감?"

지함은 대답 대신 고개를 크게 끄덕인다. 언제 그쳤는지, 귀가 따갑도록 시끄럽던 매미 소리마저 잠잠하다.

"어쩌다 그 양반이 ……. 간서 대감이라면 인품도 고결하고 선비다운 절개도 있으신 분인데 윤원형과 엮이다니 안타깝군."

"사람들이 모두 형님 같진 않으니까요."

지번은 지함의 말엔 대꾸도 않고 발아래 흐르는 강물을 물끄러미 내려다본다. 만감이 교차하는 얼굴로 지번은 한동안 그대로 움직임이 없다. 지함도 그런 형님을 방해하지 않으려 조용히 곁을 지킨다. 두 사람은 더 이상 아무 말 없이 나란히 집으로 향한다.

"이제 한양으로 돌아가셔야지요."

저녁상을 물리자 지함이 관솔불 아래 마주 앉은 형님을 쳐다보며 말을 꺼냈다. 그러나 무슨 생각을 하는지 지번은 아무런 대꾸가 없다.

"딸의 혼처가 성해졌으니 윤원형도 더는 신해힌데 언언헤하지도 않을 테고 굳이 숨어 살 까닭도 없고요."

"한양으로 가고픈 생각이 안 드는구나."

한참 만에 지번은 심드렁한 반응을 보인다.

"다시 벼슬길에 나가려면 어쩔 수 없지요. 올라가는 수밖에요."

"벼슬을 할 욕심이 없어졌어."

"예에?"

"이참에 보령으로 내려가는 건 어떨까? 어떻게 생각해?"

"여태 아무 말씀이 없으시다 왜 갑자기 ……?"

"산해가 아까웠지, 고향에 돌아갈 수도 없는 처지 아니었나. 윤원형 같은 인간의 사위로 보내느니 차라리 산골에 묻혀 사는 것이 낫다 생각했지. 고향으로 돌아가고 싶다네."

지함은 형님의 말을 듣고 잠시 생각한다. 과연 지번 형님은 더 이상 벼슬에 욕심이 없을까? 사대부가에 태어나 나라의 녹을 먹던 사람이 하루아침에 그 벼슬을 외면하는 까닭은 무얼까?

"어째서 감투를 버릴 생각을 하셨습니까? 관직은 감투인데요?"

"그러는 넌 왜 그 나이를 먹도록 과거 볼 생각조차 않는 건데?"

"아니 형님, 이건 좀 ……. 하하하."

지함은 할 말을 잃고 느닷없이 웃음을 터트린다.

하지만 지함의 느닷없는 웃음의 의미를 지번은 안다. 아우는 욕심이 없다. 이 세상을 살아가는 데 아무런 욕심이 없는 사람이다. 지번이 바라보는 아우에 대한 생각이다. 그래서 지번은 지함이 여태 과거를 보지 않는다고 채근하거나 추궁하지 않는다.

"다시 관직에 나가실 생각이 정말로 없으십니까?"

"한양을 떠날 때부터 결심한 거야. 난 청산거사로 살고 싶어."

지번의 마음이 이미 굳게 정해졌다고 여겨지자 지함은 두 번 다시 그 이야기를 입에 올리지 않는다. 그 대신 고향 보령에 일가의 터전을 마련할 방법을 찾기로 한다.

형제는 여러 날 동안, 집을 지을 집터며 가옥 규모 등을 놓고 계획을 세웠다간 허물고 다시 세우고 하며 궁리를 거듭했다.

우선 안성에 있는 땅을 모두 팔기로 했다. 적지 않은 농토라 그 값이면 고향 땅에 번듯한 한산 이씨 종갓집을 경영할 수 있을 터다.

"형님은 아직 움직이지 않는 게 어떨지요?"

"무슨 소리야?"

"형님이 고향에 가셨다가, 지행 형님이나 사또가 윤원형에게 통기할 수도 있지요. 여식의 혼처가 정해졌으니 산해와는 인연이 아닌 것으로 치부해 버린다면 다행이지만, 인간의 심사라는 게 누구도 헤아릴 수 없는데, 윤원형이 억하심정으로 무슨 일을 벌일지 어찌 압니까?"

딴은 그렇다. 지번 일가가 하루아침에 사라진 까닭이 자신의 청혼을 피하려는 의도였다는 걸 만에 하나 윤원형이 안다면, 흔쾌하게 지난 일로 잊어버릴 위인일까? 지함은 바로 그런 점을 염려한다.

"가을에 혼례를 올린다니 그때까지만이라도 구담에 가만히 계시는 게 어떨까 싶네요."

"알겠다. 그럼 모든 걸 아우한테 맡겨야지."

지번은 당장 보령에 내려가지 않기로 했으니 집을 짓는 모든 책임은 지함 몫이다. 마음을 단단히 다지고 지함은 보령으로 향한다. 다행히 지함이 내려왔는데도 지행의 관심은 더 이상 지번의 행방에 있지 않다. 이미 일 년의 세월이 흐른 탓일까? 아니면 지함이 보령을 떠난 후 윤원형이 또 서찰을 보내 채근을 하든지 하는 움직임이 없자, 제풀에 지번을 찾는 게 그리 중요한 게 아니라고 판단했을지도 모른다. 아무튼 지행은 한산 이씨 종가가 비로소 고향 땅에 터전을 잡게 된다는 사실만 반가워한다.

종가 터를 잡는 데 가장 우선은 조상의 위패를 모시는 사당을 세우는 일이다. 대개 집터를 잡기 전에 지관을 불러 대문을 낼 향방과 사당을 세울 장소를 정하는 게 순서다. 지관도 부르지 않고 목수와 일꾼들에게 이것저것 지시하는 시동생이 미덥지 않은지 형수가 지함을 잡아 흔든다.

"지관을 불러야지요, 서방님. 방위도 보지 않고 사당 터부터 함부로 잡으면 어떡해요."

지함이 빙긋 웃는다.

"아버지, 어머니 산소 자릴 누가 잡았는지 아세요, 형수님?"

"누가 잡았는데요?"

"형님이 말씀 안 했군요. 그 묏자릴 제가 잡았습니다."

"아니 그렇게 ……. 그때는 서방님 아직 어릴 적이잖아요. 그런데 어떻게 ……."

"하하. 그러니까 아무 염려 마세요."

"그치만 서방님이 지관은 아니시잖아요."

형수는 여전히 미심쩍은 얼굴로 사당 지을 터를 다지는 일꾼들 곁을 떠나지 못한다.

지함은 집터를 다지는 한편으로 우선 사당부터 짓기 시작한다. 사당 지붕의 기와 올리기가 끝나고 초벽 치기가 마감되자 본격적으로 살림집 조영에 들어간다. 살림집은 규모가 그리 크지는 않으나 그래도 한산 이씨 종가다. 안채와 사랑채, 행랑채와 별당에 지함 가족이 거처할 별채까지 결코 작은 공역이 아니다.

늦은 여름에 시작된 집 짓기는 가을이 깊어서야 안채 대들보를 올리게 됐다.

상량식을 하기 전날 지번이 구담에서 내려왔다. 작은형수가 미리 빚어 놓은 막걸리를 동이로 내오고 닭을 세 마리나 잡아 그동안 고생한 일꾼들과 푸짐하게 나눈다. 일터는 어느새 잔치 분위기다. 누가 보아도 번듯한 모습을 갖춘 사당을 올려다보며 형제는 펼쳐 놓은 멍석에 마주 앉아 모처럼 한가한 담소를 나눈다.

"형님은 내심 산해를 윤원형의 사위로 보낼 생각이 조금은 있었지 않습니까? 설마 추호도 없진 않았겠지요?"

지함이 오래전부터 물어보고 싶던 말이다. 아니, 궁금했던 일이기도 하다. 비록 윤원형이 온갖 악행으로 세상인심을 잃고 있긴 하다. 하지만 한 나라 왕의 외삼촌이다. 또한 당대의 세도가다. 그런 사람의 사위가 된다면 입신양명은 물론이요 온갖 부귀영화를 누릴 수도 있을 터. 부모라면 자식을 그 자리에 앉히고 싶은 욕심이 정말 없을까?

지함은 형님의 속내를 알고 싶다.

"무슨 말을 듣고 싶은데?"

지번은 소반에 놓인 막걸리 잔을 들어 시원하게 한 모금 마시고 나서 되물었다.

"형님의 마음속에 있는 말을 듣고 싶은 거지요."

"왜? 윤원형의 사위 자리가 워낙 탐나는 자리라서 욕심을 버리기 어려웠을 거다, 그런 소리야?"

"권력에 욕심 없는 사람이 어디 있습니까. 성인군자라도 그 욕심을 떨쳐 버리긴 아쉽지요."

"그렇긴 하지. 윤원형, 그 사람이 저리 된 것도 권력에 대한 탐욕이 지나친 탓일 터."

"제 걱정은 형님의 마음을 깊이 헤아리지 못하고 청혼을 거절하라고 강권한 게 혹시 형님을 서운하게 한 게 아닌가 하는 겁니다."

"아우가 아무 생각 없이 그랬을까?"

"하지만 형님의 깊은 마음을 ……."

"내 비록 높은 학덕을 쌓진 못했어도 사리 분별은 할 수 있다네."

지번이 아우의 말을 자른다.

"윤원형이 어떤 위인가? 제 욕심을 채우려고 친형을 죽이고 애첩의 교태에 녹아나 조강지처를 독살한 자일세. 가축을 죽이는 일을 업으로 하는 백정도 못 할 짓을 서슴없이 저지르는 악인에게 내 자식을 사위로 줄 만큼 어리석지는 않아."

"이제야 제 가슴속이 후련합니다. 고맙습니다, 형님."

"고맙긴, 허허 ……."

형제는 참으로 오랜만에 마주 보며 마음 편히 웃는다.

한겨울 동안 잠시 접어 뒀던 집 짓기는 얼음이 풀리자마자 다시 일손을 부지런히 움직였다. 한산 이씨 종택을 조영하는 일은 초여름에 접어들면서 마무리된다.

구담에서 살림살이가 실려 오고 이삿짐을 따라 식솔들도 모두 고향집으로 온다.

"서방님! 아이고 서방님, 으흐흐 ……."

이제는 의젓한 총각으로 자란 산해와 산보에게 《주역해의》를 가르치고 있던 지함은 마당에서 터지는 청지기의 울음소릴 듣자 가슴이 철렁한다.

'아닐 것이다. 내 그리 신신당부를 했거늘 …….'

지함은 마음의 평정을 유지하려 애쓴다.

호환(虎患)이다. 호환.

피투성이가 된 산휘가 축 처진 채 청지기의 팔에 들려 있다. 지함은 진작부터 산휘는 호랑이를 조심해야 한다고 가족들에게 누누이 말했다. 하지만 식솔들은 어느 누구도 지함의 말을 들으려 하지 않았다. 깊은 산중도 아닌 평지에 호랑이가 나타난다고 그러냐며, 식솔들은 지함이 실없는 소리를 한다고들 했다.

큰집에 건너가 있던 이씨와 형수들이 소식을 듣고 달려왔다. 순식간에 마당은 애끊는 울음소리로 가득하다. 그러나 지함에게는 아무 소리도 들리지 않는다. 아득히 먼 저편에 소리 없이 몸부림치는 아내와 형수들의 움직임이 마치 꿈결처럼 아득하다.

"알았다. 그렇게 해서라도 마음의 위안을 얻을 수 있다면 뜻대로 하게나. 제수씨는 네 형수가 잘 보듬을 테니 걱정 말고."

"집사람한텐 친정이라도 다녀오라 했습니다."

산휘를 돌무더기 아래 묻고 지함은 열흘이 지나도록 곡기는커 녕 물 한 모금도 마시지 않았다. 지번과 형수들이 온갖 말로 위로하고 설득하려 해도 지함은 구담봉만큼이나 완강하게 버텼다. 그러다 불쑥 정처 없는 길을 떠나고 싶다고 한다.

지번은 만류할 생각을 접는다. 어린 자식을 연거푸 둘씩이나 여읜 아비의 심정을 누가 감히 안다고 하랴.

"이것 보게. 그건 갓 도포를 갖춘 선비가 할 일이 아닌 게야. 자네가 양반을 욕보일 심산이야?"

널찍한 강가 백사장에 친 큰 차양이 바람에 펄럭인다. 할 일 없는 양반이 하인들을 거느리고 천렵이라도 나온 모양이다.

차양 그늘에 평상을 들이고 앉아 백우선으로 더위를 쫓고 있던 한 노인이 갑자기 큰 소리로 말을 건넸다. 갓 도포를 곁에 벗어 두고 노인에게 등을 보인 채 물가에 쪼그려 앉은 사내는 노인의 말을 듣지 못했는지 자신이 하는 일에 열중할 뿐이다. 백우선을 부치던 노인의 손놀림이 느릿느릿 멈출 듯 말 듯 느려진다.

평상에서 멀찍이 떨어진 곳에다 솥단지를 걸고 중화참을 짓고 있던 하인 서넛이 일제히 하던 일손을 놓고 자신들의 상전과 낯선 나그네를 번갈아 보며 긴장한다. 좌수 어른께서 손놀림을 바로 멈추지 않고 느릿느릿 멈추고 있다는 건 서서히 화가 치밀고 있다는 증거다. 좌수 어른의 성정이 보통이 아님을 너무나 잘 알고 있는 하인들은, 이제 곧 호통이 떨어질 테고 낯선 나그네는 뜻하지 않은 봉변을 당할 거라고 생각한다.

"백수야!"

좌수 어른이 뜻밖에도 호통 소리가 아니라 백수를 찾는 소리를 낸다.

"예, 어르신!"

백수가 득달같이 달려와 대령하자, 좌수는 턱 끝으로 등 돌린 나그네를 가리킨다.

"저자를 이리 데려오너라."

백수라 불린 떠꺼머리 녀석은 물가로 가면서 다소 난감한 표정이 된다. 방금 전 좌수 어른의 큰 소리를 무시한 채 제 할 일만 한 나그네인데, 오란다고 냉큼 일어서 줄지가 걱정이 된다. 선비가 움직여 주지 않는다면 좌수 어른의 호통은 영락없이 자신에게 떨어질 터다.

지함은 은어를 손질하는 중이다. 금강을 거슬러 오르며 영동으로 가는 중인 지함은 강에서 이렇게 은어 세 마리를 잡았다. 불에 구워 시장기를 면할 생각이다. 소매에 넣고 다니는 장도로 이놈들의 비늘을 치고 배를 갈라 창자를 꺼내는 데 열중한다.

좌수의 말을 전하자 지함은 백수의 걱정과는 달리 별말 없이 자리에서 일어선다. 걷어붙인 소매를 내리고 의관을 갖춘 다음 노인에게 다가와 예를 갖춘다.

좌수는 지함의 태도가 다소 의외인지 잠깐 머뭇거린다. 하지만 지켜보는 하인들의 눈이 있다.

"아주 본 바 없지는 않은 모양인데 어째 그런 짓을 하는가?"

"제가 무어 잘못한 일이라도 있는지요?"

"무에야? 여태 저기, 저기서 무얼 하고 있었는가?"

좌수는 갑자기 부아가 난 듯, 지함이 은어를 손질하고 있던 곳을 가리키는 백우선이 부르르 떨린다.

좌수가 가리키는 곳을 힐끗 돌아본 지함이 말한다.

"은어를 손질하고 있었사온데 그게 어떻단 말씀인지요?"

"양반의 체통은 어찌하고? 저런 천한 일은 어부나 하인배들이 하는 것이거늘, 내 눈앞에서 양반의 체통에 먹칠을 하고서도 잘못이 아니다?"

"죄송하지만 난 노인장의 말씀을 이해하기 어렵습니다. 전 지금 혼자 길을 떠났습니다. 요기를 해야 하는데 그럼 누가 생선을 잡아 장만해 줍니까?"

"양반이 그따위 일을 왜 해? 요기를 하려면 주막에 가서 해결할 것이지."

"제가 오늘 걸어온 삼십 리 상거에 주막이라곤 눈에 띄지 않던데 이럴 땐 어찌합니까?"

"이자가 지금 나한테 농 잡기를 하자는 게야?"

갑자기 좌수의 얼굴이 검붉어지면서 일갈했다.

"양반은 얼어 죽을지언정 겻불을 쬐지 않는 법. 양반 체면에 잠시의 허기도 참지 못한다면 하루를 굶으면 도적질이라도 할 위인이구나. 붙잡히면 굶어서 그랬다고 하면 되겠군, 헛!"

"비유가 매우 적절치 않습니다. 물고기를 직접 잡는 것과 도적질을 어찌 비유합니까? 그건 견강부회에 지나지 않습니다."

"무에, 견강부회?"

"양반 체통을 찾다가 하인들 앞에서 노인장 체통만 깨질 것 같습니다. 그만 물러가겠습니다."

"저, 저저 ……."

좌수는 화가 폭발한다.

"저자를 잡아라. 저자가 도망가지 못하게 잡아!"

은어를 놓아둔 곳으로 가던 지함은 좌수의 고함 소리를 듣고 멈칫 돌아선다. 좌수가 평상 위에서 발을 구르며 분해하고, 하인들은 득달같이 지함에게 달려든다.

"이게 무슨. 감히 누구 몸에 손을 대려느냐?"

그러나 하인들은 순식간에 지함의 어깨와 팔을 잡아 옴짝달싹도 못하게 해 버린다.

"이런 행패가 어디 있소? 하인을 시켜 봉변을 주다니. 이러면서 양반의 체통 운운하시오?"

지함은 평정심을 잃지 않으려 애쓰면서 단호하게 항변한다.

"귀때기 새파란 젊은것이 노인을 희롱했으니 네놈은 장유유서도 모르느냐? 연장자에게 예를 벗어난 행동을 하면, 이는 불효부제라. 향촌의 미풍양속을 어겼으니 그 죄가 클 것이다. 뭣들 하느냐, 향청으로 끌고 가자."

지함은 기가 막힌다. 이런 어이없는 봉변이 어디 있단 말인가? 노인의 언동으로 보아 아마 이 고을 좌수인 모양이다. 그러나 이런 사소한 언쟁을 꼬투리 잡아 이 일을 향청까지 가져간다니, 좌수의 세력이 얼마나 막강하기에 이런 만행을 부리는가?

향청은 고을 이속들을 규찰하고 향풍을 바르게 하는 등 향촌 교화를 위해 설립된 조직이긴 해도 실제적으로 집행력을 행사하는 기관은 아닌 것이다.

"내 발로 갈 테니 이것 놓아라!"

지함이 잡힌 팔을 빼려고 몸을 비틀어 보지만 시골에서 노동으로 단련된 하인들의 힘을 이기기는 어렵다.

"놓지 말고 끌고 오너라."

벌써 저만큼 앞장서 가던 좌수가 돌아보며 큰소리친다.

"득이 애빈 여기 있거라. 네 놈씩이나 다 갈 것까진 없다."

지함은 참으로 어처구니없는 형국이라는 걸 안다. 순식간에 이 어이없는 난국을 벗어나고 싶은 충동을 느끼면서도 꾹 참는다. 도대체 저 노인의 위세가 이 고을에서 얼마나 대단하기에 이런 횡포를 부리는지가 궁금하기도 하고 답답하기도 하다.

하인들은 지함을 놓치면 제 목숨이라도 끊어질 것 같은지 꼼짝달싹 못하게 지함을 옥죈다. 지함은 하릴없이 향청으로 끌려가는 형국이다.

팔자걸음으로 거들먹거리며 앞장선 좌수는 벌써 향청 마당으로 들어선다. 미리 통기를 받았는지 향청의 좌우 별감이 죄수를 다스리는 형구들을 마당으로 내오는 중이다. 이런 형구들은 관아에서도 중죄인을 다스릴 때나 소용되는 물건들이다. 그런데 향청에서 이런 도구들을 갖추고 또 사용하다니, 이 좌수의 횡포가 어떠한지 짐작할 수 있겠다.

"창감과 방감은 왜 아니 보이느냐?"

아직 분이 가라앉지 않는지 제 혼자 씩씩거리며 축대를 오르던 좌수가 소리친다. 그런데 그 순간 느닷없는 일이 벌어졌다.

"아쿠구!"

좌수가 비명 소리와 함께 앞으로 고꾸라지고, 이를 본 하인들이 놀라 외마디를 내지르며 일제히 좌수를 부축하려 달려간다.

"이보게 튀어, 얼른 튀라니깐."

지함은 실소가 터진다. 지금 이런 장난을 치는 것은 분명 전우치다. 전우치는 매사가 장난이다. 어쭙잖게 도술을 익혀서 선량한 이웃을 골탕 먹이고 당황하게 만드는 것이 그냥 재미있다고 좋아하는 별종일 뿐이다.

좌수는 뭐가 급했는지 서둘러 축대를 오르다 그만 돌계단을 헛딛고 말았다. 좌수는 개구리가 엎어진 형국으로 축대 위에 납작 엎어져 있다. 이를 바라보는 이들은 모두 좌수가 발을 헛디딘 거라고 여길 테지만 실은 전우치의 소행이다.

어쨌든 하인들의 부축을 받고 간신히 몸을 일으킨 좌수는 콧잔등이 깨어져 피가 철철 흐른다. 좌수는 피가 흐르는 코를 움켜쥔 채, 당황해하는 좌우 별감에게 무어라 말도 못 하고 하인들의 부축을 받으며 황급히 안으로 들어간다.

별감과 하인들이 어찌해야 할지 웅성거리는 사이 지함은 향청을 나선다. 창졸간에 일어난 일이라 아무도 지함에게 신경 쓸 여유가 없는 듯하다.

지함이 향청 밖으로 나와 몇 걸음 떼어 놓기도 전에 불쑥 전우치가 지함의 앞을 가로막아 선다. 전우치는 득의양양한 얼굴이다.

"자넨 아직 한참 멀었어. 이젠 인정하는 게 어때?"

"대체 왜 이러시오?"

"무슨 소리? 나 아니었음 큰 곤경을 치렀을 텐데, 곤경을 벗어나게 해 줬으면 고맙단 인사부터 해야지. 은혜를 모르는군."

전우치는 지함을 향해 눈을 부라린다.

"대체 뭘 도와준 거요? 내가 마음만 먹었으면 노인장 도움 없이도 얼마든지 그 지경을 벗어날 수 있었다는 걸 모르시오?"

"그런데 왜 그렇게 하지 않았나?"

지함은 나직하게 한숨을 내리쉰다.

"대체 도술은 왜 익혔수? 노인장에겐 이 세상의 모든 일이 장난의 대상으로만 여겨지시오?"

"아니라고는 말 않겠네. 그래도 난 떳떳해. 장난은 칠지언정 나쁜 짓은 하지 않으니까."

"남의 코를 깨트리는 게 나쁜 짓이 아니라고요? 지나가던 개가 웃겠구료."

"웃으라지. 난 그 늙은이가 코를 움켜쥐고 쩔쩔매는 꼴을 보니 속이 다 후련하더구먼, 크크."

전우치는 뭐가 그리 우스운지 혼자 낄낄거리며 어린아이처럼 좋아한다.

"참 편하기도 하겠소."

지함은 더 이상 우치와 입씨름을 할 생각이 없었다. 불현듯 시장기가 밀려온다. 뜻하지 않는 시비에 휘말리다 보니 어느 틈에 한낮이 훨씬 지나 있다. 들짐승이 은어를 먹어 치우지 않았을지 염려스러워 지함의 걸음은 절로 빨라진다. 들판을 지나 거의 강가에 이르렀을 때다.

"게 섰거라. 게 서지 못하느냐!"

난데없는 고함 소리에 힐끗 돌아다보니 멀리 한 떼의 사령들이 육모방망이를 치켜들고 달려오는 게 보인다.

'이건 또 무슨 일인가?'

지함이 어리둥절하는 사이, 백수라 불렸던 하인을 앞세운 사령들이 바로 눈앞에 닥쳤다.

"허, 일 났군. 이젠 도와줄 생각 없으니 자네가 수단껏 알아서 하게나."

이때까지 지함을 쫓아오며 온갖 수작을 부리던 전우치가 갑자기 무슨 생각을 했는지 횅하니 그대로 자취를 감추고 만다.

지함은 어이없는 듯, 쫓아오는 사령들을 멀거니 바라보고 섰다.

코가 깨어져 아무 일도 할 수 없는 좌수가 고을 사또께 발고를 했을 것이다. 물론 좌수가 있는 소리, 없는 일을 부풀리고 과장해 사건을 확대했을 것은 불을 보듯 뻔하다. 그렇더라도 사리분별이 있는 고을 원이라면 좌수가 억지 트집을 잡고 있다는 것쯤은 쉽사리 알았을 것이다. 그런데도 무슨 대역 죄인이라도 잡으러 오는 듯이 고을 사령들을 총동원해 산과 들이 들썩이도록 소란을 피우고 있는가?

자신을 잡겠다고 벌 떼처럼 달려오는 사령들이 코앞에 닥쳤는데도 멀거니 선 지함이 답답했는지, 다시 전우치의 목소리가 들린다.

"뭘 하는가? 맨 앞에 선 한 놈만 도랑에다 처박으면 다 해결된다구. 못 알아듣는가?"

지함은 전우치의 달콤한 꾐에 자칫 넘어가려는 자신을 본다. 전우치의 말처럼 재주를 한번 부릴까 하는 생각도 잠시 한다. 그러나 화담 선생한테 배운 도술은 그런 것이 아니다.

지함은 전우치의 유혹을 꾹 참고 사령들에게 끌려 동헌 마당으로 들어선다. 죄인을 잡아왔다고 사령이 고하자 사또가 이방을 거느리고 대청마루로 나온다. 사또는 마루 앞으로 나오며, 좌수의 심기를 건드린 젊은 선비가 대체 어떤 위인인지를 살피려는 듯 축대 아래에 버티고 선 사내의 아래위를 훑다가 자신의 눈을 의심한다.

"자네, 혹 순화방 살던 이지함 아닌가?"

사또의 거동 따윈 관심도 없다는 듯 동헌 처마 끝을 올려다보고 있던 지함은 깜짝 놀란다. 성인이 된 이후로 자신의 이름을 부르는 경우는 거의 듣지 못했다. 두 형님과 문중의 친척 형님들 이외에는 화담 선생이 유일하다.

지함은 대청 끝에 선 사또를 올려다본다.

"아니, 형님."

반가운 마음에 지함은 자신도 모르게 큰 소리를 낸다.

일이 묘하게 됐다. 불효부제를 저지른 자라 당장 잡아들이라는 영을 받고 꽁지가 빠지게 달려가 지함을 끌고 온 사령들은 머쓱한 얼굴들이 된다. 이런 상황에 가장 대처가 빠른 사람은 이방이다. 사또가 바뀔 때마다 성정이며 됨됨이가 제각각이니, 눈치가 빨라야 그나마 이방 자리라도 보전할 수가 있다. 사또 뒤에 선 이방이 재빨리 고갯짓 눈짓을 한꺼번에 한다. 사령들이 썰물 빠지듯 지함 곁에서 물러난다.

지함이 이토록 반가워한 사람은 박계량이다. 박계량은 지함의 큰형 지번과 죽마고우다. 지함도 형과 계량이 골목에서 함께 뛰 놀던 모습을 너무나 생생하게 기억한다. 물론 그때 지함은 형들이 노는 뒤를 쫓아다니느라 너무 힘들었지만 왠지 눈물날 만큼 그리운 시절이기도 하다.

박계량은 더 이상 아무 말도 하지 않고 지함의 손을 잡고 객사로 인도한다. 실로 오랜만에 어릴 적 추억을 함께 간직한 두 사람이 객사 조용한 방에 마주 앉았다.

"이게 무슨 인연인가. 정녕 반갑군."

사또가 감격스러운 듯 다시 한 번 지함의 손을 잡고 흔든다.

"형님 일가가 홀연히 자취를 감추신 이후, 큰형님께서 얼마나 걱정하시고 슬퍼하셨는지 아십니까? 대체 무슨 일이 있었습니까?"

"허어 ……. 그걸 어찌 말로 다 하겠나. 우린 멸문지화를 당했지."

"예에?"

지함은 처음으로 듣는 이야기라 놀라지 않을 수 없다.

"조 정암 선생을 알지?"

"조 정암이라면 조광조 말씀이지요?"

"그렇지. 자넨 어려서 잘 모르겠지만, 연산군을 몰아낸 반정으로 공신이 된 훈구파가 사화를 일으켰어."

"기묘사화 말씀이군요."

"맞아, 기묘사화. 조 정암이 중심이 된 신진 사림들이 훈구세력의 공훈을 깎으려 하자 이에 반발하여 일으킨 정변이지. 그때 조 정암은 능주로 유배됐다가 사약을 받았어. 가친도 그에 연루돼 우리 집안은 물론이려니와 외가와 진외가까지 멸족될 위기를 맞았지. 아직도 그때를 생각하면 하늘이 아득한 느낌이라네."

박계량은 다시 그때 생각에 몸서리가 쳐지는지 고개를 절레절레 흔든다.

"금상께서 보위에 오르신 이후에야 그때 역적으로 몰렸던 사람들이 어렵게 신원됐다네. 가친께서도 옛 관작이 복원되고 우리 가족들도 간신히 세상 밖으로 나올 수 있게 됐지. 불과 수년 전 일일세."

"형님도 그때 사정을 알고 계실 텐데, 이 소식을 들으면 참으로 기뻐하실 터입니다."

"나도 자네 집안 소식이 참으로 궁금했다네. 죄인으로 숨어 사느라 세상과 단절된 채 산 세월이 얼마인지 ……."

박계량은 오랜만에 고향 아우를 만나 옛 회포를 털어놓다 보니 목이 메는 모양이다. 두 사람은 무릎을 맞대고 앉은 채 지나온 이야기를 하느라, 문밖에서 이방이 아뢰는 소리조차 듣지 못한다. 이방이 두어 차례 큰 기침 소리를 내고 나서야 박계량이 알아챘다.

방문이 열리자 관기들이 주안상을 마주 들고 들어왔다. 무릎을 맞대고 있던 두 사람은 자연스레 뒤로 물러앉는다. 주안상이 가운데 놓이고 관기들이 술잔에 술을 가득 채울 때까지 지함은 잠자코 있다.

"오늘은 맘껏 취해 보세. 난 자넬 자네 백씨라 생각하고 마실 작정이야, 허허."

박계량이야 이런 술자리가 일상일 터이지만 지함은 왠지 편편치가 않다.

낙향한 이후엔 시골이라서 그렇다 하더라도 지함은 한양에 살 적에도 기방 출입을 한 적이 없었다.

워낙 담백한 성정이기도 하지만, 기녀라면 황진이가 먼저 떠오르기 때문이다. 그렇다고 지함이 황진이에게 남녀 간에 흔히 오갈 수 있는 그런 감정을 가진 것은 결코 아니다. 어쩌면 그 반대이기 때문인지도 모른다. 인간적인 배려 또는 의리라고 하기엔 너무 큰 의미를 두는 듯하지만, 서간정에서 주고받았던 학문적 교류가 두 사람 사이에 동질감이라는 믿음을 형성했는지도 모른다. 아무튼 박연폭포 용소에서 비롯된 황진이와의 인연이 지함의 삶에 큰 무게로 작용하고 있음을 부인할 수 없다.

"마시지 않고 무얼 해?"

박계량의 말에 지함은 짧은 순간, 자신이 넋 놓은 채 술잔을 내려다보고 있었다는 걸 알아챈다.

"아니, 저 ······."

당황한 지함은 다소 멋쩍은 웃음을 띠우며 계량을 쳐다본다.

"이, 이런 자리가 익숙지 않아서 ……. 전 형님과 단출하게 정담이나 나눌 생각만 했는데 …….”

지함이 계속 몸가짐을 어색해하자 가만히 바라보던 계량이 빙그레 웃는다.

"자네 서 화담을 스승으로 모셨다더니 그런 괴팍한 결벽까지 닮은 모양일세.”

"결벽이라니요? 사부께서 어떤 결벽을 가지셨는지 전 알지 못하는데요.”

"정말인가? 이거 등잔 밑이 어둡다는 말은 이럴 때 쓰는 말이군. 하하, 한양에까지 소문이 자자한 얘긴데 화담을 십 년 동안 모신 자네만 모르다니 신기한 노릇이군.”

지함은 내심 아차 싶다. 지금 계량이 하고 있는 얘기는 화담 스승과 황진이에 관한 것이 분명하다. 황진이가 십 년 동안 면벽 수도하여 생불이라 불리던 지족선사를 파계시켰지만, 화담을 유혹하는 데는 실패하고 오히려 그의 학문과 고고한 인품에 매료되어 제자가 됐다는 얘기일 터다.

하지만 그건 잘못 알려진 풍문에 불과하다. 할 일 없는 호사가들이 용모가 출중하고 가무며 시화, 한문에 능통한 명기를 시샘하여 만들어 낸 한갓 얘깃거리일 뿐이다. 십 년 동안 곁에서 함께해 온 지함이 보는 두 사람의 관계는 그런 일이 있었으리라고는 믿을 수 없는 완전한 사제 관계다. 그러나 지함은 입을 닫는다. 이 자리에서 어설픈 변명이나 해명은 오히려 풍문을 사실로 만들 뿐이다.

"알겠네. 자네 생각이 그렇다면 그리 하세나."

지함이 별다른 대꾸 없이 침묵하자 계량이 손짓으로 관기들을 내보내고 화제를 돌린다.

"왜 여태 과거에 나가지 않았나?"

술잔이 한 순배 돈 다음 계량이 처음 한 말이다. 나이 서른이 훌쩍 지난 지함이 백면서생이라는 게 이해할 수 없다는 듯 물었다.

"글쎄요 ……."

딱히 무어라 할 말이 떠오르지 않아 지함은 애매하게 얼버무린다.

"벼슬길에 뜻이 없는 겐가? 백씨가 뭐라지 않아?"

"딱히 뜻이 있다 없다 생각해 본 적이 없어서 ……."

"그것도 스승을 닮은 겐가? 허참."

흠칫, 새삼 무엇을 깨닫듯 지함은 계량을 쳐다본다.

듣고 보니 그런 것 같기도 하다. 사부님은 수많은 천거나 강권에도 불구하고 일평생 단 한 번도 관직에 나가지 않고 은둔해 왔다.

"평생 학문이나 연구하면서 지낼 작정인가, 스승 따라서?"

"스승님을 따른다는 생각 같은 걸 해 보지 못했습니다. 뭐랄까요, 벼슬자리에 나가 녹을 받을 만큼 내 직분을 다할 자신이 없나 봅니다."

"나더러 들으라는 소리 같군. 허허 ……."

술잔을 들어 단숨에 들이켜고 나서 계량이 혼잣소리처럼 중얼거린다.

"어이 그런 말씀을 ……. 오해십니다, 형님."

계량의 느닷없는 말에 지함은 놀라 앉음새마저 고쳐 앉는다.

그러자 계량이 서둘러 손을 내젓는다.

"아니, 아니 오핼세. 자네 들으라 한 소리가 아니라 자신이 부끄러워 뱉은 말이네."

"……?!"

계량의 빈 술잔에 술을 따르며 지함은 할 말을 찾지 못한다. 그 잔을 또 훌쩍 비워 낸 계량이 빈 잔을 지함 앞으로 내민다.

"애초부터 고관대작을 바란 것도 아닐세."

지함이 받은 잔에 술을 따르며 계량이 말한다.

"입신양명을 바라고 벼슬을 원한 것도 물론 아닐세. 그래 봐야 겨우 미관말직인 고을살이 아닌가? 허허허."

허허로운 박계량의 웃음소리가 지함의 귓전을 때린다.

자작으로 거푸 술잔을 채우는 계량을 지함이 황급히 잡는다. 하지만 계량이 그 손을 거칠게 뿌리친다. 평소 같으면 보이질 않을 선비의 몸짓이다. 지함은 의외로 계량의 주량이 약하다는 생각이 든다.

"미안허이. 어릴 적, 천둥벌거숭이로 뛰놀던 적 아우를 만나 그동안 막혔던 내 가슴이 터져 이러는 거니까 아우가 양해하게."

"형님!"

이런 상황에서 지함이 할 수 있는 말이라고는 더 이상 없다.

큰형님의 친구다. 상대가 어떤 언행을 하더라도 당장 제지하기는 실로 어렵다. 하지만 박계량은 마음의 작정을 한 듯 거푸 두 잔의 술을 더 마신다.

"형님, 외람되지만 약주가 과하신 건 아닌지 ……."

"염려 마시게. 고을 원들은 날마다 이렇게 마시니까. 왜냐고? 이러지 않고서는 고을살이 할 수가 없으니까. 크크크."

박계량의 말끝이 흐느낌처럼 들려 지함은 가슴이 서늘해진다. 대체 이런 느낌은 무얼까? 지함은 스스로도 알 수 없는 미궁으로 빠져드는 기분이다. 거의 이십 년 만에 만난 처지다. 어릴 적, 이웃하며 골목길을 함께 뛰놀던 처지지만 친구의 아우인 나에게 이 사람은 왜 이리 체통을 허물어트리고 있는가? 지함은 이 상황을 종잡을 수가 없다. 하지만 박계량은 취중의 이야기를 하고 있지 않았다.

"자넨 조선의 병폐가 무언지 아는가?"

"……?!"

"소위 양반이란 족속들의 권력 다툼이지."

지함이 미처 무어라 대답도 하기 전에 계량이 단정한다. 격해진 감정을 가라앉히려는지 계량은 입술을 축이듯 술을 한 모금 마신다.

"그 권력 다툼은 조정에서만 이루어지는 게 아닐세."

지함은 박계량이 하고자 하는 이야기가 무언지 짐작한다.

고을마다 똬리를 틀고 있는 좌수들이 적지 않은 영향력을 가지고 있다는 건 지함도 어느 정도 알고 있다. 향청은 향리를 규찰하고 향풍을 바르게 하는 등, 향촌 교화를 위해 설립됐다. 말하자면 향촌 질서를 파괴하는 자들을 통제하는 게 목적이다.

향청의 우두머리인 좌수는 풍기 단속과 향리 감찰 이외에 면장과 풍헌, 약정 등 향임(鄕任)을 고을 수령에게 추천하는 인사권이 있다. 또한 조세와 요역, 환곡의 부과나 분배 등을 수령에게 자문하는 역할까지 한다.

중앙에서 부임해 온 고을 수령은 당연히 낯선 부임지 사정에 어두울 수밖에 없다. 지역 사정에 밝은 누군가가 이를 알려 줘야 하는데 그 일을 바로 좌수가 맡고 있는 셈이다.

향청과 좌수가 주어진 소임을 잘 수행한다면 이는 고을 백성들을 위해 아주 바람직한 제도다. 그러나 아무리 좋은 제도나 정책도 그것을 시행하는 사람에 따라 좋을 수도 있고 악용될 수도 있는 법이다.

"관청과 향청 사이에도 그런 일들이 벌어진다는 말씀인가요?"

지함은 계량이 무슨 뜻으로 한 말인지 짐작하면서도 조심스레 묻는다. 계량은 한동안 허공을 바라본다.

"좌수가 농간을 부리면 고을 수령이란 자리는 백성들을 위해 아무것도 할 수 없는 허수아비라네."

술잔을 단숨에 비운 박계량이 한숨처럼 뱉은 말이다. 그 한마디로 박계량이 사또 자리를 힘겨워한다는 걸 지함은 쉽게 알게 된다.

"아니, 좌수는 고을에서 저들 스스로 만든 조직의 우두머리가 아닌가요? 그런 사람이 어떻게 나라에서 내려보낸 관직을 가진 수령의 권위를 무시한답니까?"

지함은 도저히 이해할 수 없는지 자신도 모르게 음성이 높아진다. 물론 향청의 좌수 자리를 맡는 사람들은 거의가 벼슬자리에서 물러난 전직 관료다. 그것도 고을 수령보다 높은 벼슬자리를 지낸 사람들이다. 당연히 전직의 권위를 내세워 수령에게 영향력을 행사하려 든다.

"자넨 벌교에 가면 어쩔 텐가?"

"예에?"

계량의 느닷없는 물음에 지함은 잠시 어리둥절한다.

"어디 가면 주막이 있고 어디서 바지락을 캘지 물어봐야 할 것 아닌가?"

"그야 응당 그럴 테지요."

"한 고을의 수령 노릇을 하려 해두 마찬가지지. 아무리 비리 탐문하고 공부를 하고 내려와도 그들의 협조 없이는 아무 일도 할 수가 없는 법이라네."

"그들이라면 좌수를 이릅니까?"

"좌수들뿐인가. 좌수와 결탁한 지방 토호들도 마찬가질세. 어디 그뿐인가? 한양에 있는 고관대작들도 좌수를 앞세워 향리에 가문의 영향력을 행사한다네."

"중앙의 바쁜 관리들이 향촌의 일까지 신경 쓰면 국사는 어떡하구요?"

지함은 한심하다는 생각이 든다.

"아무리 그렇더라도 관아에는 아전들이 있질 않습니까. 고을에서 나고 자란 사람들이어서 향리 사정을 잘 알고 있을 테니 수령을 보필할 수 있질 않습니까?"

"아전 놈들. 헛, 그자들이 고을 수령의 편을 들어? 수령이야 한두 해 고을살이를 하다 체직이 되어 떠나면 그만인걸 ……. 늘 다시 부임해 오는 사또보다는 이곳에 뿌리내리고 있는 좌수와 결탁하는 것이 당연히 자신들의 자리를 보전하고 잇속 챙기기 유리한데, 수령의 영 따위가 무슨 타령이냐는 말일세."

박계량은 술기운이 올랐는지 다소 흐트러지는 목소리다.

어릴 적부터 계량은 자기주장이 강하고 고집스럽기도 했다. 또 까탈스러운 면도 많았던 것으로 지함은 기억한다. 하지만 지금 박계량이 하는 말들이 어릴 적 성미를 드러낸다고는 여겨지지 않는다. 지함은 박계량을 바라보면서, 제 성미를 이기지 못해 쏟아 내는 불평이 아니라는 느낌이 든다.

지함은 술잔에 가득 찬 맑은 술을 들여다본 채 아무 말도 않는다. 낮에 강가에서 하늘 높은 줄 모르고 거들먹거리던 좌수의 태도가 납득이 간다. 그의 태도가 옳았다는 게 아니라, 조선의 양반 사회가 가지고 있는 병폐의 한 단면을 보여 줬다는 의미에서다. 성리학자로 대단한 명성을 얻고 있는 화담 선생이 왜 세상을 등지고 은둔하는가를 조금은 이해할 수 있을 것 같다.

아무리 유능한 인재가 고을 수령으로 부임해 오더라도 소위 향반이라 지칭되는 지방 토호들, 또는 벼슬자리에서 물러난 이후에도 자신들의 권력을 내려놓지 않으려는 퇴임 관리들이 발호하는 한 조선의 백성들은 그들의 핍박과 착취에 휘둘릴 수밖에 없다.

조선 사회는 병들어 있다. 윤원형을 비롯한 권신들이 사리사욕에 눈이 뒤집혀 국정을 농단하고 축재에 열을 올리는 사이, 자연히 세상은 어수선하고 민심은 병들 수밖에 없다. 엎친 데 덮친 격으로 몇 년 동안 흉년이 계속됐다. 백성들은 굶주림에 시달리고 곳곳에서 도적들이 떼를 지어 출몰했다.

지함은 어디론가 자꾸 숨어 버리고 싶은 심정으로 산과 강을 넘고 건너며 팔도를 떠돌다가 도적 떼를 만나기도 여러 차례 했다. 하지만 행색만 양반이지, 수중에 가진 거라곤 땡전 한 푼 없으니 피해를 입을 일도 없다.

지함은 황해도 연백 땅으로 들어섰다. 풍천마을을 지나다 앞에서 오는 한 무리의 사람들과 마주쳤다. 그들은 짐을 잔뜩 실은 여러 필의 말을 끌고 지함 앞을 지나쳐 간다. 삼삼오오 보인 마을 사람들이, 저들이 임꺽정의 부하들로 해주에서 훔친 물건을 팔려고 개성으로 가는 중이라고 수군댄다.

지함은 놀란다. 도적들이 대낮에 훔친 물건을 버젓이 말 잔등에 싣고 이동하는 것도 놀랍지만, 그들을 눈앞에 보면서도 아무도 관가에 고변하지 않는다는 사실이 더욱 놀라운 일이다. 물론 지함도 임꺽정의 이야기를 몇 번인가 들었다. 사람들이 임꺽정을 의적이라고까지 한다니 세상 민심이 얼마나 조정과 이반되었는지 짐작할 수 있다.

본래 양주 사람인 임꺽정은 몇 해 전부터 황해도와 강원도, 경기도 일대를 주름잡으며 세상을 떠들썩하게 하는 도적의 우두머리다. 조정에서는 임꺽정을 잡으려고 수백의 관군을 풀어 쫓고 있지만 좀처럼 붙잡지 못하는 것은 바로 백성들의 이반된 민심 탓이다. 지함은 씁쓸한 심정을 누를 수 없다.

이 모든 것이 윤원형을 비롯한 권신들 탓이다. 그들이 발호하여 온 나라가 그들의 세도에 찌들려, 왕의 권위는 땅에 떨어지고 국정은 어지럽기만 하다. 사회는 온갖 부정과 부패가 판을 치고 백성들은 학정과 수탈에 고통당할 수밖에 없다.

율곡 이이를 비롯하여 사림에서는 권신들을 내치라는 상소를 여러 차례 올리지만, 그들의 뒤를 든든히 받치고 있는 문정왕후 때문에 임금도 어쩌지 못하고 상소를 외면하거나 몸이 병들었다는 핑계만 댄다. 율곡 이이는 임금의 이런 처사를 정면으로 비판하며 윤원형을 내치라는 상소를 다시 올린다.

"엎드려 생각하옵기는 임금께서는 종묘와 사직을 한 몸으로 삼고 만백성과 더불어 한마음이 되나니, 종묘사직의 편안하고 위태함을 자기의 편안하고 위태함으로 삼으며 만백성이 근심하고 즐거워함을 자기의 근심과 즐거움으로 삼으면 종묘사직이 편안하고 백성이 기뻐하여 국운이 길이 연장할 것이요, 만약에 혹시라도 한 몸만을 생각하고 종묘사직의 편안하고 위태한 것은 생각하지 않으며 만백성의 근심과 즐거움을 돌아보지 않으시면 종묘와 사직이 위태하고 만백성이 원망하여 점점 환란을 초래하게 될 것입니다.

원형의 죄는 머리카락을 뽑아서라도 그 죄를 셀 수가 없는데 전하께서는 끝내 두둔만 하시어서 기어이 원형의 목숨을 보전하시려 하며, 매양 옥체가 미령하시다는 말씀으로 간하는 것을 막으시니 자세히 알지를 못하겠습니다.

만약에 아뢰는 말이 옳지 못하여 사사로운 원한을 갚고자 하고, 나라를 병들게 하고, 백성을 해치고자 한다면 비록 옥체가 건강하시고 조금도 병환이 없다 한들 그 말을 용납하시어서 제 마음대로 빙자하게 할 수 있겠습니까.

원형의 죄악은 밝게 드러나서 만인의 눈으로 명백히 아는 바인데 전하께옵서는 두루 퍼진 소문이 사실이 아니라고 평계하시나 이것은 전하께옵서 그의 죄악을 밝게 살피시지 못한 것이요, 종사가 장차 위태로울 것과 만백성이 모두 원망할 것을 알지 못하는 것입니다.

종묘와 사직은 전하께옵서 주장하는 것이며, 만백성은 전하께옵서 하늘로 삼는 것이옵니다.

차라리 만백성의 민심을 잃을지언정 한 사람의 외척은 귀양 보낼 수 없으시다면 이는 외척이 전하께옵서 하늘로 삼아야 할 백성들보다도 더욱 중하다는 것이니, 이것이 어찌 전하의 본뜻이겠사옵니까!

오호라, 원형이 어진 사람을 투기하고 능한 사람을 미워하기를 업으로 삼고, 재물을 탐하여 만족할 줄 몰라 그 끝이 없으며, 저택이 사치하고 찬란함은 궁궐을 무색게 하고,

몰래 궁중의 비빈과 내통하는 것을 두려워하지 않고, 말은 꿀같이 달콤하면서 배 속에 칼을 품고 있으니 간악하기 그지없사옵니다.

임금을 업신여기며 윗사람을 위협하기를 행랑것이 제 강아지 위협하듯 하니 이보다 더함이 어디 있으오리까?

이 가운데 한 가지 악함으로도 백성을 도탄에 빠트리게 하고 종묘와 사직을 뒤집어엎을 수가 있거늘, 하물며 한 몸에 그 악한 것을 겸비한 데다가 잔인하게도 인륜을 어지럽히고 마음속에 흉측스러운 생각을 품었음은 또한 여러 간신과 흉측한 것들이 미치지 못할 정도겠습니까.

엎드려 바라옵건대 전하께옵서는 마음을 바르게 하시고 생각을 살피시어 급히 공론을 좇아서 종묘와 사직을 편안하게 하시고 모든 사람의 노여움을 풀어 주신다면 더없이 다행한 일이겠사옵니다.

부디 통촉하오소서.”

율곡의 충정이 절절하게 묻어나는 상소를 보고도 임금은 제 뜻을 펴지 못한다. 옥좌 뒤에 버티고 앉은 어머니 문정왕후 때문이다.

하지만 언제까지 끝이 없을 것 같던 윤원형의 세도도 끝장을 고하는 날이 왔다. 문정왕후가 죽었다.

자기 뜻대로 되지 않으면 왕인 아들을 불러다 뺨을 때리고 종아리를 걷어 회초리를 치며 앙탈하던 모후가 죽자, 세상은 하루

아침에 뒤집힌다. 어명이 뒤틀린 천하를 바로잡는 데 큰 힘을 발휘한다.

제일 먼저 철퇴를 맞은 사람은 당연히 윤원형이다. 온갖 부정한 방법으로 긁어모은 수많은 재산은 몰수되고, 그는 애첩 정난정과 함께 황해도 강음으로 유배된다. 하늘 높은 줄 모르게 드높은 세도가로 조선 팔도를 쥐락펴락 위세를 떨치던 윤원형이 어둠의 땅 강음에 죄인으로 떨어졌다.

강음은 예성강 유역, 천마산 북쪽 기슭에 있다. 하루 종일 해가 들지 않아, '강을 낀 응달의 장소'란 뜻으로 붙여진 지명이다.

그의 처지가 얼마나 곤궁하게 바뀌었는가?

지함에게서 윤원형의 이야기를 전해 듣는 지번의 입가에 쓸쓸한 웃음기가 스쳐 간다.

"결국 스스로 목숨을 끊었다는군요."

"뜻밖이군. 그런 결단력이 있는 사람이었나?"

"천만에요. 금부도사가 사약을 들고 내려온다는 소식에 지레 겁을 먹고 애첩과 같이 아편을 먹었다더군요."

"그랬군."

지번은 혼잣소리처럼 뱉고는 더 이상 윤원형의 이야기에 관심을 보이지 않는다.

"이제야 저 아이들이 바깥세상으로 나갈 수 있게 됐군요."

잠시 잠자코 앉았던 지함이 조심스레 입을 열자, 지번이 새삼스러운 듯 아우를 쳐다본다.

산해가 식년 문과에 급제했다는 소식을 들은 건 지함이 관동

팔경을 여유롭게 유람하고 양평 땅을 거쳐 한양에 당도해서다.

초시에 합격한 후, 성균관 유생으로 입학하여 함께 공부한 산해와 산보는 나란히 과거에 응시했다. 산보가 과거에 낙방했다는 사실을 안 것도 두 조카를 만나고 나서다.

산보는 산해보다 한 달 늦은 아우다. 지함에게는 산해와 산보는 같은 조카이고 같이 글공부를 시킨 아이들이다. 그래도 지함은 급제한 산해보다는 산보가 마음 쓰였다. 하지만 산보는 숙부의 염려보다 훨씬 마음의 여유가 있었다.

"제가 부족한 탓이지요. 저는 그렇게 입신양명에 목숨을 걸고 싶지는 않습니다."

"오냐, 넘어지면 어떠냐. 다시 일어서면 되지. 길을 가는 나그네가 넘어지는 게 두려워 걸음을 멈추지 않듯 인생도 똑같아. 넘어지면 다시 일어나서 잠시 쉬었다 가는 거야. 가는 길을 멈추지 않는다면 언젠가는 목적지에 다다르게 돼. 넘어진 것이 실패가 아니라 걸음을 멈춰 버리는 것이 실패니라."

지함은 간곡한 어조로 산보를 위로한다.

오랜 방황 끝에 간신히 마음을 추스르고 돌아온 지함이 한양에 터를 잡기로 했다는 말에 산해와 산보가 반색한다. 숙부가 가까이 계시면 글공부는 물론이려니와 생활 전반에 가르침을 얻을 수 있다. 그런데 산해는 지함의 계획을 전해 듣고 기가 찬다.

숙부는 마포 나루 부근 동막에다 흙집을 지어 살되, 지붕을 평평하게 고르고 정자를 만들 계획이라고 한다. 숙부께서 평소 청빈한 생활을 해 오신 건 알지만 얼마나 가진 것이 없으면 강둑에 흙담집을 지어 기거하려 하실까? 산해는 숙부를 설득하려 한다. 보령 아버지께 도움을 청해 보시라는 말이다.

"난 여기가 좋대두. 가진 것이 없기야 하지. 그렇지만 집 장만할 형편이 못 돼서 내가 이리로 온 건 아니야. 헛. 전망이 너무좋아. 정자에 앉아 있으면 강 위로 조깃배 다니는 것이 훤히 보이고 저기 보아. 멀리 관악산 중허리를 감아 도는 안개며 ……, 이런 자연 경관을 어디 가서 또 볼 수 있겠느냐? 하지 않아도 될걱정을 왜 하누?"

산해는 숙부께서 하시는 말씀이 과장된 것이 아니라 여겨진다. 흙으로 만든 정자에 앉아 멀리 창공에 떠가는 구름을 올려다보는 지함의 얼굴에 희열이 가득했기 때문이다.

"초구는 관에 변함이 있으니 정해서 길하고 문을 나가서 사귀면 공이 있으리라. 상에 가로되 관유수는 바름에 따르면 길하고 출문교유공은 잃지 아니함이니라. 육이는 소자에 계류히면 ……."

지함은 날이 밝기가 무섭게 토정으로 올라가 한강을 마주 보고 정좌한 채《주역》을 큰 소리로 읊는다. 그렇다고 지함이 온종일《주역》만 읊조리고 있는 건 아니다.

동막 부근은 나루터에서 하루하루 일을 해서 근근이 입에 풀칠을 하는 빈민들이 많이 모여 살고 있다. 그 빈민 중에 병자가 있다 하면 지함은 지체 없이 찾아가 침을 놓아 주고, 손쉽게 구할 수 있는 약초들로 한약을 달여 먹인다. 그런 지함을 사람들은 토정 선생이라 부르기 시작했다.

그뿐만이 아니다. 이웃 사람들이 혼인 날짜며 메주 쑤는 날과 장 담그는 날도 택일해 달라고 찾아온다. 택일이 끝나면 마을 사람들은 대개 보리쌀 몇 줌이나 달걀 몇 알을 수줍게 지함 앞으로 밀어 놓기 일쑤다.

"이게 뭔가?"

"보리쌀 한 됫박 가져왔시오. 빈손으로 오기가 뭣해서 ……."

"도로 가져가게."

"빈손으로 달랑거리며 오기 뭣해서 계란 너덧 알 가져왔답니다."

"두 알만 내어놓고 나머진 자네 가져가게."

"아니, 왜요? 그래도 성원데 ……."

"이 사람아, 우리 집은 식구가 둘이라 계란 두 개면 딱 됐네."

"……?!"

토정의 행적을 쫓다

필재가 많은 문집과 유고집을 통해 보고 느끼는 산해 할아버지와 산보 할아버지의 삶은 많은 차이가 있다.

산해가 관직에 나간 후, 다소의 굴곡이 있긴 했지만 조정의 중심에서 결코 벗어나지 않고 평생 동안 자신의 자리를 지키면서 끝내는 영의정의 자리에까지 올라 북인의 영수로 국정을 호령한 반면, 산보는 버슬에 대한 집착이 거의 없었다.

산보는 과거에 급제하여 벼슬길에 나간 지 겨우 십 년 만에 모든 관직을 사양하고 고향으로 돌아와 글 읽기를 즐기고 글쓰기를 좋아해 초야와 더불어 인생을 유유자적하는 삶을 살았다.

하지만 산해는 정적들에 의해 파직을 당하기도 하고 귀양을 가기도 했다. 반면 정적들을 유배하거나 사약을 내리게 하기도 했다. 조선에서 일인지하 만인지상의 지위에서 온갖 영화를 누리며 권력을 마음대로 행사하기도 했지만, 과연 할아버지의 삶이 영화로웠을까?

필재에게 산해 할아버지는 직계 할아버지이고 산보는 재종조부다. 나라의 공신으로까지 공헌한 산해 할아버지보다 재종조부의 삶이 친근감 있게 다가오는 건 필재의 성향과 무관하지 않다.

산보 할아버지의 삶은 어쩌면 토정 할아버지의 삶과 닮아 있다고 필재는 생각한다.

하지만 지금 필재에게 그런 점이 중요하지 않다.

지금은 토정 할아버지가 과연 세상이 알지 못하는 어떤 비책을 기록한 서책을 남겼느냐 하는 것이다.

산해 할아버지가 일인지하 만인지상이라는 영의정을 여러 차례 지냈다. 토정 할아버지께서 천하의 명당자리를 찾아내고 그곳에 할아버지와 할머니를 모셨기 때문에 산해 할아버지께서 한 시대를 호령하는 권세를 누렸다는 생각을 할 수밖에 없다.

지함이 부모님의 산소 자리를 보고 '자식들 가운데 영의정이 나올 자리'라고 예언한 대로 큰조카인 산해가 그토록 큰 인물이 됐다고 필재는 믿는다. 필재는 그만큼 토정 할아버지에게 선견지명이 있었다고 믿기 때문에 '비전'에 대한 기대를 버릴 수 없는지도 모른다.

하지만 필재가 토정 할아버지의 행적을 쫓아 들어가면 갈수록 할아버지의 모습은 숨어 버리기 일쑤고, 또 선뜻 이해하기 어려운 부분도 드러난다.

필재가 토정 할아버지의 행적 가운데 가장 이해하기 어려운 것 중 하나가 바로 율곡 이이와의 교류다. 단순한 교류가 아니라 두 사람은 아주 세밀한, 세교 관계다. 필재가 토정 할아버지와 율곡의 관계가 세교라고까지 여기는 것은 율곡이《연경일기》에 적은 할아버지에 대한 인물평을 보고서다.

토정 할아버지는 율곡 이이와 거의 스무 살 가까운 나이 차이가 난다. 아니, 정확히는 열아홉 살 차이다. 더욱이 두 분은 태어난 고향도 다르고 한 스승을 같이 모신 적도 없다. 그런데 두 사람은 아주 돈독한 친분을 맺은 듯, 율곡은 지함의 세세한 면까지 알고 있었다. 도대체 어떤 인연으로 두 사람이 그런 친교를 가질 수 있었을까, 필재는 궁금하기만 하다.

두 사람은 살아가는 길이 서로 다르다.

조선의 관료 사회에 크게 실망한 토정 할아버지는 관직은커녕 세상 밖으로 나가는 것마저 꺼리는 삶을 산 반면, 율곡 이이는 당시 임금의 두터운 신임을 얻고 가장 촉망받는 신진 사류의 대표로 이조 판서까지 역임하며 조선의 사회 체제를 전면적으로 개혁하려고 적극적으로 활동했다.

필재가 판단하기엔 율곡이 현실에 가치를 두는 현실주의자라면 지함은 이상을 좇는 이상주의자다. 그런데도 토정 할아버지가 율곡과 자주 교류하며 깊이 있는 대화를 나눴다니, 필재로서는 얼핏 이해하기가 어렵다. 하긴 율곡은 서른다섯 살이 더 많은 퇴계 이황과도 깊은 교유를 가졌다.

율곡이 스물두 살 때, 예안의 도산으로 퇴계를 직접 찾아갔다. 퇴계와 율곡은 성리학에 대한 열정과 공감대 때문에 만나자마자 의기 상통했고 학문적으로 서로 보완하는 관계였다. 퇴계가 성리학을 완벽하게 이해했다면 율곡은 퇴계가 이룩한 학문적

토대 위에 성리학을 조선에 토착화한 사람이다.

그렇지만 지함은 율곡이 성리학을 연구해 보는 게 어떠냐는 권고에, "난 욕심이 많아서 능히 하지 못하노라"라며 성리학에 별 뜻이 없음을 내비친다. 그러자 율곡이 다시 묻는다.

"부귀, 영화, 성색과 이재는 모두 존장이 즐기는 바가 아닌데, 무슨 욕심이 있어서 학문을 방해하겠습니까?"

"아니, 어찌 명리, 성색만이 욕심이라고 하겠는가? 마음이 향하는 바가 천리가 아니면 모두가 사람의 욕심인 것이다. 내가 스스로 방종함을 좋아하고, 능히 예법으로서 검속하지 못하니, 어찌 물욕이 아닌가."

두 사람의 관계는 오랫동안 유지됐다는 걸 다른 곳에서도 찾아볼 수 있다. 필재는 율곡이 토정 할아버지에 대한 인물평을 기록한《연경일기》를 다시 찾아 펼친다.

아산 현감 이지함은 어려서부터 욕심이 적어서 외계의 사물에 인색하지 않았다. 기질을 이상하게 타고나서 능히 춥고 더운 것은 물론이고 배고픈 것도 견딜 수 있었다. 겨울에 벌거숭이로 매서운 바람 속에서도 앉아 견딜 수 있었으며, 열흘 동안 곡기를 끊고서도 병이 나지 않았다. 천성이 효성스럽고 우애가 두터워서 형제간에 있거나 없거나 자기 소유를 따지지 않았다.

재물을 가볍게 여겨서 남에게 주기를 잘했다. 세상의 화려함이나 음악, 여색에 담담하여 아랑곳하지 않았다. 성질이

배 타기를 좋아하여 바다에 떠서 위태로운 파도를 만나도 놀라지 않았다.

그가 제주도에 도착했다는 소식을 듣고 제주 목사가 그를 객관으로 맞아들이고 예쁜 기생을 뽑아 같이 자게 했다. 목사가 창고에 가득한 곡식을 가리키며 '네가 이분의 사랑을 받으면 상으로 곡간의 곡식을 다 주겠노라' 하였다.

기생은 지함의 됨됨이를 이상히 여기고 갖은 유혹을 다하였지만 지함은 끝내 그 꾐에 넘어가지 않았다. 이에 목사가 너욱 존경하였나. 이시함은 신귀한 새, 괴이한 돌, 이상한 풀이다.

"진귀한 새, 괴이한 돌, 이상한 풀."

《연경일기》를 덮으며 필재는 입속으로 다시 한 번 되뇌어 본나. 필재는 율곡의 이 마지막 글귀가 마음에 와 닿는다.

지금까지 토정 할아버지의 자취를 찾고 또 찾으면서 느끼는 감정은 참으로 기이하고 생소하다. 많은 선비와 유생들이, 아니 그 시대 최고의 학식을 쌓은 학자들이 토정 할아버지를 학식과 인품을 갖춘 사람으로 예우했다.

그런데 토정 할아버지는 무엇 때문에 자신을 낮추고 숨어 살기를 선택했을까? 그러니 율곡이 진귀하고 괴이하고 이상한 사람이라고 하지 않았는가. 대체 토정 할아버지는 무슨 생각을 하고 무얼 지향하며 자신의 삶을 살았을까? 이제 필재는 토정 할아버지를 이해하기가 어려워진다.

"오 서방, 게 있느냐?"

필재의 목소리가 전에 없이 거칠고 무겁다.

"쇤네 여깄습지요."

득달같이 오 서방의 응답이 돌아온다.

"갈증이 나는구나. 술상 보아라."

우수를 지나 경칩이 낼모레라 갈증을 느낄 메마른 날씨는 아니다. 하지만 필재는 갈증을 느낀다. 도무지 토정 할아버지가 남긴 '비전'의 행방은 오리무중이다. 아니, 찾아들면 들수록 더욱 안갯속이다. 송시열을 비롯해 많은 사람의 목숨을 앗아 간 비전이다. '비전'이 있다고 믿었던 수많은 벼슬아치들이 파직당하고 유배를 가야 했다. 필재는 오 서방이 들고 오는 술상을 방 안에서 기다리지 못하고 마루까지 쫓아 나와 빼앗듯이 받았다. 정갈하게 마련된 안주는 거들떠보지도 않고 가양주 석 잔을 연거푸 들이켠다. 대체 토정 할아버지는 왜 내게 이런 시련을 겪게 하는가? 할아버지가 원망스러워지기까지 한다.

신관 사또로 부임하다

"어떻게 동기도 없이 이렇게 왔누? 고향집에 내려올 만큼 틈이 있던가?"

산해가 큰절을 올리고 미처 자리를 잡고 앉기도 전에 지함은 쉴 새 없이 질문을 쏟아 놓는다. 그만큼 산해가 반갑기 때문이다.

"정초에 통정대부가 되었다는 소식은 들었다만, 통정대부면 당상관 아닌가?"

"당상관 맨 말미지요."

종가가 빈집이 되는 통에 부득불 지함이 고향으로 내려왔다.

지난해 청송 군수를 제수받아 임지로 부임한 지번 대신 종가를 지키게 됐다.

"그래, 어쩐 걸음이야?"

반갑긴 하여도 산해가 한가하게 고향집이나 다니러 올 처지가 아니다. 행여 그 사이에 신변에 무슨 변고라도 생긴 게 아닐까 하고 지함의 궁금증은 은근히 걱정으로 바뀌기까지 한다.

"어명을 받고 호남 지방을 다녀오는 중입니다. 올라가는 길에 잠시 틈을 냈습니다."

"동부승지가 호남까지 무슨 일로 …….."

산해는 통정대부가 되면서 승정원 동부승지 직을 보임받았다. 승지는 임금을 지근에서 모시고 보좌하는 직책이다. 그런데 호남까지 내려왔다니 지함으로서야 의아할 밖에 없다.

"호남의 여러 고을에서 구황미를 전혀 내주지 않아 여기저기서 백성들이 한꺼번에 굶어 죽는 재앙이 덮쳤었습니다."

"아니, 이런 낭패가 있나. 기가 찰 노릇이군."

지함은 심히 놀라 입을 다물지 못한다.

구황미란 봄이 되어 겨울 양식이 떨어진 농민들에게 나라에서 빌려주는 양곡을 이른다. 먹을 양식이 떨어진 백성들에게 구황미를 주지 않으면 굶어 죽는 거야 불을 보듯 뻔하다. 더욱이 구황미가 필요한 이른 봄엔 나무도 싹을 틔우기 전이라 세상천지에서 먹을 것을 구할 수단이 없다.

마을마다 굶어 죽은 시신들이 골목길이며 들판에 널브러지자 도저히 수습할 방도를 찾지 못한 전라 감사가 긴급히 상소를 올렸다고 한다.

"구황 적간어사로 내려왔습니다."

"두 번 물을 것도 없지. 고을 수령이란 자들의 농간 아닌가? 지난가을에 거둬들인 환곡을 창고에 쌓아 두지 않고 지놈들 배 속에 채웠으니 이런 어처구니없는 참극이 빚어질 밖에 ……. 쯧쯧쯧."

연거푸 크게 혀를 차고는 손에 든 쥘부채를 좌르륵 펼쳐 후룩 후룩 바람을 낸다. 평소에 보기 어려운 지함의 모습이다.

예년에도 봄이면 이런 참사가 전혀 없지는 않았다. 수령이 농간을 부려 환곡을 요리조리 빼돌리고 아전들이 협잡으로 남은 환곡 중에 또 얼마를 착복해 구황미가 턱없이 부족한 경우다. 그러나 구황미가 모자라 필요한 만큼 충분치 않아서 백성들이 배고픔을 겪기는 하여도 굶어 죽기까지 하는 경우는 흔치 않다.

그런데 이번처럼 구황미를 아예 구경조차 할 수 없어 여러 고을에서 한꺼번에 아사자가 발생하기는 드문 일이다.

"대체 굶어 죽은 이가 얼마나 되더냐? 조사는 다 해 봤고?"

산해는 후룩 한숨을 내리쉰다. 선뜻 대답할 수 없을 만큼 아사자가 많았다. 장수와 구례 같은 고을에선 인근 경상도 지역으로 먹을 것을 찾아 떼를 지어 떠나 버려, 사람이 살지 않는 유령 마을도 적지 아니 보였다.

"아예 고을을 버리고 줄행랑을 친 수령이 있는가 하면 적간어사가 내려온다는 소문을 듣고 부랴부랴 횡령한 구황미를 가져다 창고를 채운 자들도 있더이다."

지함이 긴 한숨을 내리쉬고 한동안 아무 말도 않은 채 열린 분합문 너머로 하늘을 떠가는 구름을 멍하니 바라보기만 한다. 그의 얼굴은 충격을 넘어 분노의 기운마저 띠고 있다.

"고을을 다스린다는 건 고을 백성을 기른다는 의미거늘 ……. 옛날 중국의 순임금은 열두 명의 목(牧)이라는 지방관을 두어 그들로 하여금 백성을 기르게(牧) 했지. 주나라 문왕은 제도를 정할 때에는 사목이라는 관리를 두어 목자(牧者)로 삼았어. 옛

성현들의 말씀에 다스린다는 건 기른다는 것과 같은 이치라고
했어. 어미가 새끼를 기르는 것은 돌보는 것이고 보호하는 것이
거늘, 어찌하여 고을 수령이란 작자들이 제 고을 백성들을 기르
기는커녕 생명을 앗아 가고 죽음을 가져다주느냔 말일세. 통탄
할 일이로다."

목소리는 나직하지만 지함의 한 마디 한 마디는 한이 서린 듯
아픔이 담겨 있다.

산해가 호남으로 내려와 아사자가 발생한 마을 가운데 가장
먼저 찾은 곳이 부안이다. 부안현은 이웃한 호남평야의 풍요로
운 농산물 덕에 그리 어렵지 않은 식생활을 하는 지방이다. 그런
데 마을마다 부황 든 아녀자들과, 온몸이 부어오른 채 운신도 힘
겨운 사내들이 여기저기 뒹구는 모습을 목격하고 산해는 적지
않은 충격을 받았다.

부황은 먹지 못해서지만, 전신이 퉁퉁 부은 채 운신을 못하는
사내들은 허기를 견디지 못해 산으로 기어올라 메마른 나뭇등
걸에 돋아난 아무 버섯이나 따먹어서 병에 걸렸기 때문이라고
한다.

어디 그뿐인가. 임실 한 마을에서는 먹을 것을 구하려 산으로
올라간 남정네들이 보기에도 탐스러운 버섯을 망태 가득 따 왔
다. 버섯이 보기에도 탐스럽고 신비해, 조금만 유의해 보았다면
독버섯으로 의심할 만했지만, 굶주린 배 속에 돌멩이라도 채워
넣을 판국에 그런 걸 생각할 겨를이 있을 턱이 없었다. 집집마다
그날 저녁에 버섯으로 죽을 끓여 먹었다. 비록 죽 한 그릇이지만

오랜만에 배를 든든하게 채운 마을 사람들은 밤중부터 구토와 설사로 고통스러워했다. 결국 죽을 먹은 사람들 중 열에 일곱이 죽는 참사가 벌어졌단다.

산해는 참담한 심정으로 아사자가 있는 마을을 빼놓지 않고 들러 본다. 당연히 적간어사로서 고을 수령이나 좌수들의 죄를 낱낱이 캐내고 치죄하는 임무도 소홀히 하지 않는다.

어명으로 감영의 양곡을 풀게 하여 고을마다 구휼소를 차리고 굶주려 죽어 가는 백성들의 목숨을 구해 내는 데 최선을 다했다. 다행히 산과 들에 봄나물이 돋아나는 계절이 되면서 농민들은 논두렁이나 산기슭에 돋아나기 시작한 쑥이며 달래나 냉이 같은 봄나물을 뜯어 허기를 채우며 연명할 수 있게 됐다.

"구황미 서 말을 주고 환곡 아홉 말을 거둔 수령도 있었습니다."

"쯧쯧쯧."

지함은 더 이상 무슨 말을 하랴는 심정인지 혀만 끌끌 찰 뿐이다.

"더욱 기가 막히게도, 어떤 고을 좌수는 구황미에다 모래와 피곡까지 섞어 무게를 속이는 짓도 서슴지 않았습니다."

"저런, 천인공노할 짓을 ……."

부채를 부치는 지함의 손길이 가늠할 수 없을 만큼 빨라진다.

이산해는 군수 셋과 현감 다섯을 파직해서 한양으로 압송하고, 좌수 열둘을 전주 감영으로 이첩하는 판결을 내렸다. 하지만 이런 세세한 이야기는 삼촌께 말씀드리지 않는다.

어느덧 오정 때가 되자 파삭 늙었지만 오랜 종갓집 청지기의 몸가짐이 배어 있는 오 서방이 점심상을 들고 왔다. 봄날이 짧아 도토리 묵채에다 냉이를 간장에 버무린 간단한 요깃거리다.

점심상을 물리고 숙질간에 다소 어색한 침묵이 흐른다. 긴박한 백성들의 집단 아사 사건을 처리하고 온 고위 관리인 조카와, 초아에 묻혀 자신의 학문 세계에만 침잠하는 숙부 사이에 주고받을 공통된 이야깃거리가 그리 많지 않은 건 당연하다. 십수 년 숙부의 가르침을 받은 산해로서는 더더욱 언행이나 행동거지가 조심스러울 수밖에 없다. 산해가 사랑방에서 숙부와 오래 막혔던 담소를 나누고 점심까지 먹는 내내, 행랑채에 머물러 있던 수행원 하나가 사랑 마당으로 들어선다.

"대감, 발행 시각을 언제로 잡으오리까? 오늘은 이곳에서 유하실 건지요?"

"일정상 그리하지는 못할 듯하네. 곧 발행할 채비를 하여라."

"묵고 가지 못하누?"

지함은 산해가 수행원에게 떠날 준비를 하라 지시하자 섭섭한 생각이 든다. 모처럼 만난 조카다. 글 읽기를 즐겨 끼니를 잊어버릴 만큼 공부에 매달리더니 이제는 어엿한 당상관이 되어 정무에 바쁜 조카를 보니 그지없이 흡족하다.

하지만 십여 년 만에 고향집에 온 조카가 하룻밤 묵지도 않고 간다니 섭섭한 건 어쩔 수 없다. 곧 자리를 털고 일어설 것 같던 산해가 무언가 긴한 이야기라도 있는지 나직하게 헛기침을 뱉고서 지함을 쳐다본다.

"언젠가는 이 말씀을 꼭 드리고 싶었습니다만, 숙부님!"

산해의 진중한 목소리에 지함은 어쩐지 긴장해야 할 것 같다는 느낌이다.

'이 애가 무슨 소릴 하려고 저리 진중할까?'

"일찍이 숙부님께서 저를 가르치실 적에 이런 말씀을 여러 번 하셨던 것으로 기억합니다. 군자의 배움은 자신의 수양이 반이고 목민(牧民)이 반이다. 기억하시는지요?"

"기억하고말고. 옛 성현들께서 하신 말씀이지. 학문을 하는 것은 수신과 치민(治民)을 하기 위함이라고 ……. 넌 그 가르침을 잘 이행 중이고."

지함은 어째서 산해가 지금 이런 말을 꺼내는지 그 속내를 짐작한다. 조카는 지금 숙부를 꾸짖는 중이다. 선비가 글을 읽어 수양을 했으면 그다음은 벼슬자리에 나아가 백성을 다스리는 일을 해야 한다. 그런데 지함은 그 책무를 소홀히 하고 있음을 조카가 일깨우는 중이다.

"네가 무슨 말을 하고 싶은지 안다만, 난 내 몸 하나 가꾸기도 벅찬 사람이야."

지함은 산해가 본론을 꺼내기 전에 막아 보려 안간힘을 쓴다. 하지만 산해는 물러설 기색이 아니다.

"어떻게 그런 말씀을 하십니까? 숙부님의 성예야 이미 조선 팔도에 널리 떨치고 있습니다. 이 조카가 그걸 모르겠습니까?"

"……."

딱히 대꾸할 말이 없어 지함은 그만 입을 닫아 버린다.

"이번 암행 길에 너무나 절절하게 느낀 점이 있어서 외람되게 드리는 말씀입니다. 진정으로 백성을 기르는 목민관이 어디 없을까? 문득 숙부님이 떠올라 한양으로 가는 길을 일부러 돌아왔습니다. 제 진정을 아실지요?"

"허 ……, 고을살이하는 관료들의 악행에 굶어 죽어 간 백성들의 참상을 보고 네가 목민의 참뜻을 새겼다니 고마운 일이다. 내가 널 잘 가르쳤나 보구나. 허허 ……."

지함은 산해를 칭찬하는 말로 궁지에 몰린 자신을 슬쩍 구해보려 한다. 자신의 말뜻을 잘 알면서도 한사코 비켜 가려는 숙부를 보자 산해도 말문을 닫는다. 당장 앉은자리에서 누구에게 설득당할 숙부가 아님을 산해도 안다. 그러나 산해가 누구의 조카이며 제자인가?

"숙부님! 가난하고 불쌍한 백성들입니다. 어느 자그마한 한 고을 백성들만이라도 진정한 지치(至治)의 고마움을 누릴 수 있게 선정을 베풀어 보고 싶다는 생각을 한번 해 보셨으면 합니다."

하직 인사를 올리고 일어서면서 산해가 남긴 말이다.

청풍 군수로 나가 있던 지번이 이 년 임기를 마치고 고향으로 돌아온다. 지번은 많이 지친 기색이다. 환갑을 눈앞에 둔 나이라 고을살이가 마냥 가볍지만은 않았던 듯하다.

"의원을 데려다 진맥이라도 해 보아야 하지 않겠습니까?"

형님의 건강이 염려스러워 지함이 권고해도 지번은 들은 척도 않는다.

"나이 환갑인데 힘든 거야 당연하지. 병 아니니 아무 걱정 말 게나."

"그럼 기운 돌아오게 보약이라도 한 재 드시지요."

"상관없대두. 소임을 넘겨주느라 관아 공부며 전결 대장 정리 니 해서 며칠 쉬지 못하고 무리를 해서 지친 것뿐이야. 며칠 쉬 면 괜찮을 걸세."

"공부 정리 같은 건 서사가 있는데 형님이 손수 하셨습니까?"

"어림없는 소리. 자네도 고을살이 한번 나가 봐. 관아 장부를 서사나 이속들에게 맡겨 놓을 수 있는지. 그자들은 모조리 협잡 꾼들이야."

"허, 이 아운 고을살이 나갈 생각 추호도 없으니, 그런 걱정은 없을 터입니다."

지함은 읍내로 나와 보약 한 재를 지어 형님 댁으로 보내고 한 양으로 향한다.

고을살이할 생각이 추호도 없으니 걱정 마시라고 형님에게 큰 소리치고 한양으로 올라온 지함은, 그러나 탁행(卓行: 뛰어나게 훌 륭한 행실)으로 천거되어 포천 현감을 제수한다는 교지가 내려와 있는 걸 보고 깜짝 놀란다.

지함은 벼슬길에 나갈 생각이 전혀 없다. 하지만 가난에 찌든 아내는 그가 고을 현감이라도 맡아서 녹봉이라도 받으면 살림 에 보탬이 되지 않을까 하는 마음에 은근히 벼슬 받기를 바라는 눈치다.

때마침 산보가 토정을 찾아왔다. 이조정랑으로 있는 산보는 이미 교지를 받은 사실을 알고 있을 터다. 지함은 이 모든 일이 사촌 형제들이 꾸민 일이라는 걸 직감한다.

"형님이 적간어사로 호남을 다녀오는 길에 숙부님을 뵀다 들었습니다."

"그렇다면 니 형이 무슨 소릴 했는지도 알겠구나."

조카들의 충정을 모르지 않으나 지함의 목소리는 상당히 굳어 있다.

"예, 알고 있습니다. 하지만 숙부님, 그때 드린 말씀은 형님의 진심인 것으로 여겨집니다. 이 나라 모든 고을 수령들에게 진정한 목민, 백성을 다스림이 어떤 것인지 보여 주고 싶은 심정 말씀입니다."

"헛! 내가 고을 백성들에게 포악하게 굴면? 세금을 과도하게 매겨 수탈하고, 환곡을 착복해 그들을 굶주리게 하고, 과도한 부역으로 그들을 못살게 들볶으면? 그때는 어찌할 요량이냐? 니들이 그런 염려는 해 보지 않았더냐?"

산보가 어이없다는 듯 쿡쿡 웃는다.

"숙부님께서 저희 둘을 바보로 생각하시는지요?"

"그래, 네놈 둘 다 어리석기 짝이 없는 천치들이지. 난 그런 선정을 베풀 깜냥이 못 돼."

"저희 둘은 어려서부터 숙부님 아래서 글을 익혔습니다. 숙부님께서 학문을 길러 주셨고 인품을 만들어 주셨습니다. 저희가 숙부님을 알지 못한다 여기지 말아 주셨으면 합니다."

"니가 천거했느냐?"

"천거는 이판 대감께서 하시고, 교지는 승정원에서 작성했을 터이지요."

'끙' 하고 지함은 신음 같은 소릴 토하고 만다. 조카들의 심정을 알기에 지함으로서도 빠져나갈 궁리를 할 수가 없음이다.

신관 사또가 새로 부임할 때면, 행차를 맞으려 관아의 아전들과 관기, 관노를 비롯해 향청의 속리들이 현 경계까지 몰려나오는 것이 관례다.

날씨가 초겨울 같지 않게 매서운 바람이 불어 꽁꽁 얼어붙는다. 동헌 마당 가득히 모인 사람들은 첫 추위에 몸을 웅크린 채 이방의 출발 신호만 초조하게 기다린다. 이렇게 추운 날씨엔 가만히 서 있기보다 몸을 부지런히 움직이는 게 낫기 때문이다.

추위를 대비해 두툼한 전배자를 껴입은 이방이 종종걸음으로 마당으로 들어선다. 향청으로 좌수를 만나러 갔다 오는 길이다. 축대로 올라선 이방이 모인 사람들에게 무언가 한마디 하려는데, 볼끼에 패랭이를 쓰고 감발을 단단히 동인 사내 하나가 동헌 마당으로 들어선다. 차림새로 보아 먼 길을 온 듯하다. 사내는 마당에 그득 모인 사람들을 두리번거리며 누굴 찾는 듯하더니, "이방 어른 어디 계슈?" 목청 굵은 소릴 지른다.

"여, 여기요."

사내의 큰 목소리에 놀랐는지 이방이 얼결에 오른손을 번쩍 치켜들며 기어드는 목소리다. 사내가 이방 앞으로 성큼성큼 다가온다.

"뉘슈, 용건이 뭐요?"

이방은 이 느닷없는 상황에 지레 겁을 먹은 듯 경계의 몸짓을 한다.

"새로 부임하는 신관 사또를 따라온 사람이우."

"에?"

마당에 모인 사람들은 저마다 놀란 얼굴을 한다.

신관 사또는 부임도 하지 않았는데 그 수행원이 먼저 동헌에 나타나다니, 이게 어찌 된 영문인지 모두 어리둥절하기 때문이다. 이방이 쪼르르 축대를 내려와 사내 앞을 막아선다.

"사또께서 어디쯤 오셨소? 그렇잖아도 모두들 행차를 마중 나가려던 참이라우."

"마중 같은 건 하지 마라 하셨슈."

"에?"

마당의 사람들은 또 한 번 일제히 같은 소리를 낸다.

"사또께선 벌써 읍내로 들어와서 장터 주막에서 요기를 하고 계시우. 그러니 마중 같은 건 하지 않아도 된다고 하셨슈."

"아!"

사람들은 다시 일제히 같은 소리를 낸다. 그러나 이번에는 다른 같은 소리다.

"이, 이거 야단났구먼. 좌수, 좌수 어른께 알려야 하고, 주, 주막으로 가야 하는군."

갑자기 바빠진 이방이 호방더러 좌수가 마을 경계로 마중 나가지 못하게 잡으라는 말을 남기고 부리나케 마당 밖으로 내달린다. 신관 사또 이지함을 영접하러 주막으로 가는 길이다.

등청 첫날, 이지함은 좌수를 불러 앉힌다.

"본디 집무는 첫 등청 셋째 날부터 하는 법이니 급하지 않은 공사는 그때까지 기다리도록 하시오. 만일 시급한 공사가 있다면 비록 오늘이나 내일이라도 구애받지 말고 결재를 받도록 하시오."

"그, 그러겠소이다. 아, 흠흠."

큰 체구의 좌수는 눈을 끔벅거리며 신관 사또가 어떤 사람인가를 간파하려는지 쉬지 않고 지함을 곁눈질한다.

"고을을 다스림에 있어 예를 중시할 것이오. 예를 경솔히 버리는 자는 반드시 국법도 가볍게 범하오."

"지당하신 말씀. 향임의 소임이 무엇이겠습니까. 고을의 풍속과 예의범절은 내게 맡기시지요. 어험, 흠."

좌수는 청송 도호부사를 지낸 정성겸의 아들이다. 도호부사는 종삼품의 높은 관직이다. 좌수도 이천군 찰방을 지냈다. 하위직이라고는 하지만 일반 백성들에게는 결코 넘볼 수 없는 벼슬자리다.

포천에선 그의 땅을 밟지 않고는 아무 곳도 갈 수 없다는 소문이 있을 만큼 치부를 한 사람이다.

"수리와 수교는 들으라."

이방과 수석 장교가 급히 머리를 조아린다.

"아침 출근은 동틀 무렵에 할 것이다. 조례를 마친 때에 해가 뜨게 되어야 한다. 퇴청은 이경에 한다. 성문을 닫은 뒤, 보리밥이 익을 만한 시간이 될 것이다. 매일 동이 틀 때에 급창이 출근 시간을 알리면 나는 즉시 문을 열 것이다. 매일 밤 이경이 되어 급창이 퇴청 시간을 알리면 나는 퇴근하라는 영을 내릴 것이다. 이것을 오늘 아전과 사령, 비속들에게 모두 알려서 각기 알게 하여라. 혹이나 시간을 어기는 자가 있으면 너희에게 죄가 있다."

"예에, 사또!"

이방과 장교는 추운 날씨에도 손바닥에 땀이 난다. 신관 사또가 녹록지 않다고 여긴 탓이다.

이튿날 먼동이 트기 전에 일어난 지함은 급창을 불러 횃불을 준비하게 하고는, 예방을 거느리고 향교로 향한다. 향교에 배향된 공자의 위패에 배례하는 일은 신관 현령이 부임해서 둘째 날에 반드시 행해야 하는 절차다. 향교를 예방하고 동헌으로 돌아오는 길이었다.

"살려 주시오, 사또. 아이고 사또, 내 말 좀 들어 줍쇼!"

동헌 문 앞이 소란하기 그지없다. 빈 지게를 지고 동헌 마당으로 뛰어들려는 한 사내를 문을 지키는 사령이 막고, 사내는 몸부림을 치면서 사또를 목이 터져라 찾는다.

"웬 소동이냐? 냉큼 멈추지 못할까!"

호종하던 예방이 기겁을 하듯 소리친다. 행여 사또의 심기를 건드릴까 겁이 나서다. 예방의 호통 소리에 죽어라 밀고 당기기를 하던 사내와 사령들이 동시에 서로 물러선다.

"사또, 사또 나리. 억울합니다요. 이놈 좀 살려 줍쇼. 아이고, 아이고."

한눈에 사또를 알아본 사내가 지함 앞으로 달려와 급살 맞은 개구리처럼 납작 엎드리며 죽는소리를 한다.

"닥치지 못해. 이놈이 어느 안전이라고 앞길을 막느냐."

예방이 악을 쓰듯 소리치자 지함이 그를 막는다.

"성급하구나. 저자가 왜 저리 억울해하는지 우선 들어 봐야잖느냐?"

혹시라도 사또께 위해를 가할까 문장들이 달려와 사내의 양쪽 겨드랑이를 억세게 부여잡는다. 지함은 말없이 동헌 마당으로 들어간다. 사령들의 완력에 어쩔 수 없이 동헌 마당에 꿇린 사내의 얼굴엔 눈물 자국이 아직도 선명하다.

"억울한 사정이 있으면 냉큼 아뢰어라."

이속들이 열병식을 하듯 나란히 늘어선 한가운데 꿇린 사내는 금방이라도 쓰러질 것 같은 초라한 모습이다.

"나리, 참으로 억울하고 허망합니다요."

"대체 무어가 억울하고 허망한지 토설을 해야 알 것 아니냐. 얼른 아뢰어라."

이방이 진정으로 답답해한다.

"예, 아룁지요. 쇤네는 십여 년을 옹기 장사를 해서 늙은 부모님을 봉양하고 있습죠. 그런데 오늘 장에 가서 새로 팔 옹기를 한 짐 사서 지게에 지고 왔지요. 바로 저기 까치고개를 오르다가 숨이 차서 지게를 받쳐 놓고 잠시 쉬었습죠. 한데 아이고 ……."

사내는 숨이 꼴깍 넘어가는 울음을 쏟는다.

"사설은 냉큼 거두고 요점만 아뢰지 못할까?"

사내가 어떤 말을 할지 뻔히 안다는 듯 이방이 사내를 채근한다.

"아이고, 예. 잠시 앉아 쉬고 있는데, 갑자기 난데없는 회오리바람이 미친 듯이 몰려오더니, 아 글쎄 쉰네의 지게를 벌렁 자빠뜨리곤 저쪽으로 쏜살같이 멀리 달아나지 뭡니까요."

"그래서?"

"아이구, 어떻게 됐겠어요? 지게에 잔뜩 쌓아 올린 옹기가 모조리 박살이 나고 말았습니다요."

"그래서 이놈아! 그 소리 하려고 관아에서 소동을 부려? 고얀 놈이로군."

옹기장수의 넋두리에 어이가 없어진 이방은 사또 앞이라는 것도 잊고 버럭 큰 소릴 낸다.

"아니, 이게 예삿일입니까요? 이놈은 이제 늙으신 부모님을 봉양하기는커녕 처자식들까지 꼼짝없이 굶어 죽게 생겼습니다요. 늙으신 부모를 모실 길이 없게 되었으니 이 일을 어찌합니까요. 부디 바람이란 놈한테 옹기 값을 변상해 주도록 조처해 주십시오, 사또, 으흐흐."

"뭐, 뭣이라? 바람한테 옹기 값 ……."

이방이 불같이 화를 내려다 아차 싶은지 재빨리 대청 위를 향해 허리를 꺾어 굽실거리며 어쩔 바를 모른다.

"죄, 죄만스럽습니다요, 사또."

"어흠!"

지함은 헛기침 한 번으로 이방의 자발없는 처신을 조용히 나무란다.

'바람에게 옹기 값을 변상토록 해 달라.'

황당한 일이다.

바람 때문에 지게가 넘어져 옹기가 박살이 났으니 분명 사달의 책임은 바람에 있다. 그렇다고 어찌 바람에게 깨어진 옹기 값을 물어내라 할 것인가?

하지만 바람 때문에 장사 밑천을 깡그리 날려 버린 옹기장수 입장에서야 바람한테 옹기 값을 받아 내고 싶은 심정일 터다.

"네가 바람을 잡아 오겠느냐? 바람을 붙잡아 오면 내가 호통을 쳐서 옹기 값을 내놓게 하겠다."

"예에? 쇤, 쇤네가 바람을 어찌 잡아 옵니까요?"

옹기장수가 공중제비하듯 펄쩍 뛰었다가 다시 꿇으며 울음을 터트린다.

"아이고, 사또 나리. 제발 이놈 한 번만 살려 줍쇼. 늙은 양친에 어린 새끼 다섯이 꼼짝없이 굶어 죽게 생겼습니다요. 이 노릇을 어찌합니까, 사또!"

옹기장수는 온몸을 사시나무 떨듯 떨면서 울음을 그치지 못한다. 옹기장수가 전신을 떠는 게 겨울 날씨가 추운 탓만은 아닐 터다.

고을 수령은 어떤 경우에도 관내 백성의 어려운 처지를 외면해서는 아니 된다. 지함은 쉽게 판결을 내리지 못한다.

"바람 탓이니 누구도 어쩔 수 없는 게 사실이다. 그렇다고 이 대로 돌아가라면 옹기장수인 네가 억울할 것이다. 내가 사령들을 풀어 어떻게 하더라도 바람을 붙잡도록 해 볼 테니, 옹기장수는 바람을 잡았다는 통기가 갈 때까지 집에서 기다려라."

옹기장수의 얼굴에 금방 화색이 돈다. 지금 옹기장수는 지함이 사령들을 시켜 바람을 붙잡도록 하겠다는 게 얼마나 가당치 않은 소리인지 알아챌 겨를도 없다.

이방과 사령들만이 멍한 표정으로 사또를 바라볼 뿐이다.

잠을 이룰 수가 없다. 한 고을을 다스린다는 게 결코 만만하지 않다. 물론 바람에 쓰러져 깨진 옹기는 누구의 탓도 아니다. 바로 바람 때문이니까 바로 바람이 책임이다.

바람은 자연 현상이라 바람에게 옹기 값을 물어내라 할 수 없으니, 억울하더라도 어쩔 수 없다고 해 버리면 될 것이다. 하지만 눈 깜짝할 사이에 온 가족의 생계 수단을 잃어버린 옹기장수는 누가 구제하는가? 누군가가 구제해 주지 않으면 그의 넋두리처럼 온 가족이 몽땅 굶어 죽게 될 뿐이다.

지함은 잠을 이루지 못하고 밤새 뒤척인다.

"크크크, 무에 그리 어려워?"

지함은 잠자리에서 벌컥 몸을 일으킨다.

돌아보지 않아도 전우치라는 걸 알기 때문이다.

"제발 이러지 마시우. 노인장이 끼어들 계제가 아니란 걸 잘 아실 텐데 왜 이러오."

전우치도 이젠 늙었다. 턱수염은 물론이고 머리칼이 백발인 노인이 지함을 내려다보며 빙긋이 웃는다.

"소싯적부터 널 봐 왔지만 쯔쯔, 넌 아직도 열다섯 살짜리일 뿐이네."

수십 년의 세월 탓일까. 지함도 전우치가 마냥 기피할 대상이 아닌 느낌이다.

"오늘은 대체 무슨 훼방을 놓으려고 이러시오?"

"자네, 옹기장수 억울한 사정은 어찌 처리할 텐가?"

"처리하고 자시고 할 것이 무에 있다고 그러시오? 바람이 쓰러트린 지게를 누가 어찌합니까? 옹기장수의 처지가 딱하긴 하지만 달리 어찌할 방도가 없지요."

여태 잠을 이루지 못하고 궁리에 궁리를 하던 것과는 달리 지함의 말은 퉁명하다.

"그것 봐. 그러니 자넨 벼슬을 할 자격이 없는 하급이야."

"말씀이 지나치다는 건 아시지요?"

지함은 이제 전우치와 말장난을 주고받을 나이가 아니다. 초립둥이로 만났던 이지함이 아니니 자연 건네는 언행도 지긋하다.

"내가 기막힌 해결책을 알려 줄까?"

"진정 해결책이 있단 말씀이오?"

이전 같으면 씨알도 안 먹히는 소리라며 콧방귀를 뀌었을 지함이지만 지금은 자신도 모르게 우치의 말에 맞장구를 친다. 가난한 옹기장수가 바람이 깨 버린 옹기를 보상받을 수 있는 방법이 있다면 무슨 수단이라도 쓰고 싶은 게 지함의 마음이다.

"왜? 귀가 솔깃하냐?"

"물론 믿지는 않소이다. 어디 말이나 한번 들어 봅시다. 대체 어떤 방법이 있소이까?"

지함이 전우치를 만난 이후 처음으로 진지한 태도다.

"크크, 자네도 이제 나이가 들었군."

"노인장!"

지함은 자신도 모르게 혹시나 전우치가 방법을 내놓을지 모른다는 기대를 하게 된다. 한 고을의 수령이란 자리가 이토록 책임감을 느끼게 할 줄은 지함도 미처 알지 못했다.

"말씀해 보시지요. 어떻게 하면 옹기장수의 손실을 보상할 수 있는지요?"

전우치도 처음 보는 지함의 진지한 태도에 쉽게 말을 못 한다.

"노인장!"

"아, 알았네. 회오리바람이 옹기 지게를 넘어트렸다고 했지?"

"그렇지요."

"사령들을 강으로 내려보내 한탄강 위아래로 가는 배의 사공을 각각 한 놈씩 잡아 오라고 하게."

"그래서요?"

"강을 오르내리는 사공들이 위로 가는 배는 남풍이 불라고 기원하고, 남으로 가는 배는 북풍이 불라고 기원하니 바람은 어느 쪽으로 불어야 하는가? 어느 놈은 남쪽으로, 어느 놈은 북쪽으로 불어 달라고 야단법석이니 바람도 혼란스러워 마구 휘둘리다 보니 회오리바람이 될 수밖에. 그리고 바로 그 회오리바람이 옹기 지게를 쓰러트렸으니 원인은 바로 사공 놈들에게 있는 게 아닌가? 그렇담 사공 놈들이 옹기 값을 물어내는 게 당연한 이치일 밖에. 크크, 내 판결이 어떤가? 자넨 생각해 낼 수도 없는 명판결 아닌가?"

지함은 우치의 말장난에 어이가 없다.

"배가 가는 방향으로 바람이 불어 달라고 한 건 물론 제 욕심으로 바란 거지만, 그렇다고 남을 해치려는 의도는 전혀 없었소. 그런데도 사공들이 옹기 값을 물어내는 건 억울하지 않습니까?"

"크크, 그거야 팔자소관이지, 내 알 바 아니네."

전우치는 어깨가 들먹일 만큼 큰 소리로 웃으며 어느 틈에 몸을 감추고 만다.

바람은 자연으로 생기는 현상이라 인위적으로 어찌할 수 없는 것이다. 그걸 몰라서 지금 고민에 빠져 있는 건 아니다. 옹기 값을 변상받는 문제가 아니라 어떻게 하면 옹기장수를 구제하느냐 하는 문제다.

지함은 동창이 훤히 밝아 올 때까지 눈을 붙일 수가 없다. 급창이 출근 시간이 되었음을 알린다. 지함은 급창을 방으로 불러들인다.

"우리 고을에 옹기 가마가 있느냐?"

"금주산 근방에 두 군데 있는 것으로 압니다요."

"조례가 끝나면 곧바로 가서 옹기 시세를 알아보거라."

"예, 나리."

"크고 작은 것 가려서 세세히 알아보고, 그것들을 종류별로 지게에 올린다면 총합이 얼마인지도 알아 오너라."

"옹기 한 지게 값 말씀입죠."

"이 일은 너만 알고 있거라."

"여부가 있습니까요. 다녀와서 아뢰죠."

"오냐."

항상 사또의 곁을 지키는 시노(侍奴)인 급창은 자신이 모시는 윗분의 의도를 잘 알아야 한다. 그는 그만큼 상사와의 약조를 잘 지키는 데 길들어 있다. 급창은 옹기 가마를 다녀와 세세하게 옹기 값과 옹기 한 지게 값이 얼마인지 지함에게 아뢴다. 지함은 엽전 석 냥 칠십 전을 급창에게 내준다.

"가마에 가서 옹기 한 지게를 사거라. 일전에 울며불며하던 옹기장수 집은 알렷다?"

"알고말굽쇼. 고을 일이라면 어느 누구 집 숟가락 개수까지 압니다요."

"그 옹기장수를 가마에 데리고 가서 옹기 지게를 지고 가게 하여라."

"분부대로 한 치 어긋나지 않게 거행합지요."

급창은 신바람이 나는 몸짓으로 달려 나간다. 급창에게도 사또의 처분은 참으로 감탄스러운 일이다. 급창은 고을 관아의 노비다. 노비의 처지에서 보면 사또의 처사가 너무나 놀라울 뿐이다. 전관 사또였다면 옹기장수는 물볼기를 맞고 끌려 나갔을 행패였다. 이번 사또는 명관이라는 생각에 급창은 신나게 옹기 가

마로 달려간다.

이지함은 고을 백성한테 사비를 내놓았다. 사비라고는 하지만 집에서 가져온 돈은 아니다. 신관 사또가 부임하면 신관쇄마비(新官刷馬費)가 나온다. 살고 있던 집에서 임지까지 오는 동안 쓰는 여행 경비를 의미한다. 임지의 거리에 따라 다소 다르기는 하지만 300냥에서 400냥이 신관 사또에게 지급된다. 지함은 그 경비를 최대한 아꼈다.

위세를 좋아하는 자들은 빚을 내어서라도 수많은 영기(令旗)를 앞세워 여러 필의 말을 탄 수행원들까지 거느리고 위임을 부리며 임지의 경계로 들어선다. 이런 허세를 부리다 보니 신관쇄마비는 그들에게 아무런 보탬이 되지 못한다. 그렇지만 이런 위인들은 고을살이를 하는 동안 자신이 들인 돈의 몇 배를 수탈해 간다.

지함은 포천으로 오는 길을 최대한 단축했다. 한양에서 포천은 그리 먼 길이라고 할 수 없다. 수행하는 종자도 산해의 행랑 청지기 셋을 꾸어 온 것이 전부다. 마필이라야 새로 부임하는 원님이 터벅터벅 걸어서 임지에 들어설 수 없으니 단 한 필만 빌렸다. 그러다 보니 신관쇄마비의 태반이 남아 있었다.

아무리 그렇더라도 그 돈은 백성들이 낸 세금에서 지방관의 여비로 지급된 돈이다. 그러니 내 돈이 됐다고 해서 아무렇게나 낭비할 수는 없다. 그런데도 넉 냥에 가까운 돈을 선뜻 옹기장수에게 내준 것은 자신에 대한 실험이었다. 과연 내가 고을 수령으로 내 고을 백성들을 위해 할 수 있는 최선은 무얼까, 스스로 자문하면서 이런 결정을 했다.

옹기장수는 죽었다 살아난 사람처럼 어찌할 줄 모른다.

'사또 나리가 옹기를 깬 바람을 잡아 옹기 값을 받아 냈다. 그 돈을 나한테 돌려줬다.'

옹기장수는 옹기를 팔러 다니는 마을마다 입에 침이 마르도록 사또의 신통력을 자랑한다. 포천에선 이지함이 바람도 잡아 옹기 값을 받아 내는, 신통력을 가진 원님으로 삽시간에 소문이 퍼졌다.

"어허허 ……. 초임이라 그러신지 열의가 대단하시구려, 흐흐."

좌수는 호탕한 웃음을 터트리며 지나칠 만큼 오른손을 내젓는다. 지함은 좌수와 두 번째 대면이다. 좌수를 지켜보는 지함의 시선은 어떤 동요도 없다. 하지만 이미 좌수의 속내를 꿰뚫고 있다.

향청의 수장인 좌수가 난데없이 사또에게 세배를 하겠다며 하인을 앞세워 찾아왔다. 하인들이 지고 온 지게에는 산해진미가 가득하다. 이런 산골에서는 좀처럼 구하기 힘든 식재료에 거하게 차린 술안주가 줄줄이 주안상 위로 올라온다. 정초엔 이런저런 일로 서로 바빠 세배를 올리지 못해 여간 송구스럽지 않다며 좌수가 너스레를 떤다.

정초가 지나면 고을마다 세미(歲米)를 거둬들여 창고에 쌓는다. 관아와 수령에겐 연중행사 가운데 가장 큰 일이고 그 책임 또한 막중하지만, 고을 백성들에겐 힘겹고 고통스러운 일이다.

세미는 한 해 농사의 흉, 풍작 여부와 농사짓는 전답의 비옥함과 척박함에 따라 세율이 엄격하게 규정되어 있다. 그런데도 세미를 낼 때마다 백성들이 힘겨워하는 것은 대동법에 따라 매겨진 세율이 지켜지지 않고 제멋대로 세미가 부과되는 탓이다. 백성들은 세율이 어떻게 적용되는지를 알지 못하고, 관에서 세미 몇 말을 내라면 오직 명령대로 좇을 뿐이다. 실정이 이러니 못된 수령이나 좌수, 또 그 아래 이속들까지 세미를 과하게 부과하고 마구잡이로 거둬들이면 백성들만 죽어나는 것이다.

때가 때인지라 지함과 좌수의 술자리도 자연스레 세미 수납이 화제에 올랐다. 지함이 창고에 몸소 나가 세미 거둬들이는 일을 집행하려 한다는 말을 듣고 좌수가 얼굴을 붉히면서까지 사또의 열정이 지나치다고 직접 거동치 말기를 설득하는 중이다.

"세미를 거둬들이는 일은 수령으로서 가장 중요한 일이지요. 고을 살림뿐만 아니라 나라의 살림을 꾸리는 데 아주 바탕이 되는 일인데 소임을 소홀히 할 수가 있습니까."

"그야 이를 말씀입니까. 하나 현장에서 수납을 맡아 일할 사람들은 얼마든지 있지 않소이까. 관아에서 호방이나 이방, 향청에서 별감들이 그 일을 아주 잘 해 왔지요. 아랫것들한테 맡겨 놓으면 될 일을, 무어 굳이 사또께서 거동하시어 추운 날씨에 고생을 하려 하시는지 걱정이 돼서 하는 소리외다."

양쪽 턱살이 금방이라도 흘러내릴 것처럼 살이 찐 좌수는 추운 겨울 날씨에도 연방 손부채를 흔들며 지함 옆에 앉은 관기에게 눈을 찡긋거린다. 사또에게 술잔을 권하라는 신호다.

지함은 어째서 세미를 거둬들이는 창고에 나가지 말 것을 좌수가 이토록 권고하는지 이해할 수 없기도 하고 알 것도 같다.

"술 그만 치거라."

"어이 그러셔요, 나리? 쇤네가 미우셔요?"

제법 예쁘장하게 생긴 어린 관기가 토라진 시늉을 한다.

"술이 워낙 약해 석 잔을 넘기지 못한단다. 자네가 좀 봐주렴."

지함은 가벼운 웃음과 함께 관기가 술을 따르려는 손길을 가볍게 제지한다.

"좋은 술과 맛있는 음식으로 아주 유쾌한 담소 자리를 가졌습니다."

가볍게 웃으며 지함이 좌수를 건너다본다. 술자리를 그만 끝내자는 의미다.

"아니, 이, 이렇게 술이며 안주가 그대로 남았는데 ……."

좌수는 당황한 기색을 숨기지 못하고 손을 어디다 둘지 몰라 한다.

"음식이야 서리청에 내리지요. 서리며 서사들이 정초부터 수납 준비로 여간 고생이 아닌데, 오늘 좋은 음식을 먹으면 좌수 어른께 고마워할 터입니다."

좌수를 관아 대문 밖까지 배웅하고 지함은 방으로 돌아왔다.

"호방 들라 하라."

"호방은 들라시오!"

급창이 그 자리에 선 채로 서리청을 향해 목청껏 소리친다. 서리청 아전들이 사또 방에서 내린 주안상에 웬 떡이냐 하고 달려

들었다. 술 한 잔을 기분 좋게 넘기고 섭산적을 입안으로 욱여넣던 호방이 움찔한다. 왜 하필이면 요럴 때 호출인가? 입안의 산적을 급하게 씹으며 호방이 엉거주춤 일어선다.

"소인 대령했습니다요, 사또!"

"들라."

방 안으로 들어와 윗목에 꿇은 호방의 입가에 미처 닦지 못한 산적 기름이 번들거린다.

"며칠 후면 세미 수납으로 눈코 뜰 사이 없을 텐데, 창고에 나갈 때 따라갈 서사와 하인은 정해 놓았느냐?"

"그러믄입쇼. 서사 둘, 영기잡이 사령 여섯에다 솥단지, 그릇 등속을 맡을 녀석 셋과 땔감, 식재료를 감당할 아이 셋, 잡일을 맡은 청지기까지 하인 열둘을 뽑아 두었습지요."

"어디 원유회라도 가는 것이더냐, 솥단지는 왜?"

"사또께 중화참 지어 올려얍지요."

"쯧쯧, 하인 놈에게 점심 주발 망태기 하나 들리면 될 것을
……."

"예에?"

호방의 두 눈이 휘둥그레진다. 사또께서 이 추운 겨울에 찬밥 한 주발로 점심 끼니를 때우려 하다니, 호방 머리에 털 나고 이런 사또는 처음이다.

"영기 드는 사령 하나에 급창과 망태기 지고 갈 놈 하나, 셋이면 될 걸 ……. 그 많은 인원이 움직이면 드는 비용은 어찌할 테냐? 관아에서 쓰는 비용은 최대로 아껴야 하느니라."

호방은 대꾸할 말이 없어 그저 목만 움츠린다.

"세미를 받아들일 때 마질(말(斗)로 양을 재는 일)을 너무 빠듯하게 하지 말도록 창관에게 일러 두어라. 세미 바치는 것만으로도 버거운데 마질로 백성들 마음을 상하게 해서는 아니 되느니라."

"예, 사또."

"창고 마을에 잡류의 출입을 금한다는 고시는 내걸었으렸다."

"예, 사또. 사흘 전에 마을 곳곳에 방을 붙였습지요."

"만에 하나 창기나 주모들이 창고 부근에서 술을 팔아서는 아니 되니 엄히 단속토록 하라. 광대나 악공들이 놀이판을 벌이는 것은 물론 투전을 하거나 소, 돼지를 잡아 팔며 흥청거리는 것도 금해야 함은 물론이다. 만약 이를 어기는 자는 엄한 벌을 내릴 것이니 고시를 단단히 하라."

"고시는 그리 했사오나, 사또 ……."

호방은 생선 먹다 목에 가시가 걸린 것처럼 찌그러진 얼굴이다.

"달리 할 말이 있느냐?"

"실은 저 ……. 해마다 잡류를 금한다는 고시를 했지만 그게 실은 잘 지켜지지 않은 형편이라 ……."

"어째서 지켜지지가 않았다는 게냐? 수령들이 못 보았단 말이냐? 알고서도 못 본 척했다는 것이냐?"

"그것이 아니오라, 소인 기억으로는 원임 사또들은 창고 마을에 출행하신 경우가 없는 듯합니다요."

"무엇이라!? 그럼 대체 누가 세미 수납을 감독했느냐? 창고에 창관이 있긴 하지만 창관과 그에 따른 이속들은 창고를 지키는 것이 소임이니, 그자들에게 세미 수납을 맡기는 수령이 어디 있단 말이냐?"

지함은 자신도 모르게 목소리가 높아진다.

"그, 그렇진 않사옵고 ……. 아니, 그러니까 그 일은 여태껏 ……."

호방의 말꼬리가 이리저리 흔들린다.

"햐, 향청에서 환곡 배분이나 전결 조사 때에 사또를 보좌하고 돕는 일을 맡아 오는 것이라 좌수께서 별감들을 데리고 …… ."

"좀 전에 다녀간 좌수가 감독했다는 소리더냐?"

"그, 그렇습죠. 그래서 창고 마을에 잡류들이 자리를 잡고 판을 벌이는 걸 사또께서 관여하신 적이 없기에 ……."

얼굴에 흘러내리는 땀을 소매 끝으로 훔쳐 내는 호방의 손이 부들부들 떨고 있다.

부임 첫날부터 지금까지 신관 사또의 사무 처리를 보아 온 호방이다. 고을 서리들의 눈치 빠르기는 그들이 살아남기 위한 것이기에 세상에서 그 누구도 따를 수 없다. 부임한 지 두 달 남짓밖에 안 됐지만 서리청 안에서 오가는 말은 이지함은 여느 현감과는 전혀 다른 인간이라는 것이다. .

호방이 식은땀을 줄줄이 흘리는 것은 당장 떨어질 사또의 불호령 때문이다. 아니, 불호령에 그치면 천만다행이다. 사또가 어떤 조처를 취할지 눈치 빠른 그들도 알 수가 없는 노릇이다.

"세미 수납 날 창고 마을에 잡류들을 금하는 이유는 알고 있으렷다?"

"아, 압지요. 창고 앞이 혼란스러워 수납이 제대로 이루어지기 어렵게 되는 경우가 생기기 때문인데, 하지만 그건 또 달리 생각하면 백성들이 나라에 바치는 세미를 맘 편히, 흡족한 마음으로 낼 수 있게 신명을 돋우는 것이기도 해서 꼭 엄히 금하기만 할 것이 아니오라……."

"네 이놈!"

지함의 서릿발 같은 고함이 터져 나온다.

쿵덕하고 호방이 엉덩방아를 찧고 뒤로 나뒹군다.

"네놈들이 좌수와 궁리를 맞춰 얼마나 백성들을 괴롭히고 수탈했는지 알겠구나. 그러고도 어찌 관아의 아전이라 행세했더냐?"

"사, 사또!"

호방이 사또 방을 도망치듯 나오는데 난데없이 그의 바짓가랑이 아래로 여름철 소나기 오는 날 처마에서 떨어지는 낙수처럼 물이 뚝뚝 떨어지는 걸 본 사람은 다행스럽게도 급창뿐이다.

고을 수령에게 향리인 이속들을 추천하는 건 향청 좌수의 큰 소임이며 주어진 권한이기도 하다. 하지만 이지함은 쫓겨난 호방의 후임 추천을 정 좌수에게 위임하지 않는다. 그 대신 향교를 찾아 유림의 장로들과 유생들의 의견을 듣고 호방을 지명한다.

정 좌수는 세미 수납에서도 제외되고 호방 추천도 받아들여지지 않자 분통이 터진다. 당장 관아의 문으로 달려가 현감 뵙기를 청하지만 통기를 받은 지 한참이 지나서야 예방이 나왔다.

"사또를 뵙도록 알선해 주게나. 내 공을 잊지 않음세."

좌수는 전에 없이 온건한 어조로 사정하듯 말한다.

"사또께서 향청으로 사람을 보낸다 하셨습니다."

"사람을 보낸다니, 무슨 사람?"

"소인이 어찌 알겠습니까. 사또 말씀은 '향청으로 사람을 보낼 테니 그리 알고 돌아가시라' 그 말뿐입니다요."

정 좌수는 잠깐 어찌할 바를 몰라 멍하게 섰다. 만나 주지 않겠다면 무슨 핑계를 대고 떼를 써 보기라도 할 텐데, 향청으로 사람을 보낼 테니 가서 기다리라는 데야 더 이상 떼를 쓸 수도 없다.

"그래, 언제쯤 사람을 보내신다누?"

"그야 사또 마음이겠쥬."

무슨 언질을 받았는지 예방이 좌수를 대하는 태도 또한 전에 없이 뻣뻣하다. 이전 같으면 얄짤없을 일이다.

저들의 추천권을 가지고 있는 좌수 앞에서 감히 아전붙이가 고개라도 들 수 있었던가? 그런데 오늘 예방의 태도는 참으로 야지랑스럽다. 정 좌수는 가슴이 덜컹 내려앉는 느낌이다.

세미 수납 때 일로 미루어 사또가 어떤 관리인지 능히 알고도 남을 터다. 십 년 권세가 하루아침에 훨훨 산마루를 넘어 멀리멀리 날아갔다는 허망함이 정 좌수의 가슴에 밀려왔다.

좌수의 임기는 대개 이 년이다. 그중에는 연임을 하는 경우도 있고 평생 동안 좌수 노릇을 하기도 한다. 하지만 신관 사또가 부임하면 임기를 다 채우지 않았더라도 좌수를 바꿀 수도 있다.

정 좌수는 십 년 동안 연임하면서 온갖 비리를 저질렀다는 것이 세미 수납 과정에서 드러났다.

지함은 세미 수납을 위해 창고에 가던 날, 세미를 수납하기 전에 가을에 거둬들인 환곡의 재고 조사부터 했다. 그 결과 창고에 쌓인 환곡이 장부 기록보다 턱없이 부족하다는 사실이 드러났다. 창고 관리를 책임지는 창관과 출납을 기록하는 서원 등이 당장 지함 앞으로 끌려왔다.

"딱 한 번만 기회를 주겠다. 어디 해명해 보아라. 창고에 보관된 환곡이 부족한 까닭이 어데 있느냐? 소명하지 못하면 너희 둘은 목이 열이라도 부지하지 못할 터."

"사, 사또. 소인은 모르는 일이옵니다. 소, 소인의 소관이 아니옵니다."

"창고 관리가 창관 소관이 아니라니. 그렇담 네가 여기 왜 있느냐? 이 무슨 해괴한 소린 게야?"

"예, 예. 창고 관리는 분명 이놈의 소관이지만 환곡 출납은 소인하고 무관하옵니다."

"헛소리를 지껄이는구나. 창고는 누가 지키느냐? 창고를 지키라고 창관 수하에 이속들과 많은 군사를 두었는데, 환곡 수백 석이 창고에서 감쪽같이 사라졌으면 그 책임이 어느 누구에게 있느냐?"

"사라진 것이 아니옵고, 애초에 징수하지 않았기 때문에 비는 것입지요."

지함의 추궁에 창관이 궁지로 몰리자 옆에 꿇었던 서원이 엉겁결에 뱉는 말이다.

"징수하지 않았다? 장부에는 분명 징수된 것으로 기록돼 있는데 징수하지 않았다니, 이건 또 무슨 곡절이냐? 미수를 징수로 허위 기재한 자는 누구이며, 왜 그런 거짓을 꾸몄는지 낱낱이 고하라."

이날 그 자리에서 밝혀진 정 좌수의 비리는 엄청났다. 하지만 예방과 형방이 향청으로 들고 간 봉서에 적힌 내용은 그 대표적인 사례 몇 가지다.

환곡을 받아들이는 것은 본래 연말까지가 그 기한인데, 연말까지는 미수된 것을 징수한 것처럼 꾸며 수령에게 보고하고, 봄에 환곡을 펼 때에 본래 받지 않았던 것을 새로 내준 것처럼 허위 문서를 만들어 수령에게 보고했다.

해마다 수백 석씩 이런 속임수로 백성들에게 한 섬에 한 냥씩 받아 착복했으니 십 년 동안 그 돈이 얼마인가?

아전이나 창고의 이속들이 환곡을 착복하면 그 사실을 숨기고 수령에게는 곡식이 있는 것처럼 보고하고, 아전이나 창고 이속들을 협박하여 뇌물을 챙긴 것이 또 얼마인가?

하나만 더 덧붙이노라.

농사가 흉년이라 벼 한 섬 값이 두 냥이면 곡식 대신 돈으로 받았다.

이듬해 봄에 '올해는 풍년이라 가을에는 벼 한 섬에 한 냥밖에 하지 않을 것이니 지금 돈을 가져다 쓰고 가을에 벼로 갚으면 된다'고 하여 한 섬에 한 냥을 빌려주고선 가을에 벼로 되받는다. 그러는 사이 벼 한 섬에 한 냥씩 남는다.

천 석이면 천 냥, 이천 석이면 이천 냥.

포천에서 그대의 땅을 밟지 않고서는 아무 데도 갈 수가 없다고들 하더니 그 넓고 넓은 농토와 산야가 어디에서 왔는가?

나태하고 어리석어 제 소임을 다하지 않은 수령들 때문에 고을 백성들은 뼈가 깎이고 살이 터지는 고통으로 피눈물을 흘렸으되, 좌수는 생쥐처럼 나라살림을 갉아먹고 승냥이처럼 백성들의 재물과 눈물을 훔쳐 검은 배를 채웠다.

그 죄를 어이할꼬.

금방이라도 흘러내릴 것 같은 좌수의 양 볼살이 후들후들 흔들거린다. 순간 좌수가 그 육중한 몸뚱이로 비호같이 향청을 뛰쳐나간다. 그러나 비호 같다고 여긴 건 좌수뿐이다. 좌수는 향청 문밖으로 단 한 발짝도 내딛지 못하고 뒷걸음질 친다. 아니, 뒷걸음질을 친 것이 아니라 앞을 가로막는 장교의 기세에 눌려 제 풀에 주저앉았다. 단단히 뒷결박을 당한 채 관아로 끌려온 정 좌수는 하옥된다.

지함은 경기 감사에게 장문의 보고서를 올린다. 정 좌수의 죄가 결코 가볍지 않아 장 100대에 전 재산 몰수의 중벌을 내릴 터이니 재가하여 주십사 하는, 하급 관서의 수장이 갖춰야 하는 절차다.

　그런데 보고서가 올라간 지 보름이 지나도록 경기 감사는 어찌하란 답서가 없어 지함은 갑갑하다. 혹여 경기 감사도 정 좌수와 연계된 몹쓸 부정이 있지는 않을까 하는 걱정이 지함을 초조하게 한다.

　경기 관찰사는 종이품, 외관직으로는 몇 안 되는 고관대작이다. 그러니 이 나라 종묘사직을 생각하면 청렴하고 강직하게 백성을 다스려야 한다.

　지함은 그렇기를 간절히 기원했다. 십 년 동안 뇨전 백성들을 착취해 온 정 좌수의 죄악을 낱낱이 밝혀 치죄하는 것이 관직에 있는 자들의 엄중한 책무라고 여겼다.

　"한양에서 급한 사람이 왔습니다. 사또."

　급창의 카랑카랑한 목소리가 깊은 잠에 빠져 있는 지함의 귓전을 때린다. 동이 트려면 아직 한침은 기다려야 할 시각인데 급창이 사또의 잠을 깨우다니 괴이한 노릇이다. 지함이 초에 불을 댕기자 방 안의 어둠이 한꺼번에 밀려난다.

　"한양에서 이 밤중에 어인 사람이냐? 당장 만나자느냐?"

　지함은 지금 동헌으로 나가야 하는지를 묻는다.

　"나리, 소인 송관수이옵니다. 기침하시었으면 잠시 뵈올 수 있을지요?"

　지함은 송관수가 누구인지 얼른 떠오르지 않는다. 그러나 이 밤중에 한양에서 내려와 내아에까지 들어와 이름을 밝히는 걸 보면 생면부지의 사람은 아닐 터다.

"네가 어쩐 일이냐? 집안에 무슨 변고라도 있느냐?"

방 안으로 들어선 사람이 산해의 집사라는 걸 알아보고 지함은 가슴이 덜컥한다.

행여 조카한테 상서롭지 않은 일이라도 생긴 게 아닌가 하는 불길한 생각이 번개가 스치듯 머리를 스쳐 갔기 때문이다.

"아, 아닙니다요. 심려 놓으십시오. 소인의 방문은 가내의 일이 전혀 아니니 아예 그런 걱정은 마십시오."

송관수는 인사도 올리기 전에 손사래부터 친다.

"그럼 왜 이리 급한 걸음이더냐? 내처 밤길을 걸었을 것 아니더냐."

"대감께서 촌각도 늦추지 말고 가서 뵙고 오라셨습니다."

지함은 송관수의 말에 날카로운 눈길을 그의 얼굴에 꽂는다.

"……?!"

지함은 조용히 송관수의 안색을 살핀다.

추운 겨울 밤길을 내처 달려온 사람치고는 급히 할 말이 있는 것 같지도 않아 보이게 느긋한 몸가짐이다. 화급한 일이 아니면 날이 밝을 때를 기다려 찾아와도 된다. 그런데도 이 밤중에 내아까지 들어와 굳이 사람을 깨운 것을 보면 집사의 생각으로 한 행동이 아니다. 상전의 명을 받고 한 행동이 분명할 터다.

한양에서 포천까지 오는 데 얼마나 걸릴지 산해도 대강 짐작할 것이다. 그런데도 한밤중에 숙부를 깨운 산해의 속내는 대체 무언가?

"알았다. 달리 할 말이 있는 것도 아니잖으냐?"

묵묵히 앉은 송관수를 지켜보던 지함이 불쾌함을 감추지 않는다.

"달리 올릴 말씀은 없사옵니다."

"무어야? 임자가 지금 날 희롱하는 겐가? 딱히 전해야 할 말도 없으면서 한양에서 예까지 와서 한밤중에 사람을 잠자리에서 깨우다니, 이 무슨 행팬가?"

지함은 벌써부터 한밤중에 일어난 요지경 같은 사태를 충분히 짐작하고 있다. 잠자코 앉았던 송관수가 조용하게 입을 연다.

"대감마님께서 소인에게 당부하신 말씀이 있으셨습니다."

"무언가?"

지함은 긴말을 하지 않는다. 집안에 커다란 변고가 생긴 것이 아니라면 난데없이 한양에서 예까지 수족처럼 부리는 집사를 보낸 장조카의 속내는 분명하기 때문이다.

"네 상전이 무슨 말을 했는가? 예까지 어이 왔느냐?"

지함의 목소리가 겨울 찬바람처럼 냉기가 돈다.

"서운해하지 마시지요. 바로 그 말씀을 올리려 했는데 ……. 대감마님께선 그냥 나리 얼굴만 뵙고 오라셨습니다."

"허, 허허허 ……"

너무나 어처구니없는 상황에 지함은 그저 선웃음만 나올 뿐이다.

"나리께 문안 인사만 올리고 오라 하셨습니다. 대감께서 저에게 내리신 말씀은 그것 이외에 한 마디도 없었습니다. 소인은 그저 문안만 올리고 돌아가겠습니다. 잠자리를 번거롭게 하여 죄만스럽사옵니다."

문안 인사를 한밤중에 굳이 사람을 깨워서까지 올리는 이 기이한 상황은 대체 무언가?

지함은 이제 더 이상 집사에게 무어라 하지 않는다. 산해가 집사를 보내 무리하게 한밤중에 문안 인사를 올리게 한 속뜻을 분명하게 이해하기 때문이다. 정 좌수를 선처해 주십사 하는 당부를 하고 싶지만, 숙부의 성정을 잘 아는 조카라 감히 그 말을 직접적으로 할 수가 없다. 다만 한밤중에 문안 인사라는 억지를 부려 자신의 뜻을 숙부가 알아차리도록 하려는 속셈이었던 것이다.

지함이 아는 바로는 산해는 정 좌수와 직접 연관된 일이 없다. 두 사람 사이에 작은 인연이라도 있었다면 정 좌수가 지함에게 산해 이야기를 한 번이라도 하지 않았을 리가 없다. 만약 산해와 수인사라도 나눈 적이 있었으면 기회 있을 때마다 산해와의 인연을 들먹이며 지함에게 친밀감을 드러내려 애썼을 터다.

그런데 산해는 왜 정 좌수의 선처를 숙부에게 당부하려 했을까? 거절할 수 없는 누군가의 부탁을 받았을 것이다. 조정 중신이거나 막역한 친구이거나. 그들이 지함에게 직접 말할 수 없었던 건 정 좌수의 죄가 너무 무겁고, 이지함이라는 고을 현감이 너무 강직하기 때문일 터다.

하지만 산해도 숙부에게 직접 말하지 못했다. 포천 현감은 숙부의 첫 벼슬자리다. 관직에 나아가기를 강력하게 권고한 사람은 산해 자신이다. 진정한 목민관이 되어 어느 작은 한 고을 백성들이라도 참정치의 행복을 느끼게 해 주는 모습을 보고 싶다고 산해는 숙부에게 간청했다. 그런 숙부에게 불의와 타협하라고 할 수는 없었다.

숙부에게 집사를 보내 한밤중에 문안 인사라는 방법을 택한 건, 자신의 의사는 전달하지만 처분은 숙부에게 맡기겠다는 산해 나름의 계산이었다. 지함은 그런 산해의 심중을 안다. 그래서 고맙다.

물론 산해가 직접 정 좌수의 선처를 청했어도 지함은 그 말을 듣지 않았을 게 분명하다. 하지만 그리되면 말을 한 산해나 그 부탁을 들어주지 않은 지함 자신이나 서로 어색하고 거북한 찌꺼기가 남을 수밖에 없었을 것이다.

정 좌수는 전 재산을 몰수당하고 장 50대의 물볼기를 맞고 엉덩이 살이 너덜너덜해진 채 포천현 경계 밖으로 쫓겨난다.

정 좌수를 치죄하는 일로 포천현은 관청은 관청, 백성들은 백성들대로 분주했다. 취조당하는 정 좌수를 구경하려고 관아 문 앞은 날마다 사람들로 북새통을 이뤘다.

오늘은 송사도 없어 드넓은 동헌 마당이 절간처럼 고즈넉하다. 서리청을 나온 이방이 햇살이 하얗게 내리쬐는 마당을 가로질러 동헌 대청으로 오른다.

"사또, 이방올습지요."

"들라."

이방이 냉큼 방 안으로 들어선다.

"사또, 일전에 하명하신 ……."

"자네 어디 아픈가?"

보고를 올리는 이방의 말을 끊고 지함이 묻는다.

"아니올습니다. 어디 한 군데도 아픈 데가 없는굽쇼."

느닷없는 물음이라 이방은 어리둥절한 얼굴이다.

"그렇다면 이 길로 집으로 가 보아."

"아이구, 그건 …… 오늘은 쉰네가 번 드는 날인굽쇼."

"이렇게 답답하긴, 번차례야 잠시 바꾸면 될 일."

지함이 버럭 화를 내는 바람에 이방은 정신이 번쩍 난다. 긴 병을 앓고 있는 노모의 모습이 떠올랐기 때문이다. 이방이 허둥지둥 방 안으로 들어섰을 때, 노모는 마지막 생명의 끈을 부여잡고 있었다.

"어머니!"

"치, 칠성아."

이방을 향해 내밀던 노모의 손이 툭 떨어진다. 초상을 치르고 처음 등청한 이방은 지함 앞에 큰절을 올린다.

"임종을 했습니다. 소인이 사람들한테 불효자 소릴 듣지 않게 해 주셔서 백골난망이옵니다."

벌써 장마철이 왔는지 며칠째 추적추적 비가 내리는 틈틈이 밝은 햇살이 잠깐씩 얼굴을 내밀곤 하는 날이 이어진다. 올해는 봄부터 비바람이 순조로워 볍씨가 싹을 틔우고 벼 포기가 쑥쑥 자라는 여름이 될 때까지 농부들에게 큰 어려움이 없었다. 아마도 올해 농사는 풍년이 들 것 같은 예감에 지함은 질척한 날씨에도 심신이 가볍다.

공무 처리도 마쳤고 밀린 송사도 없어 지함은 모처럼 한가롭게 처마에서 떨어지는 낙숫물 소리를 들으며 차 한 잔을 즐긴다.

한 줄기 시원한 바람이 열어젖힌 방문으로 들어와 방 안을 감돌아 나간다. 찻잔을 입으로 가져가던 지함이 멈칫, 손길을 멈춘다. 그러고는 가만히 앉은 채 무언가를 기다리는 눈치다.

다시 바람이 방문으로 들어와 방 안을 휘돌아 나간다. 지함은 찻잔을 서둘러 차탁에 내려놓고, 기듯이 방문으로 다가가 손가락 하나를 방 밖으로 내밀고 기다린다. 손끝에 스치는 바람이 느껴진다. 그러고는 바람이 스친 손가락을 코끝으로 가져가 킁킁 냄새를 맡다가는 급기야 맛이라도 보는 듯 혀끝으로 가볍게 핥는다.

이제는 얼굴을 아예 방 밖으로 내밀고 지나는 바람의 냄새를 부지런히 맡던 지함이 갑자기 긴장된 얼굴로 처마 너미로 하늘을 올려보는가 싶더니 목화도 신지 않은 버선발로 마당으로 뛰어나간다.

사또의 거동을 무심히 보고 있던 급창이 깜짝 놀라 급히 시선을 돌린다. 느닷없는 사또의 이상 행동에, 급창은 나리가 노망이라도 든 게 아닌가 하는 짐작으로 덜컥 겁이 난다.

마당으로 뛰어내린 지함이 양팔을 벌리고 손바닥에 빗방울을 받아서는 다시 냄새를 맡고 혀로 맛을 본다. 지함은 다시 비가 쏟아지는 하늘로 고개를 쳐들고는 그 자리서 맴을 돌며 동서남북을 살피며 혼잣말로 무언가 열심히 중얼거린다.

대청 기둥에 몸을 숨긴 채 사또의 하는 양을 지켜보는 급창은 이 일을 이방에게 알려야 할지 말아야 할지 갈등을 일으키고 있을 때, 지함이 급하게 마루로 오르며 소리친다.

"서리청에 달려가 모두 빠짐없이 모이라 일러라!"

"예, 예. 나리!"

급창이 짚신을 꿰차지도 못하고 서리청으로 달려간다.

방에 들어서자 젖은 얼굴의 물기를 닦을 생각도 않고 지함은 사방탁자로 가서 서둘러 두루마리 하나를 찾아 방바닥에 거침없이 펼쳤다. 포천 고을을 그린 관내 지도다. 지도를 펼쳐 놓고 손가락으로 곳곳을 짚어 가며 지함은 생각한다.

조선에 비를 뿌리는 구름은 남쪽에서도 몰려오고 서쪽, 동쪽에서도 온다. 그러나 그 바람들이 혀끝에 느껴지는 맛이 다르다. 물론 염도도 다르다. 서쪽은 바짝 마른 느낌으로 짜고, 동쪽은 건건하다. 하지만 많은 비를 머금고 있는 남쪽에서 몰려오는 비구름은 습도도 높지만 짠맛이 달달하다. 달달한 짠맛 속에는 묵직한 습기가 담겨 있다. 이런 바람은 큰비를 내리는 구름을 거느리고 있는 법이다.

홍수다.

지함이 당장 대피시켜야 할 마을을 열심히 가려내고 있는 사이, 급창의 전갈을 받은 아전들이 줄줄이 동헌 대청으로 올라와 부복한다.

"나리, 소인들 모두 등대를 아룁니다."

수리(首吏)인 이방이 아전 모두가 모였음을 아뢴다.

지함은 지도를 든 채 대청으로 나온다.

"일직 중인 사령들은 물론 비번인 사령들도 모두 소집하라."

"예, 나으리."

"사령들이 모두 모이면 인원을 나누어, 임자들이 사령들을 데리고 임실, 구포, 창진, 세울, 임천, 차탄 마을로 달려가거라. 각기 마을로 달려가 마을 사람들을 한 사람도 빠짐없이 인근 높은 지대 마을에 사는 친척이나 연이 닿는 사람들 집으로 소개시키고, 정히 갈 곳이 없는 사람들은 강에서 멀리 떨어진 둔덕이나 동산으로 피신시켜라. 촌각을 다투는 일이니라."

"나, 나리!"

대꾸하는 이방뿐 아니라 아전들 모두가 어안이 벙벙한 표정이다.

"챙길 수 있는 물건이면 무엇이든 챙기라고 누누이 일러라. 물살이 휩쓸고 지나가면 건질 것이 아무것도 없다는 걸 일께워 줘야 한다. 알아듣느냐?"

그렇잖아도 금방 쓰러질 것 같은 오두막에 사는 백성들이다. 내일 아침이면 폐허처럼 변해 있을 마을들을 생각하면 지함은 벌써부터 가슴이 아린다. 가난도 서러운데 이 나라 선량한 인민들이 언제나 이런 고통에서 벗어날까? 아전들을 채근하면서도 지함은 한숨만 나온다.

하지만 아전들에게 사또의 말과 행동이 너무나 생뚱맞다. 사또의 말은 큰비가 와서 머잖아 한탄강이 넘친다는 것인데, 지금 동헌 마당에 내리는 비는 거의 이슬비에 불과하다.

"어인 곡절로 이런 궂은 날에 백성들을 산으로 내몰라시는지요?"

"큰물이 진다. 자정이나 늦어도 새벽녘이면 한탄강이 넘칠 징조니라. 그러니 촌각을 다투어 늙은이, 아이들 할 것 없이 한 사람도 빠트리지 말고 소개토록 해야 하느니라."

"사, 사또. 장맛비라야 오늘 내린 비는 겨우 들풀을 적실 만큼밖에 오지 않았는데 어이 이런 분부를 내리시는지요?"

"사족을 달 것 없느니라. 당장 시행하라."

"나리!"

입을 굳게 다물고 있던 병방이 입을 열어 묵직한 목소리로 의문을 토로한다.

"소인들이 납득이 되게 하명하시지요. 추적추적 내리는 장맛비 때문에 강물이 넘쳐 날 거라면 백성들이 이 말을 곧이곧대로 받아들일지요?"

"내가 너희들과 농지거릴 하는 줄 여기느냐? 강이 넘친단 말이다. 홍수가 질 거란 소리니라."

지함은 답답했는지 목소리가 다소 높아진다.

"나리, 장마철이라고는 하지만 여태 강물은 겨우 무릎 높이도 차오르지 않았습니다. 소인이 아침에 강을 건너 등청했습죠."

"시방 빗줄기도 점점 가늘어져 굳세게 비가 올 기미는 전혀 보이지 않는뎁쇼, 나리."

아전들은 하나같이 사또의 판단을 받아들이기 어렵다.

비록 비가 내리기는 하지만 여름에 접어들면 늘상 겪는 장맛

비일 뿐이다. 그런데 홍수가 질 것이니 강변 백성들을 피신시키라니, 납득하기가 쉽지가 않은 것이다.

지함도 아전들이 의심스러워하는 것을 이해한다. 그렇지만 머지않아 곧 큰비가 내린다. 분명한 사실을 알고 있는 지함은 지금 이 상황을 어떻게 설득할 것인가?

"그렇다면 내가 너희들과 분명하게 약조하마. 지금 내 말을 거역해서 방금 일러 준 마을 백성들을 피신시키지 않고 방치했다가 만에 하나 단 한 명이라도 물살에 떠내려가 희생되는 사달이 벌어진다면 그땐 너희들의 목을 칠 것이다. 반면 내 예견이 틀린다면 나는 당장 수령 자리를 내놓겠다. 어찌할 텐가?"

사또의 극단적인 제안에 아전들은 등골이 서늘해진다. 수령이 벼슬자리를 내놓겠다는 약조는 아전들로는 한 번도 들어 보지 못한 다짐이다. 그렇다면 홍수가 올 것이 분명하거나, 아니면 사또가 자신의 신통력을 지나치게 믿고 있다.

"내일 아침이면 판명될 일이니라. 너희가 목숨을 걸었으렸다."

고을 이속들의 가장 큰 단점이자 장점은 무조건 상전의 영을 따른다는 데 있다. 상전의 영을 따르면 그들에게 돌아오는 책임은 아무것도 없다. 상명하복은 그들의 금과옥조다. 더욱이 지금 내 목숨이 걸린 사안인데 무얼 더 머뭇거리고 있을까.

"예, 나리. 분부 거행하옵니다요."

아전들이 일제히 소리치고 자리를 박찬다.

살아남을 길은 백성들을 이웃 마을이나 산으로 내모는 것뿐이다. 하지만 그게 그리 쉬운 일이 아니다. 서둘러 높은 지대로 피

신하라는 아전과 사령의 말에도 눈 하나 깜짝하지 않는다.

"하이고 참, 살다 살다 별소리를 다 듣슈. 요만 비에 뭔 물이 넘친다고 소갤 하라는지, 수챗구멍으로 기어들던 개가 웃겠구먼."

오랜 핍박과 가난 속에도 끈끈하게 목숨을 지탱해 온 노파가 손자뻘 되는 사령한테 하나밖에 남지 않은 앞니를 드러내며 웃는다.

"뭔 얼토당토않은 소리야? 이 집에서 나고 환갑이 되도록 살았어. 요만 비로 강물이 넘쳐 난 적은 육십 평생 단 한 번도 없으니 사또께 염려 붙들어 매시라고 하게나."

오히려 촌로가 호통을 친다.

한발 앞서 나가는 혈기가 넘치는 사내도 없지 않다.

"흥, 어림없는 소리 말거라, 이 악독한 놈들아. 자갈밭을 손톱이 빠지도록 고르고 골라 근근이 고추밭을 만들어 놨더니 그런 핑계로 빼앗을 속셈이구나. 난 강물에 떠내려가 죽었으면 죽었지, 이 말을 안 떠나."

하긴 누군들 지금 내리는 빗줄기를 보고 오늘 밤에 큰물이 진다고 생각할 수가 없다. 강변 마을로 흩어져 마을 사람들을 고지대로 소개시키려는 아전이며 사령들도 긴가민가하는 판인데, 마을 사람들이 아전붙이나 사령들의 말을 따를 리는 만무다. 지함의 말을 믿고 집을 나서는 사람은 아무도 없다.

그런데 신시(오후 3~5시)가 되니 하늘이 먹구름으로 뒤덮이면서 빗줄기가 굵어지기 시작한다. 빗줄기는 점점 굵어져 우장을 쓴 사령들의 옷 속으로 빗물이 스며들지만 마을 사람들은 집 안에서 꿈쩍도 않는다. 그도 그럴 것이 가을 태풍 때면 몰라도 여름철 장맛비에 임진강이 넘친 적이 없었기 때문이다.

"도무지 움직일 기색이 없습니다요, 사또."

중치막에서 빗물이 뚝뚝 떨어질 만큼 비를 흠뻑 뒤집어쓰고 동헌으로 돌아온 이방이 더 이상 어찌할 방도가 없다는 얼굴로 지함 앞에 허리를 꺾는다.

"어찌하여 고을 백성들이 사또의 말조차 믿지 않는단 건가?"

강물에 휩쓸릴 위험에 놓인 마을 백성들이 꿈쩍도 않을 기색이라는 보고를 받은 지함은 입술이 타들어 간다.

'왜 백성들이 사또의 당부조차 듣지 않을까? 그들이 그동안 얼마나 소위 수령이라는 위인들께 기만당했으면, 착취당했으면 이 상황에서도 관의 말을 신뢰하지 않을까?'

결국 지함이 몸소 우장을 뒤집어쓰고 저지내 마을로 달려간다.

날은 점점 어두워지고 있다. 빗줄기도 거세지면서 바람까지 거칠어지고 있다. 쏟아지는 비의 양만큼 강물도 불어난다. 불과 반각 전보다 엄청나게 불어난 강물은 소용돌이치면서 제방을 때리기 시작한다.

지함이 강변 마을로 내려왔다. 그러나 한 마을이라고 해도 민가들이 한 곳에 모여 부락을 이룬 게 아니다. 집들이 띄엄띄엄 흩어져 있어, 지함이 집집 찾아다니며 설득을 한다 한들 미처 한 마을도 피신시키지 못할 지경이다.

아전들이 마을 하나씩을 맡아 사령들을 데리고 달려가긴 했지만 이방의 말대로 백성들이 꼼짝하지 않고 있으면 어떻게 해 볼 도리가 없게 된다.

지함은 빗속에 우두커니 서서 점점 더 불어나는 강물만 하염없이 내려다본다.

"내가 덕이 없음인가? 어째서 사또의 영이 서지 않는단 말인가!"

탄식이 절로 나온다. 그래도 아전과 사령들은 비에 젖어 생쥐 꼴을 하고서도 마을 사람들을 설득하느라 필사적이다.

"모르시우? 옹기를 깨트린 바람을 붙잡아 옹기 값을 받아 낸 사또요. 바로 그 사또가 한밤중이면 한탄강이 넘친다고 했는데 어쩔 거요? 믿을 거요, 안 믿을 거요?"

"얼른 보따리 싸라니까요. 고집 부리다 강물에 떼밀려 가면 그땐 어쩔 거요? 아, 임천 마을 앞 제방이 넘쳤다는데 뭣 하시오?"

"귓구멍에 대추 박혔수? 제방에 물이 넘치면 둑 무너지는 건 삽시간이라는데 왜 말귀를 못 알아들어. 임천이 잠기면 구포는 금방이라니깐. 난 모르우. 난 가겠수다."

이속과 사령들이 어르고 협박해도 꼼짝 않던 사람들이, 땅거미가 지고 어둠이 내리는데도 빗줄기가 가늘어질 기미를 보이지 않자 슬슬 동요하기 시작한다.

한두 집 움직이기 시작하자 마을 안은 삽시간에 불안감이 돌고 불안감은 공포로 바뀐다.

"홍수다! 물난리가 난단다!"

물난리에 대한 두려움은 제방을 무너트리고 넘치는 물살보다 더 빨리 번진다.

뒤늦게 마을 사람들은 가재도구를 챙기고 어린아이를 둘러업고 물난리를 피할 곳을 찾느라 허둥거린다. 어떤 집은 인근 마을의 친척 집이나 지인 집을 찾아가고 친척도 지인도 없는 이들은 고지대 정자나 동산을 기어오른다. 빗물이 가재도구를 적셔 아무 쓸모도 없게 만들어도 그런 건 이제 상관이 없다. 우선 사람이 강물에 휩쓸려 떠내려가지 않는 것이 먼저다. 밤새도록 혼란과 위험이 이어졌다.

새벽 동이 틀 무렵, 기어이 한탄강이 범람했다. 강 유역은 물바다로 변했다. 한탄강과 임진강 유역의 연천, 장단, 파주 고을에선 적지 않은 인명 피해가 났다. 물난리가 나리라고는 생각지도 못한 사람들이 잠을 자다 몸만 간신히 빠져나오느라 솥단지 하나 건지지 못한 것은 물론이고, 잠자리에 누운 채 물에 쓸려간 사람도 있다고 한다.

다행히 포천현은 세 곳의 마을이 물길에 휩쓸려 전답과 가옥이 침수 피해를 입었지만 단 한 사람도 희생되지 않았다. 사령들이 저마다 무용담을 쏟아 내며 간밤의 긴박하고 위험했던 상황을 되새기느라 신바람이 났다.

"게 누구 없느냐?"

지함의 다급한 목소리에 사령들이 일제히 축대 아래로 대령한다.

"당장 어사골로 달려가거라. 거기 가면 한 소나무 가지에 어떤 노파가 매달려 있을 것이다. 그 노파를 구하라."

사령들은 지함의 말이 떨어지기가 무섭게 어사골로 달려간다. 그곳에 도착하니 정말 지함의 말처럼 한 노파가 소나무 가지에 매달려 바들바들 떨고 있다. 그런데 소나무가 나이 든 노파라도 못 내려올 높이가 아니다.

"아니, 요만 높이도 못 내려온단 말이슈."

사령들은 이런 상황이라면 자신들이 숨을 헐떡이며 올 것도 없었던 것이다. 노파가 지나치게 겁이 많거나 사또가 지나치게 예민해진 탓이다.

"아, 이만 내려오슈."

"언제까지 매달려 있을 셈이우?"

"한 발만 훅 내리면 되는데 뭐 하슈?"

사령들은 노파가 불과 세 척도 안 되는 나무 위에서 내려올 생각을 않자 저마다 짜증이 나기 시작한다.

"할멈, 진짜 안 내려올 거요?"

젊은 사령 하나가 제 성질을 이기지 못하고 고함친다. 노파는 사령의 고함 소리에 더욱 두 팔에 힘을 주며 나무에 매달린다.

"고, 고함 좀 치지 마우. 나 소경이라우. 발밑이 안 보이니 어떻게 내려간담 ……."

사령들은 서로를 동시에 쳐다본다. 그들은 누가 먼저랄 것도 없이 노파를 안아 내린다.

강변 마을을 돌며 피해 조사를 마치고 돌아온 이방과 호방의 보고를 받고 지함은 안도의 한숨을 내리쉰다.

"허, 자네 보았는가?"

동헌 대청에서 내려 짚신을 신던 이방이 호방에게 나직이 귓속말을 한다.

"보다니 무얼 봐?"

"사또께서 쓴 전립 뒤에서 환한 광채 나오는 걸 봤냐고?"

"후, 후광을 봤다구?"

"응!"

이방은 목이 꺾어져라 아래위로 머리를 흔든다.

"예끼, 아무리 ……."

"그리 봐서 그런가? 암튼 예사 사람은 아녀."

"하긴, 이번 일을 보니까 옹기 깬 바람을 붙잡았단 소문이 사실인 듯허이."

"그러니까."

두 사람은 서리청에 들어설 때까지 이야기를 그치지 않는다.

지함을 직접 모시는 서리들이 이러할진대 고을 백성들은 또 어떠할까?

가을걷이가 끝나도록 홍수 이야기는 멈추지 않았다.

기찰포교에게 쫓기다

　홍수 이야기는 비전을 찾는 일에 지쳐 있는 필재에게는 새로운 활력을 가져다준다.

　그동안 토정 할아버지와 옷깃이 스친 인연이라도 있었다는 곳은 어디든 다 찾아다녔다. 개경으로 가서 화담 서간정엘 가 보고, 심지어 만경대 부근 황진이의 집마저 찾아갔었다. 오랜 세월이 흐른 탓일 게다. 서간정은 허물어지고 흔적마저도 보이지 않았고, 황진이의 집은 인삼 무역을 크게 한다는 한 객주가 차지하고 있었다.

　지푸라기 하나 건지지 못하고 돌아오는 길에 행여나 하고 단양 구담도 빼놓지 않았다. 구담의 깎아지른 듯한 절벽 구담봉의 위용은 여전히 절경이다. 필재는 구담봉을 올려다보면서 알 수 없는 감회에 젖는다.

　이백여 년 전, 고조부 때문에 선조 할아버지 형제분들이 이곳에 숨어 살 수밖에 없었다고 생각하니 어찌 감회가 남다르지 않으리.

다행히 여천 이씨 종택은 고풍스러움을 더한 채 그대로 있다. 종손은 필재를 아주 정중히 맞았다. 그러나 옛날에 이지함 형제가 이웃에 살았다는 사실조차 알지 못했다.

필재는 종택을 보고 반가웠던 것 이상으로 실망이 컸다. 율곡 이이의 후손들을 찾아 만나도, 남명 조식의 후손을 만나서도 필재는 얻어 낼 수 있는 게 아무것도 없었다. 어느 무엇도 잡히지 않는 상황이라 필재는 아예 비전을 찾는 일을 포기하려 했다.

필재 나름의 판단으로 비전은 애초에 존재하지 않은 허구의 산물이라는 생각이 점점 깊어지기만 했다. 단지 인간들이 자신들의 필요에 따라 지어낸 우스꽝스러운 신기루에 불과하다고 결론지으려는데 …….

토정 할아버지가 오직 바람의 방향과 빗방울만으로 홍수를 예견하고 수많은 백성들의 생명과 재산을 지켜 낸 사실을 알고 나서는, 내려놓으려던 비전을 다시 움켜쉬지 않을 수 없다.

물론 단 하나의 단서도 찾지 못한 지금의 상황으로 비전을 찾아낸다는 건 무창포 앞바다 모래밭에서 바늘 찾기보다 어려울지 모른다. 그러나 필재는 포기하지 않기로 마음먹는다. 비록 끝까지 토정 할아버지께서 남겼다는 풍설만이 있는 비전을 찾지 못한다 하더라도 조상이 살았던 모습을 알아본다는 후손으로서의 뿌듯함도 무시 못 할 기쁨일 수 있지 않은가. 필재는 다시 토정 할아버지가 남겼을 수도 있는 비전을 찾는 일에 매달려 보기로 마음먹는다.

하지만 필재는 자신이 토정 할아버지의 발자취를 쫓는 데 심혈을 기울이는 동안 왕실을 비롯한 조정에서 어떤 음모들이 벌어지고 있는지 전혀 알지 못했다. 하기야 벼슬을 버리고 낙향하여 종가를 지키는 것이 후손 된 도리라 여기는 필재가, 권력을 놓고 끊임없는 암투와 모략과 협잡이 난무하는 조정의 일들에 관심을 가질 리 만무다.

세상 모든 일이 원하는 대로 흘러가지는 않는 법. 보령 읍내 저잣거리에 종자 하나를 달랑 거느린 사내가 예사롭지 않은 눈매로 주변을 살피며 들어선다. 차림새로 보아 높은 신분의 양반은 아니다. 그런데도 그의 걸음걸이는 위축됨이 없고 당당하다. 장터 주막에 들어선 사내는 술청이며 봉노에서 요기를 하거나 막걸리 사발을 들이켜는 보부상이며 장꾼들을 날카로운 시선으로 훑고는 평상에 자리 잡는다. 중노미가 날렵하게 달려온다.

"운이 좋으시네유, 손님. 꿩고기가 있슈."

"오소리 고기는 없냐?"

"에헤이 ……, 방금 다 팔려 버렸는디 워쩌유."

"냉큼 산으로 뛰어가 잡아 오면 될 것이지, 뭘 워쩌?"

"흐흐흐, 국밥이쥬?"

히죽 웃어 보이고 중노미는 봉노 쪽으로 횡하니 가 버린다.

"맹랑한 놈이군."

사내는 중노미의 뒤통수를 한번 째려보고 나서 혼잣말로 중얼거린다.

사내는 기찰포교 김기중이다. 기찰포교는 본래 포도청 소속이지만 어영대장 이의징의 특별한 요청으로 지금은 어영청에 파견 중이다. 그러니까 김기중이 이곳 보령까지 내려온 건 바로 어영대장의 명령이라고 봐야 한다.

기사환국 이후, 세상은 남인들의 천하가 됐다. 끝내 중전 민씨를 몰아내고 중전의 자리에까지 오른 희빈 장씨의 기세도 날로 드높다.

임금의 호위, 경호부대인 어영청의 대장 이의징은 남인들의 중추적 인물이다. 그런 그가 휘하 부대의 군관이 아닌 기찰포교를 징발하여 충청도까지 내려보냈다는 건 결코 예사로운 일이 아니다.

기찰포교는 말 그대로 무엇을 수소문하고 염탐하거나 행인을 임검하는 일을 전문으로 하는 소위 비밀 경찰이다. 기찰포교 김기중이 어영대장 이의징한테서 어떤 비밀 임무를 부여받고 보령에 나타났을까?

필재는 오랜만에 당숙 익지를 찾아뵈었다. 다가온 시제 올리는 일을 상의하기 위해서다. 필재가 종손이긴 하지만 당숙은 집안의 가장 큰 어른이시다. 문중 행사에는 당연히 집안 어른께 상의를 드리는 게 예절이다.

"올해는 제수를 좀 넉넉히 준비할까 합니다."

"무슨, 예년과 달리 할 일이라도 있는 겐가?"

"아니, 그런 게 아니고요. 지난 시제 땐 생각보다 많은 제관들이 참례하는 바람에 음식이 좀 부족했습지요."

"어허, 그 얘기 ……, 나도 나중에 들었지. 하나 음식이 좀 부족하면 어떤가. 먼 곳에서라도 많이 참례해 준 일가들이 고마운 게지."

"그래도 제관들이 돌아갈 때 빈손으로 보내게 되니 어찌나 민망하고 미안하던지요. 그래서 올해는 제수를 아주 넉넉하게 준비할 참입니다."

"종손이 그래서 고단한 게지."

"종손 어르신, 오 서방이 찾습니다요."

이 집 청지기가 오 서방이 왔다고 알린다. 필재는 당숙께 무어라 하려던 말을 멈추고 방문 쪽으로 고개를 돌린다.

"나리!"

오 서방의 목소리가 지극히 조심스럽다.

"당숙님, 저 잠깐 ……."

필재가 밖으로 나와 보니 오 서방이 얼이 빠져나간 사람 같다.

"집에 뭔 일이 생겼느냐?"

필재의 다급한 소리에 오 서방이 더 놀란다.

"아, 아니, 아무 일 없슈. 나리 뫼시고 가려고 왔습니다요."

애써 태연한 척하려 하지만 필재는 오 서방을 잘 안다.

"오냐, 알았다. 잠시만 기다려라."

시제 얘기를 잠시 더 나누고서 필재는 서두르는 기색 보이지 않게 당숙 앞을 물러나온다. 대문 밖까지 따라 나온 청지기가 인사를 하고 들어가자 뒤따르는 오 서방을 돌아보지도 않은 채 필재가 묻는다.

"무슨 일이기에 그리 허둥거리느냐?"

"예, 그게 저 ……. 나리!"

오 서방은 고샅길 위아래를 몇 번씩이나 살피며 오가는 사람이 있는지 확인한 후에야 필재에게 한발 다가선다.

"배 교리 나리가 기다리십니다요."

"배 교리가 집에 왔단 소리냐?"

필재의 되묻는 소리에 화들짝 놀란 오 서방은 상전의 입이라도 막을 것처럼 두 손을 휘두르며 어쩔 줄 몰라 한다.

"오 서방!"

전에 보지 못한 오 서방의 호들갑에 가까운 행동에 필재가 제동을 건다. 한 차례 심호흡을 하고 난 오 서방이 침착하려 애쓰며 나직하게 입을 연다.

"아무 말씀 마시고 쇤네가 드리는 말씀만 들으십쇼."

다시 고샅길 아래 위를 살피고 나서 오 서방이 이야기를 시작한다.

오 서방은 깨를 털 작정으로 타작마당에 세워 놓은 깻단들을 거두고 있었다. 이때 봉식이 녀석이 줄레줄레 들어왔다. 봉식인 북골 마름의 큰자식이다.

"네 녀석이 어인 일고. 아버지 심부름 왔누?"

"아니구먼유."

나무를 해서 내려오는 길에 만난 양반 행색이 오 서방을 불러 달라고 해서 온 길이란다.

"뉜 줄 알고서 일하다 말고 쫓아가?"

"나리마님과 아주 막역한 사이랬슈. 그래서 지두 왔쥬."

"뉘신가? 그렇담 이리로 곧장 오시면 될 노릇을 ……."

투덜대면서도 오 서방은 봉식이 일러 준 장씨 정려각으로 갔더니 뜻밖에도 배창진이었다.

"그 사람이 왜 거기서 오 서방을 찾아. 집으로 오면 될걸."

오 서방은 다시 한 번 아래위 고샅길을 살피고 나서야 말을 잇는다.

"나리께서 출타 중이시라니까 오히려 잘된 일이라시며, 댁으로 가시지 말고 양지말서 곧장 정려각으로 오시라굽쇼."

필재는 불쑥 불길한 생각이 스친다.

배창진이 쫓기고 있다. 기사사화 때 파직만 당했을 뿐 다행히 큰 화는 모면한 창진이 지금 매우 어려운 처지에 놓였음이 분명하다. 꺼지지 않고 남아 있던 불씨가 다시 화마가 되어 그때 살아남은 서인들을 죽음으로 내몰고 있을 것이다.

"오 서방은 이 길로 집으로 가거라."

"예, 나리."

필재는 애써 여유로운 양반걸음을 걸어 정려각으로 향한다.

"기찰포교며 어영청 군관들이 쫘악 깔렸네."

인사도 꺼내기 전에 배창진이 한 말이다.

필재는 정려각 주변을 두 바퀴나 서성인 다음에야 다복솔밭 너머에 앉은 배창진을 찾아냈다. 변복까진 하지 않았지만 일상의 양반 차림도 아니다.

"쫓기고 있는 겐가, 기찰포교한테?"

"쫓긴다기보단 그들을 피하려는 걸세."

"피하다니, 피하는 이유가 뭔가? 까닭도 없이 기찰을 피하려고 날 이런 곳으로 불러냈을 리는 만무 아닌가?"

"어디 조용한 곳이 없을까? 여기 이렇게 쪼그리고 앉아 있다가 지나는 나무꾼이라도 보게 되면 간고의 체면이 말이 아니잖은가."

배창진은 필재가 묻는 말에 대꾸도 않고 어디 안전한 곳으로 옮기고 싶어 한다. 아무래도 사람들의 시선을 심히 의식하는 모양이다.

필재는 창진이 쫓기고 있음이 분명하다고 생각된다. 다급하게 도망쳐야 할 상황은 아닐지라도 행여 기찰포교의 눈에 띄어서는 절대 안 되는 사정이 있다. 그렇다면 창진이 안심할 수 있는 장소로 옮겨야 한다. 왜 쫓기는지는 그다음에 알아봐도 될 일이다.

좀처럼 사람들 눈에 띄지 않을 만할 곳이 어디 있을까? 가장 먼저 떠오르는 곳은 상엿집이다. 평소에는 사람들 눈에 절대 띄지 않을 곳이다. 그렇긴 하지만 상엿집 안에 쪼그려 앉은 두 사람 모습을 생각하고 필재는 고개를 흔든다.

다소 멀기는 해도 사나사로 가는 게 가장 안전하다.

'한양에서 보령까지는 먼 길이다. 기찰들에게 쫓기면서까지 창진이 굳이 날 찾아온 이유가 뭘까? 혹시 비전과 연관이 있는 일인가? 비전을 찾는 일에 거의 마음을 내려놓으려던 내가 그러질 못하고 다시 한 번 매달리기로 마음을 다잡았다. 그런데 때맞

쳐 배창진이 찾아온 건 무슨 하늘의 계시일까?'

백운산을 오르는 내내 필재의 머릿속에서 '비전'이라는 두 글자가 떠나지 않는다.

주지 스님이 마련해 준 암자에 두 사람은 지친 다리를 폈다. 그런데 창진은 동자승이 가져다 놓은 능이차를 다 마실 때까지도 단 한 마디 말이 없다.

"묵언수행하자고 암자에 온 건 아닐세."

기다리다 못한 필재가 퉁명스레 입을 땐다.

"강경 포구가 예서 몇 리나 되나?"

"……?!"

너무 엉뚱한 첫마디에 필재는 멀뚱하게 창진을 본다.

"간고, 다녀와 줄 텐가?"

"앞뒤도 없이 무슨 소린가? 강경 포구는 또 왜?"

전후 사정 설명도 없이 널뛰듯 하는 창진의 말에 필재는 은근히 비위가 상하려 한다.

"미안허이. 하지만 자네의 의향이 먼저일세. 다녀올 수 없다면 여기서 없었던 일로 접어야 하고, 다녀오겠단 약조를 하면 내 세세히 얘기를 하겠네. 어떤가?"

"이 사람아, 무슨 일로 왜 가야 하는지를 알아야 가고 말고를 응답할 수 있을 것 아닌가? 전에 없이 어이 이러는가?"

필재는 불쾌한 기분을 숨기지 못한다. 두 사람 사이에는 오랜 세교로 다져 온 서로에 대한 신뢰가 있다. 그런데 오늘 창진이 보이는 언행은 필재로서는 이해되지 않는다.

"내 사과함세. 하지만 이 일은 이 나라, 조선의 명운이 걸린 일이라 나로서도 어찌할 방도가 없다네. 간고가 나를 믿고 다녀오겠다면 모든 걸 털어놓을 수 있지만 그렇지 않다면 이 일은 없었던 것으로 하세나."

"백성들도 과연 그렇게 생각할까? 삶에 지친 민초들 눈엔, 조정 대신들이 염려하는 건 조선의 명운이 아니라 당파 싸움에서 밀리지 않는 것이지. 그게 조선의 운명과 무슨 상관인가?"

두 사람의 대화는 이상하게 꼬이고 있다. 처음부터 배창진이 이러이러한 일로 강경에 다녀와 달라고 부탁했다면 서로의 말이 이리 엇나갔을 리 없다. 워낙 중차대한 일이라 신중하게 풀어간다는 생각이 그만 필재의 감정을 상하게 했다. 필재도 마찬가지다. 창진이 나를 깊이 신뢰하지 못하는 듯한 말에 그만 감정이 격해져 마음에 없는 말을 뱉어 낸 셈이다.

배창진이 말을 잇지 못한 채, 충격을 받은 표정으로 한참 동안 필재를 바라본다.

방 안은 오랫동안 무거운 침묵만이 흐른다. 마신 찻잔에는 한두 방울의 물기만이 남아 있다. 그 빈 찻잔을 들어 창진이 마신다. 찻잔을 감싸듯 손안에 움켜쥐고 배창진이 말한다.

"장다리는 한철이요, 미나리는 사철이라. 요즘 골목길에 뛰노는 아이들이 하는 노랫소리 들어 봤는가?"

"⋯⋯?!"

자신을 믿고 찾아온 친구에게 너무 지나치게 감정을 드러낸 것이 부끄러워 스스로를 책망하던 필재는 말없이 고개만 끄덕인다.

"조강지처를 내쫓고 첩실을 정처로 들이면 한갓 여염집도 자식들이 울며불며 아비를 원망하고 집안이 어지러워지거늘, 하물며 한 나라 대궐 안의 일이라면 어찌 되는가?"

필재를 바라보는 창진의 눈이 무척 슬프게 보인다.

"어떤 경우에도 난 건고를 믿네. 믿기 때문에 찾아왔고, 믿으니까 꺼내 놓은 말이네."

"미안하네, 내가 너무 경솔했네. 간재가 날 믿지 못하는 듯한 말에 심사가 뒤틀렸던가 보네. 이해하게."

"처음부터 말을 잘못 시작한 내 불찰이지, 자네 탓 아닐세."

두 사람은 마주 보고 웃는다. 일시적이지만 두 사람 사이에 일어났던 감정의 앙금을 털고 창진이 들려준 조정의 사정은 이랬다.

기사환국의 소용돌이 속에 중전 민씨가 폐비되어 서인으로 대궐에서 쫓겨난 지도 올해로 오 년째다. 원자를 낳은 덕분에 중전의 자리에 오른 희빈 장씨는 남인들과 결탁하여 위세를 떨치며 주상을 손아귀에 쥐고 흔들려 한다. 더욱이 장씨는 극악한 성격에다 후궁들에 대한 투기마저 극렬해, 임금의 관심은 그녀로부터 점점 멀어진다.

때마침 숙빈 최씨가 왕자를 낳자 임금의 애정은 완전히 숙빈 최씨에게 기울어진다. 그러면서 때때로 임금은 예의가 바르고 덕성이 높아 백성들의 추앙을 받던 민씨를 폐위한 걸 후회하곤 한다.

기사환국으로 거의 세력을 잃은 서인들이지만, 대궐 안의 기류마저 놓치고 있지는 않았다. 김춘택, 한중혁, 배창진 등 남아 있던 서인 세력은 이를 기화로 민비 복위 운동을 벌이기로 마음을 모았다.

복위 운동의 첫 시도는 주상의 마음이 중전 장씨한테서 완전히 떠나 버리게 하는 것이다. 그 수단으로 숙빈 최씨가 중전의 질투 때문에 고통스럽다고 주상에게 눈물로 하소연한다. 그렇잖아도 중전에게 마음이 떠나 있는 임금이 총애하는 숙빈의 눈물을 보면 그 마음이 어떠할까?

하지만 숙빈 최씨가 과연 서인들의 의도대로 움직여 주느냐가 관건이다. 서인들은 날마다 묘안을 찾느라 골머리를 앓았다. 오랜 숙의 끝에 찾아낸 방법은 숙빈의 친정어머니에게 뇌물을 바치고 딸을 움직이게 하자는 것이다.

문제는 적은 돈이나 시답잖은 물건으로 숙빈의 어머니를 설득할 수 없을 것이란 점이다. 많은 돈과 진귀한 금은보화를 뇌물로 안겨 숙빈과 어머니가 한꺼번에 넘어오도록 해야만 성공 가능성이 높다.

"궁리 끝에 운종가 육주비전 상인들의 돈을 끌어들이기로 계획을 세웠지."

"상인들이 왜 거금을 내놓는단 말인가?"

"장사치의 속성이 무언가? 이권이면 그만 아닌가. 이미 상당한 자금을 제공하기로 약조가 되었네."

"한양에서 그런 중대한 일이 진행 중인데 여긴 무슨 볼일인가?"

"운종가 거상이라고 해서 전 재산을 내놓을 리는 만무 아닌가? 극비로 추진해야 하는데, 육주비전 상인 전부를 끌어들일 수도 없는 노릇이고 ……."

"알겠군. 강경 포구 객주들 중에 거만 재산을 가진 부자들이 있지."

"한양을 떠날 땐 강경까지 바로 갈 계획이었지. 기찰포교가 따라붙을 줄은 예상치 못했으니까."

"남인 쪽에서 낌새를 알아챘단 소린데, 이미 계획이 새어 나갔다면 계속 움직이는 건 위험하잖은가?"

"모의 자체를 알아챌 수는 없을 걸세. 믿을 수 있는 극소수의 사람만 계획에 참여했으니까. 그리고 육주비전 상인들과 직접 접촉한 사람은 나 혼잔데, 은밀히 움직인다고 움직였는데도 상인들 중 하나가 남인 쪽 끄나풀이었던가 봐."

"어디서 기찰이 따라붙은 걸 알았나?"

"예산을 지나면서 낌새를 챘지. 할 수 없이 길을 되돌아 온양에서 조치원 쪽으로 빠졌다네."

"그렇담 자네가 이쪽으로 내려온 걸 모를 거란 얘긴가?"

"그걸 알 수 없는 노릇이니까 이렇게 은밀히 건고를 만나려 한 걸세."

필재는 잠시 말이 없다.

주상이 소의 장씨의 아들을 원자로 세우려는 데서부터 비전의 존재가 문제가 됐고, 급기야는 기사환국으로 수많은 서인들이 희생당했다. 여전히 비전은 그 실마리도 찾지 못하고 있다. 그런데 이제 서인들은 다시 권토중래를 꿈꾸고 있다. 이런 서인들과 비전은 어떤 연관성이 있는가? 애초부터 아무런 관련이 없었는지도 모르는데, 필재는 상황이 자꾸 엮이고 있다는 생각을 떨칠 수가 없다.

"강경에서 누굴 만나야 하는가?"

필재가 불쑥 묻는 말에 배창진은 반가운 얼굴이 된다.

"오창석을 찾게. 물상객주 오창석일세."

"만나면?"

"전 영중추부사 조경영 대감이 보냈다고 하게. 분명 신표를 보여 달랄 걸세. 그땐 ……."

창진은 바쁘게 바지춤을 더듬더니 작은 필갑을 꺼낸다.

"이 안에 신표가 들었네. 이걸 보이면 수결한 어음을 줄 게야."

필갑을 건네며 창진은 민망한시 어색한 미소를 짓는다.

"미안허이. 수고를 끼쳐서 ……."

"별 걱정을 ……. 직접 가지도 않을 텐데 ……."

"응, 이건 무슨 소린가?"

창진이 벌컥 한 무릎을 세우며 깜짝 놀란 얼굴이 된다.

"젓갈 냄새 진동하는 포구에 갓 도포짜리가 어슬렁거려 보게. 눈에 불을 켠 기찰이 단박에 눈치 차리고 따라붙으면 어쩔 텐가?"

"그, 그러믄 누, 누굴 보내려고?"

너무 놀란 탓인지 창진은 혀까지 꼬인다.

"귀동이를 딸려서 오 서방을 보낼 걸세. 오 서방이 우직하긴 해도 여태껏 시킨 일 실수한 적이 단 한 번도 없다네."

"건고야 그만큼 믿을 테지만, 그렇더라도 그렇게 큰돈을 맡기기엔 ……."

"여기서 묵도록 하게. 오 서방이 다녀오면 올려 보낼 테니."

"아닐세. 난 이 길로 한양으로 올라갈 참이네."

"어음은?"

"내가 몸에 지니고 가다가 만에 하나 기찰포교라도 맞닥뜨리면 어쩌나. 바로 사람을 내려보냄세."

두 사람은 잠시 말없이 서로의 얼굴만 쳐다본다.

이튿날 새벽, 오 서방과 귀동이가 빈 지게를 지고 강경으로 떠난다. 필재는 김장철도 다가오니 새우젓 한 단지를 사서 지고 오라는 말까지도 빠트리지 않는다.

무쇠솥을 갓 대신 쓰다

사간원 대사간 이산해가 탄 남여가 이현 재를 넘어 서강 들판을 빠르게 가로지르고 있다. 남여가 멈춘 곳은 마포 나루 동막 근방이다.

높이 수십 척의 토담집이 한눈에 들어온다. 지함이 포천 현감을 내려놓고 마포 나루로 돌아왔다는 말을 집사 송관수한테 들었다

"남여를 대령해라."

산해가 급히 마포로 가는 건 무슨 긴박한 일이 생겨서가 아니다. 지함이 포천 현감으로 재직한 이 년 동안 뵙지 못했으니, 문안도 드릴 겸 송관수가 말한 이상한 소문이 사실인지도 확인하려는 것이다.

"대감마님, 드릴 말씀이 있습니다."

"오냐."

"저자에 이상한 소문이 떠도는데, 소인도 믿어야 할지 믿지 말아야 할지 판단이 잘 서질 않아 망설였습지요."

"그래서? 자네가 하고 싶은 말은 그 이상한 소문을 나한테 알리는 거 아닌가?"

"그, 그렇습죠."

"그럼 냉큼 말해 버리면 될 것을 웬 사설이 이리 긴가?"

"냉큼 말씀드리면 대감마님께서 매우 놀라실까 조심스러워서 ……."

집사의 변명에 산해는 말없이 상대를 응시한다. 오랜 집사 생활이 몸에 밴 탓인지 평소에도 송관수의 언행은 신중하다. 그렇다고 시중에 떠도는 소문 하나를 전하는데 이렇게 신중할 건 무언가.

"대감마님, 무쇠솥을 갓 대신 쓰고 바깥나들이를 하는 선비가 있다면 어찌 생각하시는지요?"

"그 선비가 바로 숙부님이란 게야?"

"예에?"

상전의 예상치 못한 추궁에 송관수는 당황한다.

"그러냐?"

"죄송하옵니다. 소인이 직접 본 것이 아니라 소문만 들었습니다."

"마포 나루로 가겠다. 남여를 대령하라."

산해는 숙부님께서 보통 사람들은 생각하거나 실천할 수 없는 것을 엉뚱하게도 실행하거나 받아들이는 분이라는 걸 익히 알고 있다. 하지만 무쇠솥을 갓 대신 쓰고 다닌다는 건 좀 지나친 처사라는 생각이다. 산해는 마포로 가는 길에 갓을 하나 장만해서 가져다 드릴까도 생각했지만, 숙부님의 성정만 사납게 할 것 같아 그만둔다.

간밤에 비가 내려서인지 땅이 질척거려 목화를 신고 걷기엔 편치 않다.

남여를 내린 산해는 개의치 않고 거적 위에 가부좌를 한 채 먼 곳에 시선을 두고 있는 지함에게 급히 다가간다.

"숙부님!"

산해의 소리에 지함이 천천히 얼굴을 돌린다.

"조정 중신이 입궐은 않고 여긴 어쩐 일이더냐?"

산해는 순간 실소를 터트릴 뻔했다. 너무나 여유로운 숙부의 표정 때문이다.

"무겁지 않으십니까?"

큰절을 올리고 산해가 한 말이다.

"갓보다야 무겁지. 하나 견딜 만해."

"그럼 새로 하나 장만하시지요. 솥은 밥 짓는 데 쓰는 도구 아닙니까?"

"무슨 소리야? 젖혀 놓고 밥을 지으면 솥이 되고, 밥을 다 지은 후에 깨끗이 씻어서 뒤집어 놓으면 갓이 되는 것이지. 하나를 가지고 두루치기로 쓸 수 있으니 얼마나 실용적이냐."

산해는 숙부와 갓을 놓고 논쟁한다는 건 무모한 짓이라 여겨진다. 숙부에게 양반의 규범이나 체통 같은 건 지나가는 강아지가 물어가도록 줘 버린 지 오래다. 그렇지만 큰조카인 산해의 처지로는 숙부님을 언제까지나 이런 곳에서 거처하시게 할 수는 없는 노릇이다.

"도성 안으로 이사하실 의향은 전혀 없으신지요?"

"허허, 눈을 한번 돌려 보렴. 무거운 기와지붕이 눈앞을 가로막아 숨이 막히는 그런 곳에서 살아야 할 까닭이 무어냐?"

"도성 안이 답답하시다면 다른 곳을 알아보겠습니다. 연희동이나 연신내 쪽은 어떻습니까? 시원한 들판에 나무숲들도 있고, 집 앞을 가로막는 산이라야 부근에 인왕산뿐이니 숙부님께서도 흡족하실 수 있을 텐데 ……."

산해가 조심스럽게 제안하지만 돌아오는 지함의 대답은 의외다.

"작은애비가 이런 데 사는 게 네 체면을 구긴다는 소리냐?"

"숙부님, 어떻게 그런 말씀을 ……."

산해는 눈물이 쏟아질 뻔했다.

산해에게 숙부는 인생에서 가장 큰 스승이다. 또한 숙부는 조선의 선비 사회에서 그 성예가 남다를 만큼 학덕과 인품을 고루 갖춘 분이다. 그런 숙부가 어디 사신들 부끄러울 게 전혀 없다고 산해도 납득할 수 있다. 다만 숙모님이 토굴과 다를 바 없는 토담집에서 고생하신다는 생각을 하면 산해로서도 마냥 외면만 할 수 없기 때문이다.

"괘념치 마라. 난 자연스러운 것이 좋다. 선비들의 틀에 꽉 틀어박힌 사고나 생활도 벗어나고 싶고, 내 머릿속도 성현들이 만들어 놓은 틀 속에 갇히고 싶지 않단다. 사람은 누구나 태어날 때부터 제각각의 구실이 있느니라."

"숙부님의 말씀 알아듣습니다. 그렇지만 못난 조카의 마음도 ……."

"니 맘을 어찌 모를쏘냐. 다만 숙부가 미련퉁이라 제 고집을 버리지 못하는 탓이지."

지함의 말소리는 부드럽지만 고집을 버리지 않겠다는 의지가 담겼다.

"굳이 그러시면 가까운 서강 쪽에 집을 마련해서 숙모님을 거처하시게 하고 숙부님께선 자주 왕래하시면서 여기서 지내시면 ……. 숙모님이 생활하시기가 다소는 편안하실 듯한데 어떠신지요?"

지함이 쿡하고 콧소리로 웃는다.

"가난뱅이 선비더러 집 두 채를 마련하라고? 이 집도 간신히 만들었거늘 ……. 아서라, 난 그럴 돈이 없느니라."

"허락만 하시면 서강 쪽 집은 제가 마련하겠습니다. 그런 염려는 마시고 허락만 하시지요."

지함이 잠시 아무런 말이 없다. 그러더니 산해를 보고 돌아앉는다.

"설마 내 조카가 못된 탐관이 된 건 아닐 테지?"

"숙부님."

"황희 정승은 영의정을 십 년 넘게 지내고도 평생 비가 새는 삼간초옥에 살았어. 그런 청백리까지야 바라지 못하지만, 당상관이 된 지 이제 겨우 오 년 남짓에 벌써 집을 살 돈을 모았다면 이는 필시 부정한 방법으로 축재를 하지 않고서야 가당치 않은 일."

"진정으로 그리 생각하시는 건 아니시지요, 숙부님?"

"니가 집을 산다느니 어쩌느니 하는 말을 접지 않으면 내 말도
거둬들일 수가 없지."

지함은 짐짓 먼 산을 바라본다. 산해도 소리 없는 미소를 머금
고서는 입을 다문다. 숙부의 성격을 누구보다 잘 아는 산해다.

지함은 남에게 베풀기를 좋아하고, 가진 것이 없어도 삶을 즐
길 줄 안다. 하지만 제 뜻과 맞지 않으면 어떤 것도 받아들이거
나 용납하지 않는다. 산해도 어느덧 지함이 바라보는 곳을 함께
바라보며, 서강 쪽에 집을 마련해 드리겠다는 제안은 접어야 한
다고 생각한다.

"대사간!"

"예, 숙부님."

마포 나루를 분주히 드나드는 배들을 멍하게 바라보던 산해가
깜짝 놀라 서둘러 대답한다.

이런 낌새를 놓칠 리 없는 지함이다.

"무슨 생각을 하던 게야?"

"아무 생각도 없이 나루를 드나드는 배들을 바라봤습니다."

"쯧쯧, 조정 대신이 나루터를 드나드는 배를 보면서도 아무 생
각이 없었다니, 그래서야 쓰나."

"그렇게 말씀하시면 민망하지 않습니까."

산해는 정말 무안이라도 당한 것처럼 얼굴까지 붉어진다.

"남도에서 나는 모든 물화가 저기 마포 나루로 들어오지. 세곡

이며 진상품은 물론이려니와 새우젓과 소금까지도. 일례로 세곡을 싣고 오는 조운선 한 척이 실어 나르는 볏섬을 사람들이 지고 온다거나 소달구지에 싣고 운반한다면 어찌 될까? 한 사람이 벼 한 섬을 진다면 삼백 석이나 오백 석을 운반하려면 삼백이나 오백 명의 인부가 있어야 하고, 볏섬을 지고 하루에 백 리 길을 갈 수는 없으니 보름이고 스무 날이고 시일이 걸린다. 그 공력이 얼마며 수백의 사람이 먹고 자는 비용은 또 얼마일꼬."

"국고에 들어오는 세곡이 절반은 줄어들겠군요. 아니, 뭐 그만큼은 아니라도 운반 비용이 엄청나게 들 수밖에 없는 선 분명하군요."

"그렇지."

지함은 잠시 숨을 돌리는가 싶더니 곧 말을 잇는다.

"조운선 하나의 예로도 뱃길을 이용한 물화 운송이 엄청나게 이득이라는 건 알 수 있지. 중국은 宋, 딩 시대부터 이미 뱃길을 이용한 통상이 매우 활발해 일본은 물론이려니와 멀리 남만이나 월국, 하물며 인도국까지 교역이 이루어졌지."

"정말 그렇군요. 신라나 고려 때에도 바다를 통한 교역이 있었던 것으로 아는데 ……."

"한데 지금 조선은 어떠냐? 어떤 놈도 배를 타고 나라 밖으로 나가려는 시도조차 하지 않아. 겨우 인삼 몇 관을 진 자들이 압록강을 넘는 것이 고작이야. 이래서는 나라 안에 재화가 쌓일 리 없고, 나라의 부를 쌓지 못하면 백성들이 가난에서 벗어날 수가 없어."

"……?!"

무슨 생각을 하는지 산해는 입을 다문 채 말이 없다.

"허 ……, 난 날마다 이 정자 바닥에 앉아 나루터를 드나드는 수많은 배들을 보며 강상대고(江商大賈)를 꿈꾸지. 허허 ……."

산해는 잠시 자신의 귀를 의심한다.

평생을 글을 읽고 연구한 선비로, 학문에만 매진해 온 어른이 난데없이 강상대고를 꿈꾼다니. 그럼 숙부께서 마포 나루에 토담집을 짓고 자리를 잡은 것이 정말 장사로 큰돈을 벌겠다는 계획 같은 걸 가지고 있어서인가?

산해는 곧 자신의 생각을 떨쳐 버린다. 이 어른은 재산을 모으거나 불리는 데는 전혀 문외한이신 분이다. 가진 것은 나보다 남에게 먼저 내주는 사람이다. 그러니까 구담에서 궁핍한 생활을 할 때에도 형제분들이 우애 있고 여유롭게 웃음을 머금고 지낼 수 있었다고 산해는 기억한다.

조선 사회는 양반 중심의 계급 사회다. 더욱이 장사치는 일반 백성들의 직업 중에도 농사군보다 못한 천한 직업으로 대접받는다. 그런데 지함은 왜 스스로 꿈이 강상대고라고 털어놓을까?

지함은 지금 농본 사회인 조선의 개혁을 이야기하는 중이다. 백성의 8할이 농사에 매달리고 있다. 그런데도 해마다 봄이 되면 구휼미를 풀어 백성들의 굶주림을 해결해야 하고, 그나마 흉년이 들면 팔도에서 굶어 죽는 사람들이 부지기수다.

포천 현감으로 두 번의 봄을 맞으면서 백성들의 가난을 몸으로 느낀 지함이다. 그래서 지금 지함은 해상을 이용한 통상으로

나라의 부를 키워야 한다고 조정 중신인 대사간을 윽박지르고
있다.

"네가 내 조카라서가 아니다. 제발 조정 중신이라면 이 나라를
부강시킬 수 있는 방도를 찾아내야 하느니라. 그러지 않고서는
이 백성들은 굶주리고 헐벗은 가난에서 벗어날 방도가 결코 없
단 걸 네가 알아야 해."

어느 시점인가 분명하진 않지만 지함의 목소리엔 결연함이 묻
어난다. 산해는 숙부의 말속에 담긴 뜻이 무엇인지 대강 알아차
린다. 숙부의 말속에 백성을 염려하고 아끼는 충정이 스며 있다.
하지만 이런 열정만으로 조선 사회가 하루아침에 바뀔 수는 없
다. 산해는 이제 그만 숙부님의 훈계를 그치도록 해야겠다는 생
각이다. 숙부 앞에 꿇은 무릎이 점점 아파 온다. 절을 올리고 꿇
은 무릎을 펼 기회를 삼촌이 주지 않고 있다.

"숙부님, 저 이만 숙모님한테 인사드리러 가야지요."

한 나라의 대사간도 삼촌 앞에선 그냥 조카다. 한데 그걸 허락
하지 않는 삼촌은 또 어떤 사람인가.

"숙부님, 저 숙모님 잠깐 뵙고 오겠습니다. 인사드려야지요."

"그 사람, 집에 없어."

"어디 출타하셨습니까?"

"아침에 나물 캐러 간다며 월이 데리고 나갔어."

어감으로 월이는 하녀인 듯하다. 사대부의 부인이 나물을 캐
러 나간다면, 이른 봄날 새롭게 돋아나는 새싹을 뜯으며 느끼는
향긋한 봄 향기를 즐기려고 들로 나간다. 하지만 벌써 초여름으

로 접어든 지 한참인데 나물을 뜯으러 가는 사대부 댁 마님은 없다. 산해는 또 그런 숙모가 안타까운데 지함이 산해의 상념을 깨 버린다.

"바닷길을 열면 무얼 팔려고 타국으로 가는가 하겠지?"

"딱히 팔 만한 물화가 있지 않은 듯한데 ……. 곡식이 남아돈다면 모를까, 한 해 농사로 백성들이 먹고살기에도 부족하잖습니까?"

산해는 얼른 떠오르는 산물이 없자, 얼른 자리에서 일어설 요량으로 어정쩡한 대답을 하고 만다.

"쯧 …….."

지함의 혀 차는 소리가 보신각에서 울리는 종소리보다 크다. 질책에 가까운 숙부의 반응에 산해는 자신의 잔꾀가 먹히지 않자 나물 캐러 간다고 출타한 숙모가 은근히 원망스러워지기까지 한다.

"내다 팔 물건이 없으면 만들어야지. 찾아내고 만들어야지."

"그것이 말처럼 간단하거나 쉬운 일은 아니지요."

숙부와의 대화가 그리 쉽게 끝이 날 기미가 없자 산해도 마음을 단단히 먹고 장기전 채비를 한다.

"사람에게 유용한 산물은 땅 위에서만 나는 것이 아니라 땅속에도 있지. 그걸 캐내 호미나 쟁기 같은 농기구를 더 많이 만들면 농사에 큰 도움이 될 터. 더욱 많이 캐내 수량을 늘린다면 다른 나라에 팔 수도 있을 것이고 …….."

"철을 말씀하시는 건가요?"

"비단 철뿐일까? 단천에서는 은도 나고 납도 캐지 않는가? 혜산에서는 동이 나고. 땅속의 자원들을 찾아내면 ……."

지함은 땅에 묻힌 광물에 대한 연구나 조사를 꾸준히 해 왔다. 농사만으로 백성들이 먹고살기에는 한계가 있다는 생각 때문이다.

"관서 지방에는 생각보다 엄청난 양의 땅속 보물들이 있네. 그 자원들을 캐 ……."

"대감마님, 대감마님!"

두루마기도 걸치지 않은 송관수가 자은 나귀를 급히 몰아 오는 게 보인다. 한 발짝이라도 줄이려는 듯 송관수의 몸은 나귀 머리 위에 와 있다.

지함은 불길한 예감이 스친다. 그렇잖아도 지난밤 토담집 지붕 위에 앉아 지번 형님을 생각했었다. 형님과의 이별이 머지않았다는 느낌에 울음이 터질 것 같았다.

"대감마님, 보령 본가에서 ……."

송관수는 말끝을 잇지 못하고 고개를 떨궜다.

"무어냐? 보령에서 어쨌다는 게냐?"

송관수의 표정 하나만으로도 불길한 예감이 확 밀려들지만 지함은 애써 태연한 목소리로 묻는다.

"애통하게도 나리께서 ……, 대감마님!"

송관수가 소매 끝을 눈가로 가져간다. 심한 현기증을 느낀 지함은 한 손으로 흙바닥을 짚고 간신히 몸을 지탱한다.

칠일장으로 장례를 모셨다.

갓 조성된 봉분 앞에 꿇은 채 지함은 오랫동안 일어나지를 못한다. 아버지 같은 형님이다. 어려서 여읜 아버지 대신 길러 주고 글을 가르쳐 준 형님이시다. 터지려는 오열을 지함은 입술을 깨물어 참아 낸다.

산해는 그길로 사직소를 올리고 삼 년 시묘살이를 시작했다.

마포 나루에 오르다

필재는 초서녁부터 사랑 마당을 서성인다. 밤이 깊어 어깨 위에 내린 서리가 한기를 몰고 오지만 사랑방으로 들어갈 수가 없다. 강경으로 새우젓을 사러 간 오 서방과 귀동이가 여태 돌아오지 않았다. 새벽에 길을 떠났으니 강경까지라야 장정 걸음이면 해가 떨어지기도 전에 돌아올 수 있는 거리다. 새우젓 한 단지 사는 서야 눈 깜싹할 사이면 될 일이다.

'객주를 못 만났는가? 일이 사나워지려고 오창석이 출타하고 집에 없을 수도 있는 일. 우직한 오 서방이 상전의 심부름이라 그냥 되돌아오지도 못하고 무작정 기다리고 있는지도 모른다. 그렇더라도 그럼 귀동이 혼자라도 먼저 보냈을 터다. 오 서방이 사람이 우직하긴 해도 그만한 문리는 트였다. 내가 그토록 은밀하게 시킨 심부름이라, 이 일의 내막까진 모르지만 얼마나 중대한 일인가는 짐작했을 것이다.'

필재는 자신도 모르게 깊은 한숨을 내리쉰다.

'간절하게 기다리고 있을 상전의 심정을 능히 알 오 서방이 귀

동이를 먼저 보내지 않은 건 대체 …….'

여기까지 생각이 미치자 필재는 모든 생각을 떨쳐 버리고 싶어진다.

'오 서방이 기찰포교의 촉수에 걸려 어음을 압수당하는, 상상하기도 끔찍한 사태가 터졌다면 장차 어찌 될 것인가? 오 서방이야 앞뒤 사정을 아는 것이 아무것도 없으니 강경 관아로 끌려가 주리를 틀린다 해도 토설할 것이 없다. 하지만 오창석은 당장 한양 어영청 군영으로 압송돼 국문을 당할 테고, 내 집도 군사들이 들이닥칠 터다. 이로써 서인들의 원대한 계획이 한낱 물거품으로 사그라진다. 하지만 이것으로 끝나면 좋으련만, 조정에는 다시 한 번 피바람이 몰아치게 된다.'

어깨에 내린 찬 서리 때문만이 아니다. 필재는 심한 한기를 느끼며 부르르 몸이 떨린다.

삐거덕, 중문 열리는 소리에 꿈에서 깨듯 필재가 황급히 고개를 돌려 보지만, 늙은 귀동 아범이 거동이 불편한 몸을 이끌고 조심스레 들어선다.

"이 사람들이 워째 이리 늦는디유?"

필재는 귀동 아범이 찾아 준 것이 반갑다. 벼랑 끝으로 내몰리는 심정에 잠시나마 틈이 생긴 듯하다.

"귀동이 녀석이 돌부리를 걷어차 새우젓 단지를 깨 먹은 것 같네."

"어이구, 그 말씀이 참말인감유?"

귀동 아범은 별로 놀라는 기색도 없이 무덤덤한 얼굴로 상전을 바라본다. 그런데 정작 놀란 사람은 필재다. 중문 밖 행랑채 마당에 일렁이는 여러 개의 횃불이 보였기 때문이다. 횃불들은 행랑채 마당을 지나 중문으로 다가오고 있다.

가장 먼저 중문 안으로 들어선 선돌이 큰 소리로 말한다.

"귀동이 눔 살았슈, 나리."

"귀, 귀동이 ……, 워디여. 워디 있어?"

거동 불편한 귀동 아범이 날쌘 걸음으로 중문 밖으로 빠져나가는 게 보인다.

"……?!"

필재는 지금 눈앞에서 벌어진 상황을 미처 이해하지 못해 어안이 벙벙한데, 선돌이를 옆으로 밀치며 기진맥진한 오 서방이 한쪽 다리를 절룩거리며 들어선다.

"오 서방!"

필재는 이이없게도 감격스러운 목소리로 오 서방을 부르고 만다.

사랑방에 들어와서도 한동안 힘든 숨결을 고른 후에야 오 서방은 입을 열 수 있었다.

오창석을 만난 일은 순조롭게 끝났다. 신표를 본 오창석은 오 서방이 한산 이씨 종택의 청지기라는 말에 어렵지 않게 수결된 어음을 건넸다. 새우젓 한 단지까지 산 이후에 강경 포구의 시끌벅적한 주막에서 장국밥으로 요기를 하는 중에 문제가 생겼단다.

제법 행세하는 집안 자식인 듯 하종을 셋이나 거느린 젊은 선비가 옆자리에서 요기를 하고 있는 사람에게 호통을 친 게 사달이었다.

"너 이놈 무례하게, 보자 하니 아주 몹쓸 놈이군. 왜 이리 사람을 흘끔거리느냐!"

"댁 본 거 아니니 성깔 부리지 마슈."

상대의 말대답이 그만 불씨가 됐다.

"이놈이 터진 주둥이라고 함부로 지껄이누만."

젊은 선비 옆자리에서 국밥을 먹던 하인 셋이 일시에 일어나 옆자리의 사내를 덮쳤다. 하지만 사내는 조선 제일의 기찰포교 김기중이다. 젊은 선비를 모시는 하인들은 회초리 맞은 개구리처럼 주막 마당에 뻗고, 젊은 선비는 혼비백산하고 만다.

그런데 정작 어려움을 겪은 건 오 서방이다. 옆 평상에서 장국밥을 먹고 있던 귀동이가 너무나 놀랐다는 건 한참 후에 알았다.

서둘러 주막을 나와 집으로 돌아오는 길을 재촉하는데, 청송을 지나 부여읍에도 못 미쳐 귀동이 녀석이 가슴을 움켜쥐고 용틀임을 하기 시작했다. 오 서방은 촌각이라도 빨리 필재가 시킨 일을 마무리 지었다는 걸 보여 드리고 상전을 안심시켜 드리고 싶은 마음이지만 귀동이가 너무 고통스러워했다.

고통스러워하는 귀동이를 업어 50보 옮기고, 새우젓 단지를 지고 50보 옮기고, 다시 귀동이를 옮기고 새우젓 단지를 앞으로 옮기며 겨우겨우 입포를 지나 신농 어름까지 왔다.

그런데 식은땀을 비 오듯 흘리던 귀동이 녀석이 숨을 헐떡이며 비명을 내지르는 통에 오 서방은 어쩔 수 없이 마을로 들어가 의원을 찾았다. 의원에게 침을 맞고 한참을 지나니 그나마 가슴이 뒤틀리던 격렬한 통증은 가라앉는 듯했다. 하지만 당장 빠른 걸음으로 먼 길을 가기는 어렵다.

어느덧 해는 꼴깍 서산을 넘어가고 주위가 어둑해진다. 제대로 걷지 못하는 귀동이와 보조를 맞추다 보니 오 서방은 애가 탄다. 이렇게 가다가는 한밤중이 되어야 집에 도착할 수 있을 듯한데, 이런 사정을 알지 못하는 나리께서 혹시 일이 잘못된 줄 여기고 얼마나 걱정하실까?

급한 마음에 오 서방은 혼자 앞서 걷기 시작했다. 한참을 가다 돌아보니 귀동인 여전히 세월아 나 잡숴 하고 있다.

'저걸 내버리고 혼자 먼저 가 버릴까 보다.'

오 서방은 속이 부글거리지만 차마 그렇게까지 할 수는 없는 노릇이다. 기다릴 요량으로 새우젓 단지 지게를 내려 받는데, 이슬재를 넘어 내리뛰는 횃불 두 개가 보인다.

'저게 마중 나오는 거면 얼마나 좋을까?'

횃불을 보는 순간, 오 서방은 간절하게 바랐다.

"거기 혹 완구 형님이슈?"

순례 아범 목소리다. 순례 아범과 덕재 얼굴이 횃불에 드러나자 오 서방은 그만 털썩 주저앉고 만다.

오 서방의 이야기를 듣고 나자 필재는 이런 게 조상님들의 은덕이 아닐까 하는 생각이 문득 들었다. 오 서방이 허리춤 깊숙이 챙겨 온 어음을 받아 든 필재는 불과 촌각 전까지 가슴 조이던 순간은 잊고 오늘 일진이 참으로 좋았다고 생각한다.

"큰 고생 했군. 내려가 쉬게나."

필재는 새벽에 집을 나설 때보다 십 년은 더 늙어 버린 오 서방을 보자, 오늘은 안팎으로 힘들었던 하루라는 생각이 든다.

오 서방이 물러가자 필재는 어음을 어디에 보관할까 잠시 궁리 끝에 그것을 돌돌 말기 시작한다. 엷은 한지라 돌돌 말린 어음은 어른 새끼손가락 굵기만 해졌다.

필재는 필통에 꽂힌 붓 가운데서 붓두껍 하나를 벗기고 어음을 그 속에 조심스레 밀어 넣는다. 퇴침 서랍을 열고 면빗, 동곳, 살쩍밀이 등속의 잔 세간들과 함께 붓두껍을 섞어 놓고는 서랍을 닫았다. 시골 선비가 수중에 지니고 있기는 부담스러운 오천 냥짜리 어음을 필재는 이렇게 간수했다.

그런데 오 서방이 강경을 다녀온 지 열흘이 지나도록 한양에서 올 사람은 영 소식이 없다. 필재는 시간이 지나면서 슬며시 불안감이 쌓여 간다.

"오 서방, 어디 있누?"

필재는 전에 없이 나직한 소리로 오 서방을 찾는다.

"예, 나리. 예 있습죠."

마당을 쓸고 있던 오 서방이 날렵하게 축대 아래 대령한다.

필재는 스스로 놀란다. 언제부터 내가 이리 소심해졌던가?

"아니다, 그만 됐다."

필재는 하마터면 오 서방에게 집 주변에 수상한 그림자가 서성이지 않는지 살펴보라고 말할 뻔했다.

한양의 상황이 궁금하기 그지없다. 당장 오늘 무슨 일이 일어날지, 내일은 또 아무 일 없이 무사할지 답답한 노릇이기만 하다. 퇴침 서랍 속에 오천 냥짜리 어음이 들어 있는 동안은 이런 근심, 걱정을 벗어나지 못할 것 같기만 하다.

'이래서 사람들은 점쟁이한테 점괘를 물어보고 무당을 찾는 거로군.'

필재는 자신도 모르게 한숨이 나온다. 불안이 쌓이면 그 불안을 걷어 내려고 어딘가에 매달리려는 심리가 필재는 조금은 이해가 된다.

'그렇군. 그래서 어떤 무리는 존재하지도 않는 비전을 들먹이고, 어떤 무리는 무당을 불러 푸닥거리를 해서라도 불안에서 벗어나려 하고 앞날을 의지하려 하는군.'

"오 서방!"

필재가 다소 큰 소리로 오 서방을 찾는다.

"예, 나리."

"갈증이 나는구나."

"주안상 마련할지요?"

"아니다. 수정과면 되느니라."

필재는 두 눈을 질끈 감고 만다. 일찍이 느끼지 못했던 자신의 나약함에 자괴감까지 든다. 중전 복위 운동이 실행에 옮겨지기도 전에 계획이 탄로 나면 어찌 되는가? 모의를 한 서인들은 모두 국문을 당하고 죽거나 혹은 유배당할 것이다.

만에 하나 그런 일이 정말로 일어난다면 '내 운명은 어찌 될까' 하는 불안감이 지금 나를 두려움에 떨게 한다고 생각하니, 필재는 자신이 미워진 것이다.

필재는 불현듯 오래전에 꾸었던 새남터의 꿈 생각이 났다. 그 꿈이 현실로 나타날까 두렵다. 급기야 필재는 불면증에 시달린다. 거의 뜬눈으로 밤을 꼬박 새우는 날이 여러 날 이어졌다.

한양에서 사람이 왔다고 오 서방이 알린 건 필재가 불면증으로 고생한 지 거의 보름이 다 됐을 때다.

보부상 차림의 사내는 축대 아래서 허리를 꺾어 보이고는 종이 한 장을 곁에 선 오 서방에게 내민다. 창진이 보낸 사람이라는 신표다.

"먼 길 걷느라 버선이 흙투성입죠. 선 채로 돌아가게 해 줍쇼."

"상관없으니 들게나."

방에 들기를 사양하는 사내에게 필재는 굳이 사랑으로 들게 했다. 여러 가지로 묻고 싶은 것이 많기 때문이다.

"배 교리가 따로 전하라는 말은 없었는가?"

사내가 자리하기를 기다렸다가 필재가 물었다.

"물건 간수 잘하고 오라는 말씀밖엔 들은 게 없는뎁쇼."

사내의 퉁명스럽기까지 한 응대에 필재는 더 이상 할 말이 없어진다.

배창진이 이 사내에게 도모하고 있는 복원 운동 계획을 알려 줬을 리는 만무라, 일이 어떻게 진척되고 있는지 물어볼 수도 없다. 배창진이 아무 말 없이 사람을 보낸 것으로 봐선 무슨 동터가 나지 않았음은 분명하다. 사내는 받아 갈 물건이 오천 냥짜리 어음이라는 사실조차도 모를 것이다.

필재는 어음이 든 붓두껍을 귀주머니에 넣고 아가리 끈을 단단히 묶은 다음 사내에게 내준다.

"혹 흘려 버릴 수 있으니 허리끈에 단단히 꿰어 차고 가게나."

"여부가 있습니까요. 잃어버렸다간 이눔 다리뼈가 두 동강 날 턴디요."

사내는 냉큼 일어선다.

이날, 필재는 초저녁부터 잠자리에 들었다. 그리고 깊은 잠에 빠진다.

배창진과 김춘택은 목표했던 자금이 모아지자 적극적으로 움직이기 시작했다. 숙빈 최씨의 친정 어미에게 많은 뇌물이 건네지고, 결국 최 숙빈과 손을 잡는 데 성공한다. 숙빈 최씨는 상감에게 장씨의 질투심 때문에 자신이 심한 괴로움을 당하고 있음을 눈물로 하소연하는 한편, 민암, 이의징 등 남인들이 서인 측 사람들이 폐서인이 된 민 왕후에게 동정적이라는 이유로 그들을 제거하려 한다고 속삭인다.

그로부터 거의 한 달여가 지난 어느 날.

필재는 창진에게서 장문의 편지 한 통을 받았다. 민 왕후가 다시 중전의 자리로 돌아오고 송시열, 김익훈, 김수항 등 수많은 서인들이 삭탈당했던 관작을 되찾았다는, 창진으로서는 감격스러운 일을 알리는 편지다.

필재는 이제 당장 비전을 찾아야 한다는 압박감이 상당 부분 해소되는 느낌이다. 그러고 보니 반드시 비전을 찾아야 했던 이유는 서인들의 생사와 직결된 것일 뿐, 다른 어떤 것과도 관련지어 생각할 것이 없었다.

비전을 찾지 못해 그동안 송시열이 유배되어 사사된 것을 비롯해 이이명, 김수항, 김만중, 김수흥 등도 유배되거나 사사되었다. 만에 하나 그들이 변을 당하기 전에 비전을 찾아냈다면 그 사람들이 목숨을 건질 수 있었을까?

아무튼 필재는 오랜 세월 비전을 찾아야 한다는 절박함 때문에 자신을 옥죄던 부담에서 해방되었다. 이제 토정 할아버지와도 이별을 해야 할 것 같다.

이별을 생각하니 필재는 불현듯 토정 할아버지의 마지막 체취가 남았을지도 모를 마포 나루를 찾아 보고 싶다는 생각이 든다.

걸인들을 구제하다

"왜, 왜 이러시우? 난 죄지은 거 없슈. 잘못이 있다믄 빌어먹은 죄밖엔 없다오."

노인은 악을 쓰듯 우는 어린 계집아이를 꼭 껴안은 채, 끌려가지 않으려 안간힘을 쓴다.

"죄가 있는지 없는지는 관아에 가 보면 알 일. 냉큼 일어나지 못해!"

사령들이 아무리 으르고 윽박질러도 노인은 한사코 버틴다.

이런 광경이 고을 곳곳에서 벌어지고 있다. 사령들이 가자는데도 순순히 따라나서는 거지는 한 명도 없다.

그도 그럴 것이, 고을 백성들이 관아로 끌려갔다가 무탈하게 풀려난 적이 여태껏 한 번도 없다. 무슨 죄를 지었는지 알지도 못한 채 곤장을 맞고 뇌물을 바친 후에야 관아 문을 기어 나올 수 있었다.

아산 고을 백성들의 원성이 높아지자 나라에선 포악한 현감을 파직하고 새로운 현감을 내려보낸다고 했다. 정말 새로 현감이 부임한다는 소문을 들은 것이 불과 열흘 전인데, 새 사또나 헌 사또나 매한가지로 백성들을 괴롭힐 모양이다. 잡혀가야 하는 거지들은 모두 그렇게 생각했다.

어쨌거나 고을을 떠돌던 거지들은 하나 남김없이 관아로 잡혀간다. 드넓은 동헌 마당이 걸인들로 가득 찼다. 잘못이라고는 마을을 떠돌며 밥을 빌어먹은 것밖에 없는 거지들이지만 관청이 주는 위압감은 상민들보다 더하면 더하지, 덜하지가 않다. 영문도 모른 채 잡혀 온 거지들은 무슨 일이 벌어질지 알 수 없어 겁에 질린 채 떨기만 한다.

이때다.

사령들이 김이 무럭무럭 오르는 밥이 그득 담긴 큰 함지들을 마주 들고 마당으로 들어온다. 그 뒤를 구수한 된장 냄새를 풍기는 국을 담은 항아리를 든 사령들이 따라온다. 늘 허기진 배를 안고 사는 거지들에게 음식 냄새만큼 반갑고 원망스러운 게 또 어디 있으랴.

동헌 마당이 일시에 술렁인다. 거지들이 밥과 국을 향해 한꺼번에 우르르 몰려가자 동헌 마당은 삽시간에 혼란 속에 빠지고 만다.

"사또 납시오!"

급창의 카랑카랑한 목소리가 이들의 움직임을 일시에 멈추게 한다. 거지들의 시선이 일제히 동헌 대청으로 향했다.

이지함이다. 구군복을 받쳐 입은 지함이 대청에 버티고 섰다.

"모두가 배불리 먹을 수 있을 만큼 음식이 넉넉하니 서로 다툴

건 없다. 하지만 너희들이 명심해야 할 건 오늘 이 음식이 일하지 않고 먹는 마지막 밥이라는 점이다. 명심하고 들어라. 이 시각 이후부턴 아산 고을에서 남의 집 대문을 기웃거리며 밥 빌어먹는 짓은 할 수 없다. 일하지 않고는 먹지도 말아야 한다.”

부드럽지만 추상같은 단호함이 담긴 말이다.

이지함은 전임 현감 윤춘수의 비행으로 갑작스럽게 부임해야 했다.

아산 현감 윤춘수가 백성들에게 온갖 행패를 부려 원성이 들끓었다. 조정에서는 이를 해결하기 위해 서둘러 이지함을 내려보냈다. 포천에서의 치적을 알고 있기 때문이다. 환갑이 넘은 나이라 여러 차례 고사했지만 받아들여지지 않아 어쩔 도리 없이 아산으로 내려왔다.

지함은 아산으로 내려오면서 줄곧 한 가지 생각에 골몰했다. 고을살이를 끝내고 포천을 떠나면서 못내 아쉬웠던 일이 있었다.

포천에서 현감 이지함은, 관내의 한 해 농사를 잘 살펴 세금을 과하지 않게 매기고, 구휼미나 환곡을 내주고 거둬들일 때는 단 한 톨의 부정도 일어나지 않도록 했다. 좌수와 이속들이 백성들을 괴롭히지 못하게 단속하고, 송사가 생기면 억울한 사람이 생겨나지 않게 공평하고 현명한 판결을 내리려 노력했다. 또 가능하면 하천을 정비하고 길을 닦는 일 같은 부역에 동원되는 백성들을 최소화하도록 배려했다. 그래서일까? 재임 동안 고을 백성

들은 세곡이 과하다고 호소하는 일도, 보릿고개 때라고 배를 곯
거나 부황 든 사람도 없었다.

그런데 지함이 하나 놓치고 있었던 점이 있었다. 마을마다 고
샅길을 헤매는 거지들을 생각하지 못했던 것이다. 되돌아보면
그들도 이 나라 백성들이다. 농사지을 땅이 없고 몸 들일 집이
없을 뿐이지, 조선에서 나고 조선에서 살아가는 이 나라 백성인
데 수령이 그들을 거두지 않아서 그들은 평생 헐벗고 굶주리며
살아야 한다.

지함이 아산으로 내려오는 동안 골몰한 것이 바로 걸인들을
구제할 수 있는 방도가 무엇인가 하는 것이었다.

지함이 아산에 부임하여 처리한 첫 공식 업무가 읍내에 큰 집
을 마련하는 것이었다. 그리고 관내의 걸인들을 모두 끌어모아
걸인청을 만들었다.

"일을 할 수 있는 자들은 둔전이나 구황지를 일구어 농토를 개
간하게 하고 장차 그 땅에 농사를 짓도록 하면 될 것이다."

"그런 자들이 몇이나 되겠습니까? 늙고 병들거나 어린아이들
이 대부분인뎁쇼."

이방이 무슨 불만이라도 있는지 시답잖게 대답한다.

"서리들이 한 사람 한 사람을 면담하고 분석해서 거짓으로 아
픈 사람이 있는지, 게으름을 피울 자는 누군지 찾아내야지."

"아녀자들은 어쩝니까요? 농사일을 할 수 없는 노약자나 아이
들은 그냥 놀면서 밥만 축낼 텐데요?"

"부녀자들은 남정네들 농사를 거들게 하면 될 것이고, 힘든 일

을 할 수 없는 병약자와 늙은이들은 각기 수공업을 익혀서 먹고 입는 것을 해결토록 가르치고 타일러야 한다."

"그것마저도 하지 못하는 자들은 어찌합니까?"

"아무것도 하지 못하는 무능력자들에겐 볏짚을 줘서 짚신을 삼게 해라. 처음엔 짚신 삼는 것조차 어려울 테지만 차차 손에 익으면 하루 열 켤레를 삼을 수 있게 된다."

지함은 걸인들에게 땅을 일구게 하고, 작은 손기술을 가르치고, 짚신을 삼는 방법을 배우게 하는 데 힘을 쏟았다. 하지만 일하지 않고 빌어먹는 데 익숙해진 거지들은 좀처럼 일하려 들지 않았다. 지함은 그들을 간절하게 타이르고 지도하며 일을 손에 익히도록 도왔다.

시간이 지나자 거지들은 차차 일에 적응하기 시작한다. 한 늙은이는 하루에 짚신 열 켤레를 삼기도 한다. 짚신 열 켤레면 쌀 한 말을 살 수 있는 큰돈이다. 하지만 힘든 노동을 견디지 못하고 도망가는 거지도 생겨나고, 정작 일하는 시늉만 할 뿐 하루에 땅 한 평 일구지 못하는 자들도 있었다.

걸인청이 온전히 자립하기에는 많은 노력과 시간이 필요했다. 그래도 지함은 그들이 자급자족할 수 있을 때까지 보살피는 노력을 지속적으로 한다. 하지만 사또의 이런 시책에 아전들의 불만이 점점 쌓여 간다. 저들이 맡은 공무 이외에 거지들을 뒷바라지하느라 늘 지쳐 있기 때문이다.

이방이 견디다 못해 은근히 불평을 드러내놓는다.

"사또, 가난 구제는 나라에서도 못 한다고 하는데 관청 공사보다 거지들 살피시는 게 일이니, 소인들이 견디기가 ……."

"백성을 다스린다는 건 백성을 살게 한다는 것이니라. 수령에게 백성을 살리는 일보다 더 큰 일이 무엇이란 말이냐?"

그러나 마음과는 달리 지함의 몸은 차차 무너지고 있었다.

"사또, 등청하실 시각입니다."

"……."

"사또!"

두 번째 불러도 방 안에선 기척이 없다.

사또가 부임하고서 단 한 번도 이런 적이 없다. 급창이 출근 시간을 알리려고 방문 앞으로 다가서면 방 안에서 사또의 헛기침 소리가 들렸다.

"사또."

급창이 다소 큰 소리로 불러도 여전히 아무런 응대가 없다. 이상하게 여긴 급창이 방문을 열어도 자리에 누운 지함은 꼼짝도 않는다. 급히 촛불을 밝히고 지함을 살피던 급창이 고함친다.

"사또, 사또."

지함은 혼절했다.

"숙부님!"

지함이 병을 들어 마포로 돌아왔다는 소식을 듣고 산해와 산보가 황급히 달려왔다. 아들과 손자들도 함께였다. 지함은 눈에 띄게 쇠잔해 있었다.

"숙부님!"

움푹 꺼진 지함의 검은 눈두덩이 산해의 가슴을 저민다.

"잘 왔군. 그렇잖아도 통기하라고 할 참이었는데 ……."

"무어 하실 말씀이라도 있으셨는지요?"

산보가 무릎걸음으로 한 걸음 다가앉으며 묻는다.

"너 말고 산해. 산보는 쉬 낙향할 테니, 산해가 들어야 해."

산보는 새삼 놀란다. 숙부의 신통력이나 예지력이야 익히 알고 있지만 자신이 곧 관직을 팽개칠 마음을 먹고 있다는 것까지 꿰뚫고 계시리라곤 생각하지 못했다. 사실이냐고 눈으로 묻는 산해의 시선을 산보는 슬그머니 피하고 만다.

"이건 그냥 꿈일 뿐이지만 ……."

지함이 지친 한숨을 길게 내리쉰다.

"꿈이 어떠셨기에 굳이 지금 그 말씀을 하시려는지요? 의원을 청해 놨으니 진맥하시고 약을 드시면 금방 쾌차하실 테니 그냥 아무 생각 마십시오."

산해는 숙부가 행여 자신의 운명을 보이는 흉몽 이야기를 하실 것 같아 말문을 막으려 한다.

"이무기인지 하마인지 모를 온갖 형상을 한 물고기들이 남해와 동해에서 뭍으로 기어올랐어."

지함은 산해의 만류에도 제 할 말을 이어 간다.

"그것들이 남의 땅에서 해괴한 잔치를 벌여. 머잖아 조선에 어려움이 해일처럼 밀려올 게야."

"무슨 말씀이신지요? 난리가 일어난다는 말씀입니까? 말뜻을 미처 알아듣기가 어렵습니다, 숙부님."

산해의 말에 지함은 한참 동안 조카를 깊은 시선으로 바라볼 뿐이다.

"숙부님."

"넌 이 나라의 중신이니라. 언제나 위로는 주상과 아래로는 백성을 염려하는 대신이어야 해."

지함은 힘겹게 눈을 감는다.

"숙부님!"

사촌 형제가 동시에 지함을 부른다. 지함이 곧 운명할지 모른다는 지레짐작에 자신들도 모르게 소리쳤다. 그러나 감긴 지함의 눈은 떠지지 않는다.

"내가 그 문으로 들어가면 도탄에 빠진 조선 백성을 모두 살릴 수 있을 것을 ……."

꺼져 가는 듯 꺼지지 않고 이어지는 지함의 말에 두 사촌은 서로의 시선을 맞춘다.

"그리되면 모든 백성이 배불리 먹고 억울한 일을 당하지 않고 홍복을 누릴 수 있을진대 ……, 그런데 아직 그 문을 찾는 데 내 능력이 부족하니 ……."

"숙부님, 잠깐만이라도 눈을 뜨시지요. 숙부님."

산해가 애원하듯 말한다.

"그 공력을 쌓기 위해 나는 더 큰 고행과 수양이 필요한데. 내 기력이 그걸 견딜 수 없으니 참으로 안타깝고 애절하다."

산해와 산보는 숙부의 다음 말을 기다린다.

찰나의 시간이 영겁 같다. 하지만 지함은 더 이상 말을 하지 않는다.

"숙부님!"

사촌들은 한꺼번에 오열을 터트린다.

비전을 찾다

 마포 나루의 동막은 변함없이 그대로지만 할아버지의 흙담집
과 정자는 어디쯤에 있었는지조차 가늠하기 어렵다. 흙담으로
쌓아 올린 집이 이백여 년의 세월 동안 온갖 풍상을 겪고서도
제 모습을 온전하게 가지고 있을 거라고는 생각지 않았다. 다만
무너진 흙더미의 형태로나마 그 흔적을 찾을 수 있기를 필재는
바랐다.
 한참 동안 강 언덕을 오르내리며 애를 쓰던 필재가 결국은 집
터 찾기를 포기하고 강둑에 아무렇게나 주저앉았다. 눈 아래 펼
쳐진 한강에는 조깃배들이 오르내리고, 멀리 나루터에는 크고
작은 배들이 분주하게 들락거리느라 활기가 넘친다.
 문득 토정 할아버지를 떠올린다.
 지금 내가 바라보고 있는 저런 광경들을 토정 할아버지께서도
정자에 앉아서 똑같이 바라보셨을 것이다.
 필재는 감회가 새롭다.
 이백여 년이라는 시간을 뛰어넘어 같은 장소에서 같은 광경을

바라본다는 사실이 필재에게 주는 느낌은 남다르다.

비록 비전을 찾으려는 목적 때문이기는 했지만 필재는 토정 할아버지의 행적을 너무도 샅샅이 뒤지고 낱낱이 찾아냈다.

그러면서 토정 할아버지가 이백 년 전에 사신 조상이 아니라 나와 같은 시대를 살고 있는 할아버지 같다는 착각을 일으키기도 했다.

오늘도 나루터는 활기차게 움직이지만 그 나루터 백성들의 모습은 여전히 고단하다.

필재는 마포 강변에 와서야 모든 것을 깨닫는다. 토정 할아버지는 진정 조선의 모든 백성이 내일은 편안한 삶을 살 수 있다는 희망을 가지게 하고 싶으셨구나. 비록 오늘의 삶이 숨 막히도록 척박하고 고단하더라도 내일은 또 다른 희망이 있을 것이고, 그래서 살아가려는 의욕과 열정을 갖게 해 주려고 간절하게 소망하셨을 것임을 필재는 마포 강변에서 새삼 느낀다.

필재는 불현듯 토정 할아버지는 비전 같은 걸 썼을 리 없다는 생각이 든다. 비전이라고 하면 그 속에는 어느 특정인의 운명이나 어떤 집단의 유불리가 담겨 있기 마련이다. 그렇지 않으면 굳이 비전이라는 은밀하고 비밀스러운 기록으로 남길 필요가 없다. 할아버지의 일생을 돌이켜봐도 그런 것에 관심을 가질 개연성은 전혀 없다.

토정 할아버지의 시선은 언제나 헐벗고 굶주린 백성들을 향해 있었고, 그들의 이웃으로 살기를 원하고 있었다. 그래서 절망 속에 고통받는 백성들을 위해 할 수 있는 일이 무얼까를 생각했을 것이다.

"……?!"

필재는 자신도 모르게 벌떡 일어섰다.

144괘의 정체다.

그것이 바로 비전이다.

헐벗고 굶주리는 조선의 민초들에게 오늘을 견디고 내일로 나갈 수 있는 비밀스러운 통로를 마련해 주는 비밀의 문. 토정 할아버지의 '비전'이다.

진작에 마포 나루에 왔었더라면 이 사실을 알아챌 수 있었을까?

필재는 자신의 어리석음이 개탄스럽기 그지없다.

사헌부 대사헌 배창진 대감의 풍모는 그 지위에 걸맞게 위엄이 넘친다. 기찰포교에게 쫓기면서 다복솔밭에 숨어 필재를 기다리던 때와는 사뭇 다른 모습이다.

"그래, 그런 기록이 있던가? 장씨에 관한 기록 말일세."

비전을 찾았다는 필재의 말에 창진이 가장 궁금해한 건 희빈 장씨 소생 왕자에 관한 기록이 정말 있느냐 하는 점이다.

"없었네."

"없어?"

창진은 잠시 말을 잊었다. 그렇다면 수년 동안 비전을 찾아 헤맨 자신들은 무언가?

"으하핫, 재밌군. 그렇잖은가, 건고? 으하하."

배창진은 눈물이 날 만큼 큰 웃음을 멈추지 못한다.

"인간이 얼마나 어리석은 동물인가를 알게 됐다네. 누군가가 지어낸 한마디에 온 나라가 들썩였으니 말일세."

"그런 건 이제 아무 상관 없는 지난 일에 불과해."

명주 수건으로 눈가의 물기를 닦아 내며 배창진이 말한다.

"그런데 장씨 얘기가 아니면 대체 비전에는 어떤 내용이 담겼는가?"

"아무것도 ……."

"아무것도 없다니, 비전을 찾았다고 하지 않았나?"

"찾았지. 한데 우리가 원했던 답은 없었네. 누구의 운명을 암시하는 글도, 특정 집단의 미래를 규정하거나 어떤 비법 같은 것도 없었네."

"그럼 뭐가 있던가? 비전이라면 적어도 은밀하게 미래를 예언하는 무언가가 있을 것 아닌가?"

"그게 바로 인간들의 어리석음일세."

"……?!"

필재는 고향으로 돌아오는 길로 서원으로 올라갔다.

그동안 화암서원도 몇몇 변화들이 있었다. 원장 이익지가 고령으로 은퇴하고 강장이 원장에 취임했다. 따라서 연쇄적으로 자리 이동이 있었다. 필재는 새로 재장이 된 강덕수를 만나 서고의 장서 한 권을 반출할 수 있게 허락을 구했다. 서원 서고의 장서는 그동안 사나사 암자에 은밀하게 보관되어 있다가 작년 가을에야 새로 지은 서고로 돌아왔다.

　필재는 책을 펼쳤다. 사나사 암자에서 처음 책을 펼칠 때와 같은 흥분은 없지만 그래도 긴장되긴 마찬가지다.

　心仁言直 天謝其福(심인언직 천사기복)
　마음이 어질고 말이 곧으니 하늘이 그 복을 주신다.

　其德如海 必有餘慶(기덕여해 필유여경)
　그 덕이 바다 같으니 반드시 남은 경사가 있다.

　필재는 방문을 걸어 잠그다시피 하고 144괘를 읽고 또 읽는다.

　《주역》은 64괘인 데 비해 토정은 48괘가 기본이다. 《주역》은 하나의 괘에 본상이 하나, 변상이 여섯, 도합 일곱 상으로 되어 있어 64괘에서 424개의 괘상이 나온다. 그에 반해 토정의 괘상이 144개에 불과한 것은 기본 괘가 16이나 적을 뿐 아니라, 작괘법에서도 《주역》은 생년월일시를 사용하지만 토정은 생시를 제외했기 때문이다.

　이 또한 토정의 백성들을 향한 무한한 애정에서 비롯된 것이다.

　하루하루의 삶에 지친 서민들이 자식이 태어난 시간까지 챙기기란 어려운 일이다. 잘 기억하지 못하거나 엉뚱하게 기억하기 십상이다. 생시를 잘못 기억해 자신의 괘를 잘못 찾으면 일 년 신수를 보는 일은 아무 소용에도 닿지 않는다.

144괘는 선행·성심·근면의 괘, 행운의 괘, 금지·경고의 괘, 소극적인 괘, 관리의 청렴을 바라는 괘, 여자 멸시의 괘 등 일상생활에서 누구나 경험하거나 주의해야 할 일들을 예시해 놓았다.

자신이 해당하는 괘를 찾는 방법, 즉 작괘법은 먼저 백 단위로 나이와 해당 년의 태세수를 합한 것을 8로 나누어 남는 숫자가 백 단위 숫자가 된다. 나머지가 0이면 8이 해당 숫자다.

십 단위는 해당 년의 생월의 날짜 수(큰달 30, 작은달 29)와 월건수를 합한 것을 6으로 나눈다.

일 단위는 생일 수와 일진 수를 합한 수를 3으로 나누어 남는 숫자가 된다.

이 작괘법을 완성하는 데 필재는 일 년 반이라는 시간을 바쳤다.

이렇게 해서 얻은 세 단위 숫자대로 책에서 찾으면 그해 전체의 운수를 개설하는 총운과 괘상이 사언시구(四言詩句)로 이루어진다. 이어서 월별 운세가 자세히 풀이된다.

토정이 살던 시대는 당쟁과 사화가 끊임없이 반복되어 세상이 어지럽고 혼란스러웠다. 그 어려운 시대를 사는 백성들에겐 내일에 대한 희망도, 삶에 대한 아무런 기대도 할 수 없는 절망의 연속이었다.

토정은 그들에게 희망과 용기를 주고 싶었는지 모른다. 일상생활에서 생길 수 있는 사소한 일부터 화재나 수해 같은 신변의 큰 변화까지 경각심을 가지고 생활하며 근면하고 성실하게 살면 언젠가는 복을 얻는다는 교훈도 준다. 이 모든 것이 토정의 애민, 위민 정신의 산물이다.

필재는 새삼 토정 할아버지가 자랑스럽고 그리워진다. 할아버지의 묘소 앞에 서니 더욱 그 생각이 간절하다. 아니, 상석에 놓인《토정비결》을 바라보니 할아버지의 위대함이 새삼스럽다.

갓 세상에 태어난 책《토정비결》표지에서 솔솔 올라오는 콩기름 냄새가 코를 간질이는 청량한 가을날이다. *end.*

토정
이지함

초판 1쇄 찍음   2016년 2월 5일
초판 1쇄 펴냄   2016년 2월 15일

지은이   김항명
펴낸이   정용수
펴낸곳   도서출판 예문사

출판등록   1993. 2. 19. 제11-76호
주소   경기도 파주시 직지길 460(출판도시) 도서출판 예문사
대표전화   031-955-0550
대표팩스   031-955-0605
이메일   yms1993@chol.com
홈페이지   http://www.yeamoonsa.com
단행본 사업부 블로그   http://blog.naver.com/yeamoonsa3

ISBN   978-89-274-1681-4 03810

• 이 도서의 국립중앙도서관 출판예정도서목록(CIP)은 서지정보유통지원시스템 홈페이지
  (http://seoji.nl.go.kr)와 국가자료공동목록시스템(http://www.nl.go.kr/kolisnet)에서
  이용하실 수 있습니다. (CIP제어번호 : CIP2016002345)
• 책값은 뒤표지에 있습니다. 잘못된 책은 구입하신 곳에서 바꿔드립니다.